KB272205

나는 어머니의 기도 위에 서 있다

# 나는 어머니의 기도 위에 서 있다


| | |
|---|---|
| 발행일 | 2026년 4월 24일 |
| 지은이 | 최성표 |
| 펴낸이 | 손형국 |
| 펴낸곳 | (주)북랩 |

출판등록  2004. 12. 1(제2012-000051호)
주소  서울특별시 금천구 가산디지털 1로 168, 우림라이온스밸리 B동 B111호, B113~115호
홈페이지  www.book.co.kr
전화번호  (02)2026-5777  팩스  (02)3159-9637

ISBN  979-11-7598-243-7 03810 (종이책)  979-11-7598-244-4 05810 (전자책)




**작가 연락처 문의 ▸ ask.book.co.kr**

전용 게시판에 문의를 남기시면 저자에게 직접 전달됩니다.

**(주)북랩** 성공출판의 파트너

북랩 홈페이지와 SNS에서 다양한 출판 솔루션을 만나 보세요!

**홈페이지** book.co.kr  •  **블로그** blog.naver.com/essaybook  •  **출판문의** text@book.co.kr
**카톡채널** 북랩

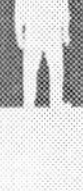

삶이 흔들리는 순간마다
나를 붙잡아 준 단 하나의 원칙

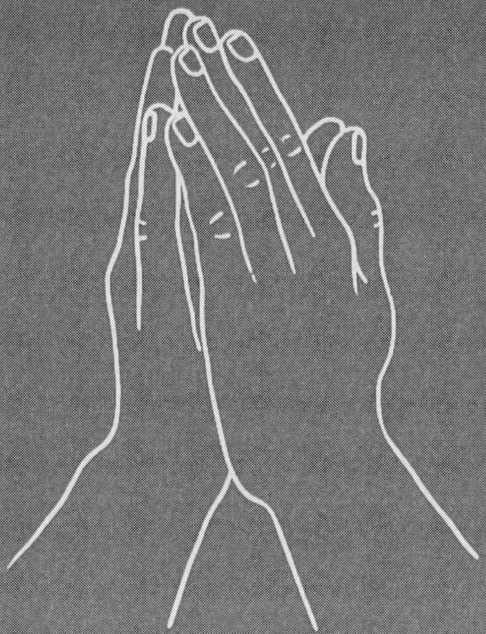

**비결이나 기술이 아닌,
삶의 태도와 기준에 대한 성찰 에세이**

# 어머니께

나는 내 힘으로 여기까지 온 것이 아니라
어머니의 기도 위에 서서 여기까지 왔습니다.

보이지 않는 곳에서
나보다 더 오래 견디고,
나보다 더 많이 기다리며,
나보다 먼저 무릎 꿇어 주신 그 시간들이
오늘의 저를 여기까지 오게 했습니다.

이 책을
평생 저를 위해 기도하며 살아오신
어머니께 드립니다.

최성묘

# 우리가 서 있는 자리

사람은 살아가며 많은 것을 배우지만, 정작 무엇 위에서 살아가고 있는지 깊이 생각해 볼 기회는 많지 않다. 우리는 스스로의 노력과 선택으로 삶을 만들어 간다고 믿으며 살아간다. 그러나 어느 날 문득 뒤를 돌아보면 알게 된다. 지금 내가 서 있는 자리는 결코 혼자만의 힘으로 만들어진 자리가 아니라는 사실을.

삶의 밑바닥에는 종종 한 사람의 시간이 놓여 있다. 누군가가 먼저 견디고, 먼저 기다리고, 먼저 감당하며 지나온 시간이 우리 삶의 시작이 되기도 한다.

내게는 그것이 어머니의 삶이다.

어린 시절 우리 집은 마을의 맨 꼭대기에 있었다. 가파른 언덕길 끝에 자리 잡은 작은 집이었다. 형편이 넉넉한 집은 아니었지만, 그곳에는 늘 조용한 질서 같은 것이 있었다. 하루를 시작할 때도, 하루를 마무리할 때도 어머니는 먼저 두 손을 모았다. 그 기도는 특별한 말을 담은 것이 아니었다. 그저 가족이 무사하기를 바라는 마음, 자식들이 바르게 살아가기를 바라는 마음, 그리고 하루를 잘 견디게 해 달라는 소박한 마음이 담긴 시간이었다.

어린 시절의 나는 그 장면을 특별하게 생각하지 않았다. 그것은 우리 집에서 늘 반복되던 일상이었기 때문이다. 그러나 세월이 흐르고 삶의 여러 갈림길을 지나오면서 비로소 알게 되었다. 그 조용한 시간들이 삶의 방향을 만들고 있었다는 사실을.

사람은 살아가는 동안 수많은 선택을 한다. 어떤 선택은 쉽게 내려지지만, 어떤 선택은 오래 고민해야 한다. 때로는 정답이 보이지 않는 순간도 있고, 마음이 흔들리는 시간도 있다. 그러나 돌아보면 삶의 중요한 순간마다 나를 붙들어 준 것은 거창한 가르침이 아니라 어린 시절부터 마음속에 남아 있던 어떤 기준이었다.

어머니는 삶을 설명하지 않았다. 대신 삶을 살아냈다. 말보다 먼저 삶으로 보여 준 태도는 시간이 지나도 쉽게 사라지지 않았다. 그 조용한 태도는 내가 어떤 선택을 해야 할지 고민하는 순간마다 다시 떠올랐다.

이 책은 그 기억에서 시작되었다.

나는 살아오는 동안 직장 생활을 했고, 사업을 운영하며 수많은 사람들을 만났다. 관계 속에서 배우고, 실패를 겪으며 다시 배우는 시간들이 이어졌다. 그러나 삶의 여러 장면을 지나 다시 돌아보면 결국 나를 붙들어 준 것은 어린 시절 마주했던 그 조용한 장면들이었다.

등잔불 아래에서 시작된 이야기, 마을 꼭대기 집에서 바라보던 세상, 그리고 하루의 끝에서 이어지던 어머니의 기도.

이 책에 담긴 글들은 특별한 사건을 기록한 이야기가 아니다. 한 사람의 삶 속에서 자연스럽게 배워 온 태도들을 돌아보며 기록한 이야기들이다. 어떤 것은 어린 시절의 기억에서 시작되었고, 어떤 것은 삶의 여러 경험 속에서 조금씩 이해하게 된 생각들이다.

나는 이 글들을 통해 거창한 교훈을 말하려는 것이 아니다. 다만 한 가지 질문을 조용히 남기고 싶었다.

사람은 무엇 위에서 살아가는가. 그리고 그 질문을 오래 붙들고 살아온 끝에 나는 한 가지 사실을 알게 되었다. 우리가 서 있는 자리의 밑바닥에는 종종 한 사람의 삶이 놓여 있다는 사실을.

이 책은 바로 그 시간을 돌아보며 기록한 이야기이다.

# 나는 무엇 위에 서 있는가

사람은 스스로의 선택으로 삶을 만들어 간다고 믿는다.

어떤 길을 택했는지, 얼마나 노력했는지, 무엇을 이루었는지가 지금의 자신을 설명한다고 여긴다. 그 믿음은 틀리지 않다. 그러나 그것만으로는 충분하지 않다. 삶의 어느 지점에 이르면, 우리는 한 가지 사실과 마주하게 된다. 지금의 자리가 오롯이 혼자 힘으로 이루어진 것이 아니라는 사실이다.

보이지 않는 시간들이 있다.

앞서 견디고, 먼저 감당하고, 아무 말 없이 지나온 시간들이다. 그 시간들은 드러나지 않지만 사라지지도 않는다. 오히려 삶의 깊은 곳에 남아 방향을 만들고, 선택의 순간마다 조용히 개입한다. 우리는 그것을 쉽게 인식하지 못한 채 살아가지만, 결정적인 순간에 이르러 비로소 그것이 무엇이었는지 알아차리게 된다.

나에게 그 시간은 어머니의 삶이었다.

어머니는 많은 것을 설명하지 않았다.

삶을 해석하거나 기준을 말로 정리해 주는 사람이 아니었다. 대신 하루를 살아내는 태도로 모든 것을 남겼다. 반복되는 일상 속에서도 흐트러지지 않는 자세, 어려운 상황에서도 감정을 앞세우지 않는 절제, 그리고 누구도 보지 않는 자리에서 스스로를 다잡던 조용한 시간들. 그것은 특별한 가르침처럼 보이지 않았지만, 시간이 지나면서 하나의 기준으로 남았다.

삶은 늘 분명하지 않다.

선택은 반복되고, 결과는 예측을 벗어나며, 관계는 생각보다 쉽게 흔들린다. 그 과정에서 우리는 수없이 판단을 수정하고 방향을 바꾼다. 그러나 끝까지 남는 것은 선택의 결과가 아니라 선택을 만들어 낸 기준이다. 무엇을 택했는가보다, 어떤 기준 위에서 그 선택을 했는가가 삶의 결을 결정한다.

나는 오랜 시간 그 사실을 의식하지 못한 채 살아왔다.

직장을 거치고, 사업을 운영하며, 수많은 관계와 상황을 지나왔다. 성과를 만들기 위해 애썼고, 문제를 해결하기 위해 판단을 반복했다. 그러나 어느 순간부터 스스로에게 묻게 되었다. 나는 무엇을 기준으로 이 선택을 하고 있는가. 그 질문을 따라가다 보니, 이미 오래전에 내 안에 자리 잡고 있던 하나의 방향을 발견하게 되었다.

그것은 기억이 아니라 기준이었다.
특정한 장면이나 말이 아니라, 반복된 태도가 남긴 흔적이었다.

나는 그것을 의식적으로 배운 적이 없었지만, 중요한 순간마다 자연스럽게 떠올렸다. 감정을 앞세우지 않으려는 마음, 관계를 쉽게 끊지 않으려는 선택, 책임을 회피하지 않으려는 자세. 그것들은 모두 설명되지 않았지만 분명하게 작동하고 있었다.

이 책은 그 기준을 따라가며 다시 돌아본 기록이다.

특별한 사건을 강조하기 위한 이야기가 아니다.
한 사람의 삶이 어떻게 또 다른 삶의 방향이 되는지를 조용히 따라가 본 흔적에 가깝다. 어린 시절의 장면에서 시작된 생각이 시간이 지나 어떻게 이해로 이어졌는지, 그리고 그 이해가 다시 오늘의 선택 속에서 어떻게 작동하는지를 정리한 글들이다.

나는 이 책을 통해 무엇을 가르치려 하지 않는다.
다만 하나의 질문을 남기고 싶었다.
삶의 기준을 한 번이 아니라 여러 번 되짚기 위해 일정한 흐름과 반복되는 리듬 속에서 공감하도록 구성했다.

사람은 무엇 위에서 살아가는가.



그 질문을 오래 붙들고 살아오며 알게 된 것은 단순했다.
우리가 서 있는 자리의 밑바닥에는, 종종 한 사람의 시간이 놓여 있다는 사실이다. 그리고 그 시간은 사라지지 않고, 남겨진 사람의 삶 속에서 계속 이어진다.

나는 지금도 그 위에 서 있다.

## 1장

### 기도의 뿌리,
# 내가 시작된 자리

## 2장

### 태도의 씨앗,
# 조용히 자라난 기준

## 3장

### 관계 속의 결,

# 사람을 통해 드러나는 것

## 4장

### 기준이 서는 자리,
# 판단을 지탱하는 중심

## 5장

### 영향으로 남는 힘,
# 태도가 확장되는 순간

## 6장

### 나는 그 위에 서 있다,

# 기도가 삶이 되는 자리

# 1장

## 기도의 뿌리,

## 내가 시작된 자리

## 어둠을 건너온 새벽

### 어머니의 기도에서 시작된 삶

어머니는 내가 태어나던 밤을 이야기할 때마다 잠시 시선을 낮추셨다.

그날 밤은 유난히 길었고, 마을은 이미 깊은 어둠 속에 잠겨 있었다고 하셨다. 집 안에는 희미한 등잔불 하나가 조용히 흔들리고 있었고, 바람은 문틈 사이로 차갑게 스며들었다고 했다. 도움을 청할 사람도, 곁에서 손을 잡아 줄 이도 없이 어머니는 홀로 그 긴 시간을 지나야 했다고 말씀하셨다.

나는 어린 시절 그 이야기를 여러 번 들으며 자랐다.

그러나 그것이 단순한 출산의 고통을 말하는 이야기가 아니라, 한 생명이 세상으로 나오기 위해 반드시 지나야 했던 고독한 시간이었다는 사실을 이해하게 된 것은 훨씬 뒤의 일이었다.

진통은 해가 지기 전부터 시작되었다고 했다.

파도처럼 밀려왔다가 잠시 물러가기를 반복했지만 점점 그 간격은 짧아지고 통증은 깊어졌다고 한다. 어머니는 벽을 짚고 숨을 고르며 스스로에게 말했다고 했다.

"이 밤은 지나갈 것이다."

그 말은 주문이 아니라 결심에 가까웠다.

누군가 대신해 줄 수 없는 시간을 끝까지 감당하겠다는, 조용하지만 분명한 태도였다.

나는 그 말을 오래 붙들어 보았다.

어둠 속에서 홀로 서 있는 한 사람의 등을 떠올렸다. 그 등 뒤에는 아무도 없었지만, 그 앞에는 아직 보이지 않는 생명이 있었다. 어머니는 그 생명을 향해 몸을 낮추고 통증을 받아내며 새벽을 기다렸을 것이다.

나는 그 기다림의 끝에서 세상으로 나왔다.

나의 시작은 환한 환영이 아니라, 한 사람이 끝까지 견뎌 낸 시간 위에 놓여 있었다.

동녘이 밝아오기 시작할 무렵, 마당에서 아버지의 발걸음 소리가 들렸다고 한다. 문이 열리며 들어온 새벽빛은 희미했지만 분명한 빛이었다. 그 순간 나는 울음을 터뜨렸고, 어머니는 긴 숨을 내쉬며 나를 안았다고 하셨다.

그날의 새벽은 단순한 하루의 시작이 아니었다. 어머니에게는 한 생명을 끝까지 지켜 낸 시간의 증명이었고, 나에게는 세상으로 나아온 첫 호흡이었다.

나는 그 밤을 기억하지 못한다.

그러나 내 삶 어딘가에는 그 어둠의 흔적이 남아 있는 듯하다.

일이 쉽게 풀리지 않을 때, 끝이 보이지 않는 문제 앞에 설 때 나는 서둘러 결론을 내리지 않는다. 먼저 지나야 할 시간을 받아들인다. 어머니가 그랬듯 해결보다 견딤을 먼저 선택한다. 그 태도는 따로 배운 것이 아니라, 시작의 자리에서 이미 내 안에 남아 있는 흔적이다.

사업을 운영하며 몇 번의 긴 밤을 맞이한 적이 있다.

거래가 끊기고, 자금이 묶이고, 신뢰가 시험받는 순간들이 이어 졌다. 불안은 조급함을 부르고, 조급함은 판단을 흐리게 했다. 그 때 나는 종종 창밖을 바라보며 생각했다. 지금, 이 어둠은 언제쯤 끝날까.

그러나 동시에 떠올랐다.

어머니가 남겼던 그 한마디.

"이 밤은 지나갈 것이다."

그 말은 상황을 바꾸는 주문이 아니라, 내가 무너지지 않도록 지 켜 주는 기준이었다.

어머니의 출산 이야기는 나를 특별하게 만들기 위한 이야기가 아니었다. 오히려 누구도 대신해 줄 수 없는 시간을 스스로 지나 야 한다는 사실을 보여 주는 이야기였다.

나는 이후 인생에서 여러 번 선택의 고통을 경험했다.

쉬운 길은 오래 남지 않았고, 어려운 길은 힘들었지만 나를 지켜 주었다. 결국 삶은 '무엇을 선택했는가'보다 '어떻게 지나왔는가'에 따라 방향이 달라진다는 사실을 알게 되었다.

어둠을 건너는 일은 두려운 일이다.

그러나 어머니는 그 두려움 앞에서 몸을 낮추되 물러서지 않았다.

나는 그 태도를 통해 알게 되었다.

삶은 밝은 순간으로만 이루어지지 않는다는 것을. 오히려 어둠을 어떤 자세로 지나왔는지가 이후의 선택을 설명한다는 사실을. 견딤은 멈춰 있는 것이 아니라 방향을 잃지 않으려는 태도임을 깨닫게 되었다.

어머니는 그 밤에 기도를 했다고 말하지 않았다.

그러나 나는 안다. 그 침묵 속에서도 이미 하늘을 향해 서 있었을 것이다. 기도는 말로 남는 것이 아니라 끝까지 버티겠다는 태도로 드러난다. 결과를 요구하기보다 스스로를 바로 세우는 시간에 가깝다. 그래서 내 삶의 시작은 울음이 아니라, 기도의 바탕 위에 놓여 있었는지도 모른다.

지금 돌아보면 내 삶의 시작은 새벽이 아니라 어둠이었다.

그러나 그 어둠은 무너짐이 아니라 준비였다. 어머니는 그 밤을 지나 나를 안았고, 나는 그 밤을 지나온 사람의 아들로 살아가고 있다. 그래서인지 나는 여전히 어려움 앞에서 먼저 묻는다.

이 밤을 어떤 자세로 건널 것인가.

어머니는 내게 길을 가르쳐 준 적이 없다.

대신 밤을 건디는 태도를 보여 주었다. 그 태도는 조용했지만 흔들리지 않았다. 나는 선택의 고비 앞에서 그 새벽을 떠올린다. 그리고 스스로에게 다시 말한다.

이 또한 지나갈 것이다.

어둠을 건너온 새벽은 나의 시작이었고, 어머니의 증명이었다.

나는 그 증명 위에 서서 살아간다. 삶은 때로 다시 어둠을 내리지만, 나는 이미 한 번의 새벽을 알고 있다. 그 사실이 오늘의 나를 다시 서게 한다. 그리고 나는 그 자리에서 또 한 번의 새벽을 기다린다.

# 두 번 허락된 삶

## 멈추었다가 다시 이어진 숨

내가 태어난 지 얼마 되지 않았을 무렵, 나는 한 번 숨을 놓았다고 한다.

들녘으로 나가야 했던 부모님은 나를 그늘진 곳에 뉘어 두고 일을 하고 있었다고 했다. 한여름의 햇빛은 강했고, 공기는 눅눅하게 내려앉아 있었다고 한다. 어머니는 일손을 멈추고 몇 번이나 나를 살폈지만, 아이는 그저 잠든 듯 고요했다고 말씀하셨다. 그러나 어느 순간, 그 고요가 평소와는 다른 정적이라는 것을 직감하셨다고 했다.

이불을 걷어 보니 나는 숨을 쉬지 않고 있었다고.

몸은 축 늘어져 있었고 작은 가슴은 더 이상 오르내리지 않았다고 했다. 어머니는 그 자리에서 주저앉았다고 했다. 아이의 이름을 부르며 흔들어 보았지만 아무 반응이 없었고, 주변은 순식간에 고요해졌다고 하셨다. 몇 초였을지 모를 그 시간은 어머니에게는 끝처럼 길게 느껴졌다고 했다.

아버지는 말없이 하늘을 올려다보았다고 한다.

그 눈빛에는 원망도, 분노도, 체념도 뒤섞여 있었을 것이다. 그러나 결국 남은 것은 깊게 내려앉은 침묵이었다고 했다. 모든 것이 멈춘 듯한 그 순간, 어머니는 마지막이라는 마음으로 다시 한번 아이를 안아 들었다고 한다. 그리고 그때, 아주 미약한 숨이 손끝에 느껴졌다고 하셨다.

나는 다시 숨을 쉬기 시작했다.

그것은 힘찬 울음이 아니라, 겨우 이어진 생명의 신호였다고 한다. 그러나 그 미약한 숨은 분명 살아 있음의 증거였다. 어머니는 그 작은 움직임을 평생 잊지 못한다고 말씀하셨다. 그날 이후 나는 단순히 태어난 아이가 아니라, 한 번 멈추었다가 다시 이어진 아이가 되었다고.

나는 이 이야기를 자라면서 여러 번 들었다.

어린 시절에는 그저 신기한 이야기처럼 여겼다. 운이 좋았던 일이라고 생각했고, 부모님의 과장된 기억쯤으로 넘기기도 했다. 그러나 나이가 들수록 이 이야기는 전혀 다른 무게로 다가왔다. 두 번 허락된 삶이라는 말은 내게 시간을 가볍게 다루지 말라는 기준이 되었다.

나는 쉽게 포기하지 않는 사람이 되고 싶다고 생각해 왔다.

그러나 그 이유를 분명히 설명하기는 어려웠다. 일이 어긋나고, 관계가 틀어지고, 기대가 무너질 때도 나는 완전히 등을 돌리지 않았다. 어딘가에서 아직 한 번 더 숨을 이어 갈 수 있다는 감각이 작동하고 있었다. 이제 돌아보면 그 감각의 시작은 이 이야기 속에 있었다.

어머니는 내가 실패했을 때 종종 이렇게 말했다.

**"너는 쉽게 꺼질 아이가 아니다."**

그 말은 위로처럼 들렸지만, 동시에 나를 붙잡는 기준이기도 했다.

한 번 더 이어진 숨은 아무렇게나 흘려보낼 수 있는 시간이 아니라는 뜻이었다. 나는 그 말을 들을 때마다 스스로를 다시 바로 세웠다. 나를 과신하지 않되, 나를 포기하지도 않겠다는 다짐이 그 안에 담겨 있었다.

사업을 시작하고 얼마 지나지 않아 큰 손실을 경험한 적이 있다. 예상치 못한 상황들이 겹치며 자금 흐름은 급격히 막혔다. 밤새 계산기를 두드리며 출구를 찾던 날, 나는 문득 이 이야기를 떠올렸다. 여기서 멈출 것인가, 아니면 다시 숨을 고를 것인가. 그 질문은 단순한 생존의 문제가 아니라, 내가 어떤 태도로 시간을 이어 갈 것인가의 문제였다.

그날 나는 결정을 서두르지 않았다. 손해를 인정하고, 전체 흐름을 다시 살피고, 시간을 다시 조정하기로 했다. 완전한 회복은 아니었지만 흐름은 다시 이어졌다. 그 순간 나는 알았다. 두 번 허락된 삶은 특별함을 증명하는 일이 아니라, 다시 시작할 책임이라는 것을.

두 번 이어진 숨은 나를 교만하게 만들지 않았다. 오히려 더 조심스럽게 만들었다. 쉽게 무너지지 않겠다는 다짐과 함께, 쉽게 흐트러지지 않겠다는 경계가 생겼다. 생명은 당연한 것이 아니라 지켜야 할 시간이라는 생각이 자리 잡았다. 허락된 시간은 내 것이 아니라 맡겨진 것이라는 사실을 나는 배웠다.

어머니는 그 일을 두고 기적이라 말하지 않았다. 다만 다시 이어진 숨을 당연하게 여기지 말라고 했다. 그 말 속에는 설명하지 않아도 전해지는 마음이 담겨 있었다. 나는 그때는 알지 못했지만, 내 삶의 시작은 한 번 더 붙들어진 생명 위에 놓여 있었다. 그 사실이 내 삶의 바탕을 조용히 지탱하고 있었다.

나는 때때로 생각한다. 그날 어머니가 마지막으로 이불을 들추지 않았다면 지금의 나는 존재하지 않았을 것이다. 그 한 번의 손길이 지금의 나를 만들었다. 그렇다면 나는 이 삶을 어떻게 살아야 하는가. 허락된 시간을 어떤 태도로 이어 가야 하는가.

두 번 허락된 삶은 특별한 성공을 요구하지 않는다.

다만 멈추었던 숨이 다시 이어졌다는 사실을 잊지 말라고 말한다. 나는 여전히 완전하지 않고, 여전히 흔들린다. 그러나 숨이 이어진 이상 나는 멈추지 않는다. 포기보다 정비를, 절망보다 점검을 먼저 선택하려 한다.

어머니는 내게 특별한 운명을 말해 준 적이 없다.

대신 살아 있다는 사실을 소중히 여기라고 했다. 나는 그 말의 무게를 이제야 이해한다. 생명은 한 번 더 이어졌고, 나는 그 시간 위에서 살아가고 있다.

그래서 나는 오늘도 선택 앞에서 잠시 멈춘다. 이 시간이 내가 맡은 삶을 제대로 살아가는 방식인가를 스스로 묻는다. 쉽게 꺼지지 않았던 숨처럼, 쉽게 포기하지 않기 위해서다.

두 번 이어진 숨은 지금도 내 판단의 바탕에서 조용히 흐르고 있다. 그리고 나는 그 숨 위에서 다시 하루를 시작한다.

# 마중 나오던 등잔불

## 기다림이 만들어 준 책임의 시작

우리 집은 마을에서도 가장 높은 언덕 끝에 자리 잡고 있었다. 비가 오는 날이면 흙길은 쉽게 미끄러워졌고, 해가 지면 그 길은 더 멀어 보였다. 장날이면 어머니는 이른 새벽 짐을 이고 읍내로 내려가셨다. 돌아오는 시간은 늘 해가 완전히 진 뒤였다. 나는 그 날만큼은 괜히 마음이 가라앉지 않았다.

저녁밥을 먹고도 쉽게 잠자리에 들지 못했다. 마루 끝에 앉아 어둠 속 길을 바라보곤 했다. 바람 소리만 들릴 때도 있었고, 멀리서 사람의 기척이 들리는 듯 착각할 때도 있었다. 어린 마음에도 그 길이 만만하지 않다는 것을 알고 있었기 때문이다. 어머니의 발걸음이 무겁지 않을지, 짐은 얼마나 되었을지 상상하며 기다렸다.

어둠 속에서 희미하게 움직이는 그림자가 보이면 나는 벌떡 일어섰다. 그리고 먼저 문을 열고 마당으로 나갔다. 어머니는 늘 같은 자리에서 나를 향해 서 계셨다. 머리에 이은 짐은 크고 무거워 보였지만, 표정은 담담했다. "기다렸구나." 그 한마디면 하루의 긴장이 풀렸다. 그 말에는 돌아왔다는 안도와 끝까지 감당하고 돌아왔다는 책임이 함께 담겨 있었다.

집 안으로 들어오면 어머니는 가장 먼저 등잔불을 밝혔다. 그 작은 불빛은 방 안을 환하게 만들지는 못했지만, 집 안의 중심을 다시 세워주는 듯했다. 나는 늘 같은 자리에서 그 장면을 지켜보았다. 불씨를 살피고, 심지를 고르고, 조심스레 불을 붙이는 손길에는 서두름이 없었다. 하루를 마무리하는 의식처럼 단정했고, 한 날을 끝까지 책임졌다는 확인처럼 느껴졌다.

어머니는 짐을 내려놓고 나서야 비로소 숨을 고르셨다. 그러나 힘들다는 말을 먼저 꺼내지는 않으셨다. 장이 어땠는지, 무엇을 팔았는지, 무엇을 사 왔는지 차분히 설명하셨다. 그 말투에는 생계를 감당해 낸 사람의 무게가 담겨 있었다. 나는 그 무게를 이해하지 못한 채 듣고만 있었다. 그러나 그 설명은 변명이 아니라, 하루를 끝낸 사람의 조용한 보고에 가까웠다.

어느 날은 비가 쏟아진 뒤 돌아오신 적도 있었다. 옷은 젖어 있었고, 치마 끝에는 흙이 묻어 있었다. 나는 어린 마음에 화가 난 듯 말했다. "왜 이렇게 늦게까지 있어요." 어머니는 웃으며 대답했다.

"할 일은 마치고 와야지."

그 말은 짧았지만 분명한 원칙이었다. 책임은 날씨에 따라 줄어들지 않는다는 뜻처럼 들렸다.

나는 그 장면을 오래 기억하게 되었다. 기다리는 사람의 마음도 힘들지만, 돌아와야 하는 사람의 마음은 더 무겁다는 사실을 뒤늦게 알게 되었다. 책임은 누가 보고 있을 때만 수행되는 것이 아니라는 것을 어머니는 보여주고 있었다. 등잔불은 단순한 조명이 아니라, 하루를 끝까지 감당했다는 증표였다. 어둠 속에서도 중심을 잃지 않겠다는 조용한 다짐처럼 보였다.

어머니는 등잔불을 밝히며 별다른 말을 하지 않았다. 그러나 나는 그 손길에서 기도의 태도를 느꼈다. 소리 내어 무언가를 구하는 모습은 아니었지만, 하루를 끝까지 감당했다는 묵묵한 보고와 같았다. 기도는 반드시 말로 드러나지 않아도 된다는 것을, 책임을 다하는 방식 속에서도 충분히 나타날 수 있다는 사실을 나는 그 불빛 아래에서 배웠다.

사업을 시작하고 몇 해 지나지 않아, 나는 한 번 큰 계약을 놓친 적이 있다. 기대가 컸던 만큼 실망도 깊었다. 그날 밤 사무실에 혼자 남아 불을 끄지 못하고 한참을 앉아 있었다. 그리고 문득 그 등잔불이 떠올랐다. 어머니는 비를 맞고도, 피곤을 안고도 집으로 돌아와 불을 밝혔다는 사실이 생각났다.

나는 그날 서류를 다시 펼쳤다. 놓친 이유를 정리하고, 다음을 준비하기 시작했다. 누군가를 탓하기보다 돌아와 불을 밝히는 쪽을 선택했다. 그 선택은 거창한 결단이라기보다 익숙한 장면을 따라 한 것이었다. 어린 시절 보았던 등잔불의 기억이 판단의 방향을 조용히 바로잡아 주었다.

어머니는 기다리는 사람을 만들지 않았다. 대신 끝까지 돌아오는 사람이었다. 나는 그 차이를 나중에서야 이해했다. 기다림은 남겨진 사람의 시간이고, 돌아옴은 책임지는 사람의 선택이라는 것을. 책임은 결국 돌아오는 쪽에 남는다. 그리고 돌아온 사람만이 불을 밝힐 수 있다.

　지금 나는 누군가를 오래 기다리게 하는 자리에 서지 않으려 한다. 맡은 일이 있다면 끝까지 정리하고 돌아오는 사람이고 싶다. 일이 잘되든 잘되지 않든, 마지막까지 불을 밝히는 사람으로 남고 싶다. 누군가의 시선을 의식하기보다 나 스스로에게 부끄럽지 않은 마무리를 택하려 한다. 그것이 내가 기다림 속에서 배운 책임의 시작이다.

　어머니의 등잔불은 크지 않았다. 그러나 그 불빛은 우리 집의 질서를 지켜 주었다. 나는 그 빛 아래에서 기다림과 책임의 순서를 배웠다. 그리고 이제는 내가 불을 밝히는 사람이 되어 가고 있다. 마중 나오던 아이는 어느새 돌아와 불을 켜는 사람이 되어 있었다. 나는 오늘도 그 작은 불빛의 의미를 떠올리며 하루를 정리한다.

# 제사상 앞의 기도

## 고개 숙이는 법을 배운 자리

제삿날이 되면 어머니는 누구보다 먼저 일어나셨다. 아직 해가 떠오르기 전, 부엌에는 조용히 불이 켜졌고, 칼이 도마를 두드리는 소리가 규칙적으로 이어졌다. 그날만큼은 집 안의 공기가 평소와 달랐다. 말은 줄어들었고, 움직임은 더 정돈되었다. 어린 나는 그 분위기를 이해하지 못했지만, 그것이 단순한 의례가 아니라 삶의 중심을 가다듬는 시간이라는 사실을 나중에서야 깨닫게 되었다.

어머니는 음식을 준비하며 한 번도 서두르지 않으셨다. 손놀림은 빠르되 조급하지 않았고, 표정은 엄숙하되 무겁지 않았다. 하나의 그릇을 올릴 때마다 잠시 시선을 두고, 위치를 다시 맞추곤 하셨다. 상 위의 균형을 살피는 그 눈길은 형식을 맞추기 위한 동작이 아니었다. 그 속에는 자신을 점검하는 태도가 담겨 있었다. 제사는 조상을 향한 예이면서 동시에 자신을 향한 물음처럼 보였다.

차례상이 모두 차려지면, 어머니는 한 걸음 물러서서 상을 바라보셨다. 그리고 잠시 고개를 숙였다. 그 침묵은 길지도 짧지도 않았다. 나는 그 시간이 답답하게 느껴질 때도 있었지만, 그 자리는 누구도 방해하지 않는 고요였다. 어머니는 긴 소원을 늘어놓지 않았다. 대신 짧은 감사와 다짐을 조용히 되뇌었다.

"우리가 흔들리지 않게 해 달라."

그 말은 무엇을 더 달라는 요구가 아니었다. 이미 가진 것을 지킬 힘을 구하는 말에 가까웠다. 나는 그 말을 들으며 기도가 욕망을 채우는 수단이 아니라, 욕망을 다스리는 절차일 수 있다는 사실을 조금씩 이해하게 되었다. 고개를 숙이는 동안 먼저 달라지는 것은 외부의 조건이 아니라 내부의 자세였다.

어린 내게 기도는, 결과를 얻기 위한 행위로 여겨졌다. 시험이 잘 되게 해 달라거나, 일이 잘 풀리게 해 달라는 부탁의 말이라고 여겼다. 그러나 어머니의 기도는 달랐다. 상황을 바꾸기보다 자신을 정리하는 데 더 가까웠다. 고개를 숙이는 동안 어머니의 표정은 더 굳어졌다. 나는 그 변화를 여러 번 지켜보았다.

한번은 집안에 큰 결정을 앞두고 제사를 지낸 적이 있었다. 나는 결과가 어떻게 나올지 불안했고, 어머니 역시 마음이 무거우셨을 것이다. 그러나 제사상 앞에서 어머니의 표정은 흔들리지 않았다. 기도를 마치고 돌아선 얼굴에는 이미 결심이 서 있었다. 그날 나는 처음으로 알았다. 고개를 숙이는 사람은 결코 악한 사람이 아니라는 사실을.

기도는 도망이 아니었다. 오히려 책임을 받아들이기 위한 준비에 가까웠다. 어머니는 그 자리에서 누군가에게 대신 해결해 달라고 말하지 않았다. 다만 스스로 흔들리지 않겠다고 다짐했다. 나는 그 태도를 오래 기억하게 되었다. 고개를 숙이는 시간은 선택을 미루는 시간이 아니라, 선택을 바로 세우는 시간이라는 것을.

사회에 나와 중요한 판단을 내려야 할 때마다 나는 그 장면을 떠올렸다. 급한 결정을 내려야 할 상황에서도 잠시 멈추었다. 무엇이 옳은지 따지기 전에, 내가 어떤 자세로 서 있는지를 먼저 돌아보았다. 그것은 형식적인 기도가 아니라 판단의 순서를 바로잡는 과정이었다. 스스로에게 부끄럽지 않은지를 묻는 시간이었다.

사업을 하면서 한 번은 단기적 이익이 크게 보장된 제안을 받은 적이 있었다. 조건은 매력적이었지만, 과정이 온전하지 않았다. 마음은 흔들렸고, 계산은 빠르게 돌아갔다. 그러나 나는 서두르지 않았다. 그날 밤 사무실에서 혼자 앉아 스스로에게 물었다. "이 선택 앞에서 나는 고개를 들 수 있는가."

그 질문은 어머니의 기도에서 비롯된 것이었다. 누군가의 시선이 아니라, 나 자신의 기준 앞에서 고개를 들 수 있는지를 묻는 일. 나는 결국 그 제안을 거절했다. 단기적 이익은 포기했지만, 판단의 질서는 지켰다고 느꼈다. 그날 나는 고개를 숙이는 법을 배운 사람이 결국 고개를 들어야 할 자리를 안다는 사실을 비로소 체감했다.

어머니는 제사상 앞에서 자신을 낮추었지만, 삶에서는 절대 비굴하지 않았다. 겸손은 작아짐이 아니라 중심을 세우는 방식이라는 것을 나는 그 장면에서 배웠다. 고개를 숙일 줄 알았기에, 고개를 들어야 할 순간도 분명히 알 수 있었다. 그 균형이야말로 품격의 한 형태라는 생각이 들었다.

세월이 흐른 지금, 나는 제삿날의 공기를 떠올리면 여전히 마음이 고요해진다. 칼 소리, 그릇의 위치를 맞추던 손길, 그리고 짧은 기도의 음성. 그것은 종교적 장면이라기보다 삶의 흐름을 바로 세우는 장면에 가까웠다. 나는 그 흐름 안에서 자랐다.

어머니의 기도는 하늘을 움직이기 위한 외침이 아니었다. 자신을 바로 세우기 위한 준비였다. 중요한 것은 결과가 아니라, 결과를 맞이하는 태도라는 사실을 나는 그 자리에서 배웠다. 그래서 나는 판단 앞에서 종종 멈춘다. 그리고 스스로에게 묻는다. 나는 지금 고개를 숙일 줄 아는가.

그 질문이 끝나야 비로소 선택이 시작된다. 제사상 앞에서 배운 것은 의례가 아니라 삶을 대하는 순서였다. 어머니는 많은 말을 남기지 않았다. 그러나 고개를 숙이는 그 짧은 시간 속에 삶의 방향이 담겨 있었다. 나는 그 장면을 기억으로만 두지 않는다. 판단의 순간마다 그 순서를 되짚는다. 그리고 그 반복이 나를 지탱해 주고 있다는 사실을, 이제는 분명히 알고 있다.

# 가난 속의 자존

## 형편과 품격은 다른 문제였다

우리 집은 형편이 넉넉하지 않았다. 계절이 바뀌어도 옷장은 쉽게 달라지지 않았고, 장을 볼 때면 꼭 필요한 것만 고르는 습관이 자연스러웠다. 마을 사람들과 비교하면 분명히 부족한 부분이 많았다. 어린 나는 그 부족함을 또래의 옷차림과 식탁 위 반찬에서 먼저 느꼈다. 그리고 어느 순간, 그 차이를 열등함으로 받아들이기 시작했다.

그러나 어머니는 단 한 번도 형편을 이유로 자신을 낮추지 않았다. 외출할 때면 새 옷이 아니어도 상관없었지만, 구김이 남아 있는 채로 나가는 일은 없었다. 치맛자락을 고치고, 머리를 단정히 묶고, 신발을 닦았다. 그 모습은 화려함과는 거리가 멀었지만 단정했다. 나는 그 단정함이 단순한 꾸밈이 아니라, 형편과 자신을 구분하는 태도라는 사실을 나중에서야 이해했다.

한번은 동네잔치가 열렸을 때였다. 나는 친구들의 새 옷이 부러웠고, 집에 돌아와 투정을 부렸다. "왜 우리는 저렇게 못 해요." 그 말에는 비교와 서운함이 섞여 있었다. 어머니는 잠시 나를 바라보다가 조용히 대답했다.

"남이 입는 옷보다 네가 서 있는 자세가 더 중요하다."

그 말은 어린 내게는 막연하게 들렸다. 그러나 다음 날, 깨끗하게 다려 놓은 내 옷을 건네며 어머니는 덧붙였다. "이 옷으로도 충분하다." 그 말에는 변명 대신 기준이 담겨 있었다. 형편을 숨길 필요도 없고, 그렇다고 자신을 낮출 이유도 없다는 뜻처럼 들렸다.

어머니는 빚을 내어 체면을 세우는 일을 극도로 경계하셨다. 없는 것을 있는 것처럼 꾸미는 일은 결국 자신을 속이는 일이라고 말씀하셨다. 그러나 예의를 소홀히 하는 것도 허락하지 않았다. 형편이 어려워도 약속은 지켰고, 작은 도움이라도 받으면 반드시 인사를 전했다. 나는 그 균형을 보며 자랐다.

한번은 집안 사정이 좋지 않은데도 누군가의 경사에 가야 할 일이 생겼다. 나는 "이번에는 안 가도 되지 않느냐."라고 말했다. 어머니는 고개를 저으며 준비를 계속했다. "우리가 어려워도 관계는 지켜야 한다." 그 말은 체면을 위한 선택이 아니라, 신뢰를 지키기 위한 태도였다.

그날 잔칫집에서 나는 어머니를 유심히 보았다. 과하게 나서지도 않았고, 움츠러들지도 않았다. 필요한 만큼 인사를 나누고, 준비한 작은 정성을 전했다. 돌아오는 길에 어머니는 아무 말도 하지 않았다. 그러나 나는 느꼈다. 우리가 가진 것이 많지 않아도, 지켜야 할 것은 분명히 지키고 있었다는 사실을.

세월이 흘러 사업을 시작하고 나서 나는 또 다른 종류의 유혹을 마주했다. 규모를 키우면 더 커 보일 수 있었고, 외형을 다듬으면 신뢰가 빨리 생길 것 같았다. 그러나 그 선택에는 감당해야 할 부담이 따랐다. 나는 어린 시절 잔칫집에서 보았던 어머니의 등을 떠올렸다. 형편과 품격은 다른 문제라는 그 기준이 다시 떠올랐다.

한번은 무리한 확장을 권유받은 적이 있었다. 당장 외형은 커질 수 있었지만, 내부 준비는 충분하지 않았다. 계산기를 두드리며 숫자를 따져 보다가 문득 생각했다. 내가 지금 세우려는 것은 바탕인가, 아니면 겉모습인가. 그 질문은 어린 시절 들었던 어머니의 말로 이어졌다. "네가 서 있는 자세가 더 중요하다."

나는 결국 그 제안을 거절했다. 단기적으로는 기회를 놓친 선택이었을지도 모른다. 그러나 마음은 이상하게 고요했다. 외형이 아니라 기준을 지켰다는 감각 때문이었다. 형편은 바뀔 수 있지만, 기준이 흔들리면 다시 세우기 어렵다는 사실을 나는 알고 있었다.

가난은 조건이었다. 그러나 조건이 사람의 태도를 결정하지는 않았다. 어머니는 형편을 인정하되, 그 안에서 자신을 흐트러뜨리지 않았다. 자존은 목소리를 높이는 일이 아니라, 스스로를 낮추지 않는 선택이라는 사실을 나는 그 모습에서 배웠다. 그것은 과장이 아니라 절제였고, 허세가 아니라 책임에 가까웠다.

자존은 화려한 선언이 아니다. 없는 것을 덧붙이지 않고, 있는 것에 책임을 지는 태도다. 어머니는 형편을 두고 원망하지 않았다. 대신 주어진 조건 안에서 흐트러지지 않겠다는 자세를 지켰다. 나는 그 반복을 보며 자랐다. 가난 속에서도 등을 곧게 펴는 태도는 그렇게 만들어졌다.

지금 나는 자녀와 후배들을 바라보며 같은 질문을 던진다. '무엇을 더 가져야 하는가.'가 아니라, '어떤 태도로 서 있겠는가.'를 묻는다. 조건은 언제든 변한다. 그러나 태도는 선택의 결과로 남는다. 어머니는 그 선택을 매일의 삶으로 보여 주었다.

나는 더 이상 가난을 두려워하지 않는다. 대신 기준이 흐려지는 것을 더 경계한다. 형편은 나를 설명할 수 있지만, 태도는 나를 규정한다. 어머니는 많은 재산을 남기지 않았다. 대신 자신을 낮추지 않는 방식을 남겼다.

가난 속의 자존은 거창한 구호가 아니었다. 매일의 작은 선택에서 드러나는 자세였다. 나는 그 자세를 완전히 닮지는 못했지만, 중요한 순간마다 그 장면을 떠올린다. 그리고 다시 스스로를 가다듬는다. 형편과 품격은 다른 문제라는 그 단순한 원칙 위에서, 나는 오늘도 선택하고 있다.

# 형편을 넘어선 품격

## 무엇을 지키고 무엇을 버릴 것인가

어머니는 자주 말씀하셨다.

"형편은 바뀔 수 있지만, 사람의 품격은 스스로 지켜야 한다."

나는 그 말을 한동안 이해하지 못했다. 형편이 어려우면 자연히 위축되는 것이 아닌가 싶었다. 여유가 있어야 여유로운 태도가 나온다고 생각했다. 그러나 어머니는 그런 생각을 따르지 않았다.

집안 사정이 좋지 않았던 어느 겨울, 난방을 충분히 할 수 없었던 적이 있었다. 방 안은 서늘했고, 새벽이면 숨이 희미하게 보일 만큼 공기가 차가웠다. 손은 쉽게 시렸고, 발끝은 금세 얼어붙었다. 나는 불평을 늘어놓으며 상황을 탓했다. 그러나 어머니는 불평 대신 선택을 바꾸었다. 이불을 덧대고, 몸을 더 움직이고, 쓸데없는 지출을 줄였다. 그리고 단 한 번도 우리 집이 초라하다고 말하지 않았다.

어머니는 형편을 숨기지 않았다. 그러나 형편을 핑계로 삼지도 않았다. "우리는 지금 이 정도다." 그렇게 말하되, 그 말 속에는 자신을 낮추는 기색이 없었다. 나는 그 태도에서 묘한 안정감을 느꼈다. 상황은 불편했지만, 집안의 중심은 흔들리지 않았다. 그 중심은 난방보다 더 든든했다.

한번은 내가 친구의 집에 다녀온 뒤 비교를 시작한 적이 있다. 그 집은 넓었고, 물건도 많았고, 무엇보다 여유가 느껴졌다. 나는 돌아와 어머니에게 말했다. "우리는 왜 저렇게 못 해요." 그 말 속에는 부러움과 함께 자신을 낮추는 마음이 섞여 있었다. 어머니는 잠시 생각하다가 이렇게 답했다.

"저 집은 저 집의 형편이고, 우리는 우리 형편이다."

그 말은 단순한 현실 인식이 아니었다. 비교의 기준을 밖이 아니라 안으로 돌리는 태도였다. 나는 그날 처음으로 깨달았다. 형편은 숫자로 설명되지만, 품격은 태도로 드러난다는 사실을. 그리고 그 둘은 같은 기준으로 비교할 수 있는 것이 아니라는 것을.

어머니는 어려울수록 더 예의를 지켰다. 인사를 미루지 않았고, 감사의 말을 아끼지 않았다. 작은 도움이라도 받으면 반드시 표현했다. 그 모습은 남에게 보이기 위한 것이 아니라, 스스로에게 부끄럽지 않기 위한 선택에 가까웠다. 품격은 타인의 평가에서 시작되는 것이 아니라, 자기 기준에서 비롯된다는 사실을 나는 그 반복 속에서 배웠다.

사업을 시작하고 몇 해 지나지 않아 큰 손실을 경험한 적이 있다. 거래처와의 관계가 틀어졌고, 오해가 겹치며 신뢰가 흔들렸다. 나는 억울함이 먼저 올라왔다. 변명하고 싶었고, 책임을 나누고 싶었다. 그러나 문득 어머니의 말이 떠올랐다.

"형편이 어려워도 태도는 선택이다."

나는 그날 먼저 전화를 걸었다. 상황을 설명하고, 부족한 부분은 인정하고, 감당해야 할 책임은 분명히 했다. 감정은 내려놓고 상황을 차분히 정리하려 애썼다. 결과가 완벽하지는 않았지만, 관계는 완전히 끊어지지 않았다. 그 선택은 상황을 바꾸기 위한 대응이라기보다 자신의 기준을 지키는 일이었다는 것을 나중에야 알았다.

형편은 늘 변한다. 매출이 늘 때도 있고 줄 때도 있다. 인정받는 순간도 있고 의심받는 순간도 있다. 그러나 그 변화 속에서 무엇을 기준으로 삼느냐가 사람을 가른다. 형편을 기준으로 삼으면 태도도 함께 흔들린다. 그러나 품격을 기준으로 삼으면 조건이 달라져도 중심은 쉽게 무너지지 않는다.

나는 점점 알게 되었다. 형편은 외부의 조건이고, 품격은 내면의 기준이라는 사실을. 외부는 환경에 따라 달라지지만, 내면은 선택을 통해 쌓인다. 선택은 반복되며 성격이 되고, 성격은 결국 사람의 얼굴이 된다. 어머니는 그 얼굴을 매일 다듬으며 살았다. 조건을 탓하기보다 태도를 바로잡는 쪽을 택하면서 말이다.

한번은 친척 중 누군가가 우리 집 사정을 두고 가볍게 말한 적이 있다. 나는 그 말이 못마땅했고, 얼굴이 달아올랐다. 그러나 어머니는 그 자리를 조용히 넘겼다. 돌아오는 길에 나는 물었다.

"왜 아무 말도 안 했어요."

어머니는 담담히 말했다.

"내가 아는 나를 지키면 된다."

그 말은 오래도록 내 안에 남았다. 남의 평가는 형편을 설명할 수는 있어도, 품격까지 결정할 수는 없다는 뜻처럼 들렸다. 내가 아는 나를 지키는 일은 쉽지 않다. 그러나 그것이 가장 흔들리지 않는 버팀목이라는 사실을 나는 점차 이해하게 되었다.

세월이 흘러 나는 이제 누군가의 판단 앞에 서는 위치에 있다. 성공을 평가받기도 하고, 실수를 지적받기도 한다. 외부의 말은 언제든 변한다. 그러나 나는 그 모든 순간에 먼저 묻는다. 나는 지금 무엇을 지키고 있는가. 형편의 변화에 따라 버려도 될 것과, 끝까지 지켜야 할 것을 구분하고 있는가.

형편과 품격의 경계는 눈에 보이지 않는다. 그러나 선택의 순간마다 분명하게 드러난다. 유혹이 있을 때, 손해가 있을 때, 비교가 시작될 때 그 경계는 시험받는다. 어머니는 그 경계를 말로 설명하지 않았다. 대신 매일의 태도로 보여 주었다.

나는 아직 완벽하지 않다. 여전히 비교에 흔들리고, 조건에 따라 마음이 흔들릴 때도 있다. 그러나 중요한 순간마다 그 말이 떠오른다. 형편은 바뀌어도 품격은 스스로 지켜야 한다는 말. 그 말은 나를 높이 세우지 않는다. 다만 흐트러지지 않게 만든다.

형편은 삶의 조건이고, 품격은 삶의 선택이다. 조건은 변하지만, 선택은 쌓인다. 어머니는 조건을 받아들이되, 선택을 가볍게 여기지 않았다. 나는 그 반복 속에서 무엇을 지키고 무엇을 내려놓을지 배우고 있다. 그리고 그 기준 위에서 오늘도 서 있다.

# 말보다 오래 남는 것

## 말하지 않아도 전해지는 것들

어머니는 말을 많이 하는 사람이 아니었다. 잘못했을 때도, 실망스러운 일이 생겼을 때도 긴 훈계로 나를 붙들지 않았다. 대신 잠시 나를 바라보거나 아무 말 없이 자리를 정리하곤 하셨다. 어린 시절 나는 그 침묵이 오히려 더 불편했다. 차라리 꾸중을 들으면 끝났다고 느낄 수 있었을 텐데, 어머니의 말 없는 태도는 오래도록 마음에 남았다. 그 침묵은 사건을 마무리하지 않고 내 안에서 계속 생각하게 했다.

한번은 친구와의 다툼으로 감정이 격해진 채 집에 돌아온 적이 있었다. 억울함을 먼저 쏟아내며 상대의 잘못을 강조했다. 나는 어머니가 즉각 내 편을 들어 주길 기대했다. 그러나 어머니는 내 말을 끝까지 듣고도 판단을 서두르지 않았다. 조용히 물 한 잔을 건네며 말했다.

"조금 있다가 다시 이야기하자."

그 한마디는 나를 당황하게 했다. 나는 당장 위로받고 싶었고, 누군가 내 편이 되어 주길 바랐다. 그러나 어머니는 감정이 가라앉을 시간을 먼저 두었다. 잠시 후 다시 마주 앉았을 때, 어머니는 같은 질문을 던졌다.

"네가 먼저 한 말은 없었니."

그 질문은 나를 몰아붙이지 않았지만, 쉽게 빠져나갈 수 없게 만들었다. 나는 머뭇거리다 내가 먼저 내뱉은 거친 말을 떠올렸다. 상황은 조금씩 다르게 보이기 시작했다. 어머니는 내 잘못을 길게 설명하지 않았다. 대신 내가 내 자신을 보게 했다. 그 경험은 짧았지만 오래 남았다. 판단은 타인의 말보다 자신의 인식에서 시작된다는 사실을 나는 그때 처음 알게 되었다.

어머니의 침묵은 방관이 아니었다. 아무 말도 하지 않는 것이 아니라, 말해야 할 때와 멈추어야 할 때를 구분하는 태도였다. 감정이 앞서면 판단이 흐려진다는 것을 알고 있었던 듯했다. 나는 그 장면을 여러 번 겪으며 알게 되었다. 즉각적인 반응이 항상 옳은 것은 아니라는 사실을. 멈춤은 약함이 아니라, 생각을 깊게 하는 과정이라는 것을.

학창 시절, 시험에서 기대에 못 미치는 결과를 받은 적이 있었다. 나는 변명거리를 먼저 찾았다. 문제 유형이 어려웠다거나 시간이 부족했다거나 하는 말로 자신을 방어했다. 그러나 어머니는 섬수표를 오래 들여다보지 않았다. 대신 조용히 물었다.

"준비한 만큼 나왔니."

그 질문은 외부가 아니라 나 자신을 향하고 있었다. 나는 한동안 대답하지 못했다. 어머니는 더 묻지 않았다. 그 침묵은 나를 불편하게 했지만, 동시에 돌아보게 했다. 나는 그날 처음으로 결과보다 준비하는 태도를 생각하게 되었다.

어머니는 결과보다 태도를 더 오래 지켜보았다. 잘했을 때도 크게 드러내지 않았고, 실수했을 때도 과하게 몰아붙이지 않았다. 대신 반복되는 태도를 살폈다. 같은 실수가 이어질 때는 한마디를 남겼다.

"그건 습관이 된다."

그 말은 짧았지만 묵직하게 남았다. 나는 그 말을 듣고 처음으로 긴장했다. 한 번의 실수는 지나갈 수 있지만, 습관은 사람을 닮아 간다는 뜻처럼 들렸기 때문이다. 어머니의 침묵은 나를 통제하기 위한 것이 아니라, 스스로를 돌아보게 하는 거울과 같았다. 그 앞에서는 변명이 오래 머물지 못했다. 나는 그 침묵 속에서 나를 점검하는 법을 배웠다.

사업을 하면서 나는 여러 회의를 주재하게 되었다. 문제가 발생했을 때 즉각적인 질책은 상황을 정리하는 데 도움이 될 수 있었다. 그러나 곧 깨닫게 되었다. 빠른 지적은 빠른 순응을 만들 수는 있지만, 깊은 이해를 남기지는 않는다는 사실을. 그때마다 어머니의 침묵이 떠올랐다.

나는 실수가 생겼을 때 곧바로 결론을 내리지 않으려 했다. 먼저 상황을 차분히 정리하고, 관련된 사람들의 말을 충분히 듣고, 질문을 던지는 쪽을 택했다.

"이번 일에서 우리가 놓친 것은 무엇인가."

그 질문은 누군가를 몰아세우지 않으면서도 책임을 돌아보게 했다. 나는 어느새 어머니의 방식을 다른 자리에서 반복하고 있었다.

침묵은 무력함이 아니다. 오히려 말의 무게를 아는 사람이 선택하는 태도에 가깝다. 말은 즉각적인 효과를 남기지만, 태도는 시간이 지나도 사라지지 않는다. 어머니는 말의 양을 줄이고, 말이 닿는 깊이를 남겼다. 그 침묵은 기도와도 닮아 있었다.

기도는 길게 말하는 행위라기보다, 먼저 자신을 가다듬는 시간에 가깝다. 어머니는 판단하기 전에 멈추었다. 감정이 가라앉을 시간을 기다렸다. 그 기다림 속에서 기준이 자리 잡았다. 나는 그 과정을 보며 자랐다.

한번은 내가 큰 결정을 앞두고 조급해 하던 적이 있었다. 나는 서둘러 결론을 내리고 싶었다. 그러나 어머니는 내 이야기를 듣고도 곧장 답을 주지 않았다. 대신 이렇게 말했다.

"하루만 더 생각해 봐라."

그 하루는 길게 느껴졌지만, 그만큼 생각을 가라앉히는 시간이 되었다.

침묵은 시간을 남긴다. 그 시간은 생각을 깊게 만들고, 감정을 낮추고, 판단을 다듬는다. 나는 이제 중요한 결정을 앞두면 일부러 하루를 둔다. 즉각 반응하지 않고, 스스로에게 묻는다. 이 판단은 충분히 익었는가.

세월이 흐르며 나는 알게 되었다. 어머니의 가장 큰 가르침은 긴 설명이 아니었다. 오히려 말하지 않은 부분에 더 많은 의미가 담겨 있었다. 그 침묵은 나를 위축시키지 않았고, 대신 스스로 돌아보게 했다. 말보다 오래 남는 것은 태도라는 사실을 나는 점점 이해하게 되었다.

지금도 중요한 선택 앞에서 나는 스스로에게 묻는다. 나는 충분히 멈추었는가. 감정이 지나간 자리에서 판단하고 있는가. 그 질문은 어머니의 침묵에서 비롯되었다. 나는 그 질문 위에서 결정을 내린다.

어머니는 나를 통제하지 않았다. 대신 생각하게 했다. 말을 줄이는 대신 기준을 남겼다. 침묵으로 남긴 가르침은 쉽게 사라지지 않는다. 그것은 설명이 아니라 삶의 방식으로 남는다.

나는 그 방식 위에서 판단하고, 그 흐름 속에서 관계를 이어 간다. 어머니의 말 없는 시간이 내 삶의 깊이를 만들어 왔다는 사실을, 이제는 조용히 받아들인다. 말은 사라지지만 태도는 남는다. 그리고 나는 그 태도 위에 오늘도 서 있다.

# 스스로 서게 한 시간

## 통제하지 않아도 자라게 하는 힘

어머니는 나를 강하게 붙들어 두는 방식으로 키우지 않았다. 위험해 보이는 선택 앞에서도 먼저 막아서기보다 한 걸음 물러서 지켜보는 쪽을 택했다. 어린 나에게는 그 태도가 때로는 무심하게 느껴졌다. 다른 집 부모들처럼 세세하게 간섭하고 방향을 정해 주지 않는 모습이 낯설게 보이기도 했다. 그러나 시간이 흐르면서 나는 알게 되었다. 어머니는 통제로 사람을 바로 세울 수 없다고 믿고 있었다는 사실을.

학창 시절 나는 몇 번의 무모한 결정을 내린 적이 있다. 친구들과 어울려 계획 없이 시간을 보내기도 했고, 현실을 가볍게 본 채 쉽게 선택을 바꾸기도 했다. 어머니는 그 결과를 충분히 예상했을 것이다. 그러나 그때마다 먼저 제동을 걸지 않았다. 대신 한 가지를 분명히 했다.

"네가 정한 일이면 네가 감당해야 한다."

그 말은 차갑지 않았지만 단호했다. 선택을 막지는 않되, 선택 이후의 책임을 대신하지 않겠다는 뜻이었다. 나는 그 말을 듣고 처음으로 자유의 무게를 느꼈다. 누군가 대신 정해 주는 길은 편했지만, 스스로 정한 길에는 물러설 자리가 없었다. 자유는 선택의 권리가 아니라 결과를 감당하는 힘이라는 사실을 그때 배웠다.

한번은 시험 준비를 소홀히 했다가 기대에 크게 못 미치는 결과를 받은 적이 있었다. 나는 환경을 탓하고 싶었고, 일정이 겹쳤다는 핑계를 대고 싶었다. 그러나 어머니는 변명을 받아들이지 않았다. 대신 이렇게 말했다.

"이번에 놓친 것은 점수가 아니라 네 태도다."

그 말은 나를 향해 있었지만, 동시에 내가 보내는 시간을 향한 경고처럼 들렸다. 어머니는 실패 자체를 크게 문제 삼지 않았다. 대신 같은 이유로 반복되는 실패를 더 엄격히 보았다.

"한 번은 실수지만, 두 번은 선택이다."

그 말은 나를 불편하게 만들었다. 그러나 그 불편함은 억압이 아니라 자각을 일으켰다. 나는 그때부터 결과보다 선택의 과정을 돌아보기 시작했다.

집안일에서도 마찬가지였다. 맡은 일은 끝까지 마무리해야 했다. 도중에 포기하거나 다른 사람에게 넘기는 일을 쉽게 허용하지 않았다. 도움을 요청하면 기꺼이 손을 보태 주었지만, 대신 해결해 주지는 않았다. 나는 그 태도를 통해 감당하는 법을 배웠다. 책임은 대신해 주는 순간 사라진다는 사실을 자연스럽게 익혔다.

어느 날 나는 힘든 선택 앞에서 어머니에게 조언을 구한 적이 있다. 솔직히 말하면 답을 대신 정해 주기를 기대했다. 그러나 어머니는 내 이야기를 끝까지 듣고도 결론을 말하지 않았다. 대신 이렇게 물었다.

"그 선택 이후의 시간을 네가 책임질 수 있겠니."

그 질문은 나를 다시 생각하게 만들었다. 나는 한동안 그 말을 곱씹었다. 선택은 순간이지만, 책임은 시간을 따라 이어진다는 사실을 깨달았다. 어머니는 나를 대신해 길을 만들어 주지 않았다. 대신 내가 스스로 걸어가는 법을 배우게 했다. 넘어지지 않게 하는 것이 아니라, 넘어져도 다시 일어날 수 있도록 지켜보는 태도였다.

사업을 운영하면서 나는 이 방식을 자주 떠올렸다. 조직을 이끌다 보면 모든 결정을 직접 통제하고 싶어질 때가 있다. 그렇게 하면 실수는 줄어들 수 있다. 그러나 구성원은 자라지 않는다. 나는 가능한 한 스스로 판단할 여지를 남겨 두려 노력했다.

한번은 후배가 중요한 계약을 맡았을 때였다. 경험이 부족했고, 불안도 컸다. 내가 대신 처리하면 안전했을지도 모른다. 그러나 나는 그에게 준비할 기회를 주고, 과정은 함께 점검하되 최종 판단은 맡겼다. 그 경험은 그를 성장시켰고, 나 역시 통제보다 신뢰를 선택하는 법을 배웠다.

붙잡는 것은 쉬운 일이다. 대신해 주는 것도 빠른 해결처럼 보인다. 그러나 대신 결정해 주는 순간, 상대는 선택하는 힘을 잃는다. 어머니의 물러섬은 방임이 아니었다. 그것은 시간을 허락하는 방식이었다.

기도는 결과를 강요하지 않는다. 대신 시간이 사람을 세울 것이라는 믿음을 전제한다. 어머니는 나를 보호하기보다 스스로 서게 하려 했다. 통제는 즉각적인 안정감을 주지만, 자각은 시간을 필요로 한다. 어머니는 그 시간을 대신 견뎌 주었다.

나는 이제 이해한다. 붙잡지 않고 세우는 방식이 얼마나 섬세한 일인지. 한 발 물러서되 완전히 떠나지 않는 거리. 그 거리는 무관심이 아니라 신뢰에서 비롯된다. 어머니는 그 거리를 끝까지 지켰다.

지금 나는 중요한 결정을 앞두고도 누군가를 탓하지 않는다. 결과가 좋지 않더라도 먼저 내 선택을 돌아본다. 그 습관은 강한 통제 속에서 길러진 것이 아니다. 책임을 스스로 깨닫도록 기다려 준 시간의 결과다. 나는 내 삶의 주인이 되도록 자라났다.

어머니는 나를 보호막 안에 가두지 않았다. 대신 바깥의 바람을 견딜 수 있게 했다. 나는 그 바람 속에서 흔들렸지만 부러지지는 않았다. 붙잡지 않고 세우는 방식은 시간이 걸렸지만 오래 남았다.

이제 나는 누군가를 이끄는 자리에 서 있다. 그리고 같은 질문을 스스로에게 던진다. 어디까지 도와야 하고, 어디서 물러서야 하는가. 나는 어머니가 그랬듯, 대신 결정하기보다 스스로 판단하게 만드는 쪽을 택하려 한다.

붙잡지 않는다는 것은 무관심이 아니다. 오히려 더 깊은 신뢰다. 나는 그 신뢰 속에서 자랐다. 그리고 이제는 그 방식을 다음 세대에게 건네려 한다. 어머니는 나를 통제하지 않았다. 대신 나를 세웠다. 그 시간이 오늘의 나를 만들었다. 나는 그 기준 위에서 오늘도 선택한다. 그리고 누군가가 스스로 설 수 있도록 한 걸음 물러선다.

# 기다림으로 지켜 낸 자리

## 조급함을 다스리는 사람의 방식

어머니는 서두르는 사람처럼 보이지 않았다. 일이 많을수록 발걸음은 더 조용해졌고, 상황이 급해질수록 목소리는 오히려 낮아졌다. 어린 시절의 나는 그 태도를 답답하게 느낀 적이 있다. 일이 밀려 있는데 왜 저렇게 느긋한가 싶었고, 속도를 높이지 않으면 뒤처질 것처럼 보였다. 그러나 시간이 지나며 나는 알게 되었다. 어머니의 기다림은 느림이 아니라 자신을 지키는 속도였다는 사실을.

어느 해 수확을 앞두고 비가 며칠째 이어진 적이 있었다. 밭은 물을 머금고 있었고, 작물은 더 이상 시간을 허락하지 않는 상태였다. 나는 불안한 마음에 "이러다가 다 망하는 것 아니냐."라고 말했다. 그러나 어머니는 밭을 둘러본 뒤 조용히 말했다.

"지금 할 수 있는 건 기다리는 것뿐이다."

그 말은 체념이 아니라 상황을 받아들이는 판단이었다. 어머니는 비를 멈출 수 없다는 사실을 알고 있었다. 대신 비가 그친 뒤 무엇을 먼저 해야 할지 이미 생각해 두고 있었다. 기다림은 아무것도 하지 않는 시간이 아니라, 다음 순서를 준비하는 시간이었다.

나는 그 차이를 그때는 이해하지 못했다. 그러나 어머니의 표정에는 불안보다 계산이 먼저 자리하고 있었다. 조급함을 밖으로 드러내기보다 안에서 다스리는 모습이었다.

며칠 뒤 비가 그쳤고, 어머니는 가장 먼저 밭으로 향했다. 젖은 흙을 살피고, 손상된 부분을 정리하고, 남은 것을 구분했다. 서두르지 않았지만 지체하지도 않았다. 기다림이 끝난 자리에는 이미 다음 행동이 준비되어 있었다. 나는 그날 깨달았다. 기다림은 결과를 맡기는 시간이 아니라, 결과 이후를 대비하는 시간이라는 사실을.

어머니의 기다림은 사람을 대할 때도 같았다. 내가 실수했을 때 즉각적인 판단을 내리지 않았고, 갈등이 생겼을 때 감정을 먼저 드러내지 않았다. 대신 시간을 두고 다시 이야기를 꺼냈다. 그 사이 감정은 가라앉고, 상황은 더 또렷해졌다. 기다림은 관계를 지켜 내기 위한 자리이기도 했다.

한번은 내가 중요한 결정을 앞두고 조급해한 적이 있다. 기회를 놓칠까 두려웠고, 다른 사람보다 뒤처질까 불안했다. 나는 빠른 선택이 능력이라고 믿었다. 그러나 어머니는 조용히 물었다.

"그 선택을 하루만 더 생각해 보면 어떠냐."

그 하루는 나를 멈추게 했다. 그리고 멈춤은 판단을 맑게 했다. 나는 그 하루 동안 계산을 다시 했고, 감정을 덜어 냈고, 이유를 다시 정리했다. 결과적으로 선택은 달라졌고, 이후의 방향도 달라졌다. 만약 그때 서둘렀다면 나는 다른 결과를 맞았을지도 모른다. 기다림은 시간을 허비하는 일이 아니라, 판단을 더 분명하게 만드는 과정이었다. 속도를 낮추는 순간 판단의 깊이는 오히려 높아졌다.

사업을 하면서 조급함은 가장 흔한 유혹이었다. 경쟁이 치열할수록 빠른 결정이 능력처럼 보였다. 그러나 몇 번의 시행착오 끝에 나는 알게 되었다. 빠른 판단이 반드시 정확한 판단은 아니라는 사실을. 속도는 앞설 수는 있어도, 기준을 대신할 수는 없었다.

어머니의 기다림은 불안을 억누르는 기술이 아니었다. 오히려 불안을 인정하되 거기에 휩쓸리지 않는 태도였다. 나는 그 방식을 기억했다. 그래서 중요한 계약 앞에서도 하루를 더 두었고, 갈등이 생겼을 때도 즉각적인 반응을 미루었다. 그 한 박자의 여유가 많은 실수를 막아 주었다. 기다림은 조급함으로부터 자신을 지켜 내는 방법이었다.

기다림은 소극적으로 보이기 쉽다. 그러나 어머니의 기다림은 기도와 닮아 있었다. 상황을 억지로 바꾸려 하기보다, 먼저 자신을 가라앉히는 태도였다. 기도는 무엇을 더 얻기 위한 행위가 아니라, 조급함을 내려놓는 시간일지도 모른다. 기다림 속에서 판단의 결은 더 또렷해지고 있었다.

어머니의 기다림은 방관이 아니었다. 더 정확히 보기 위한 거리 두기였다. 감정이 앞서지 않도록, 판단이 흐려지지 않도록 시간을 확보하는 일이었다. 기다림은 외부를 바꾸려는 시도가 아니라, 자신을 바로 세우는 태도였다. 나는 그 태도를 반복 속에서 배웠다.

나는 후배들에게 종종 이렇게 말한다.

"결정은 빠르게 내려도 되지만, 판단은 충분히 하고 내려라."

그 말은 어머니의 방식에서 비롯된 것이다. 기다림은 무능의 표시가 아니라 중심의 표현이다. 상황이 바뀌기만을 기다리는 태도가 아니라, 내가 흔들리지 않겠다는 다짐이다. 기다림은 자신을 지키는 선택이다.

어머니는 내가 조급해할 때마다 말했다.

"급할수록 한 번 더 본다."

그 말은 단순한 조언이 아니었다. 속도를 조절하는 기준이었다. 나는 그 말을 반복하며 자랐다. 그리고 중요한 순간마다 그 말을 떠올린다.

세월이 흐르며 나는 알게 되었다. 기다림은 시간의 길고 짧음의 문제가 아니라 태도의 문제라는 사실을. 누구나 기다릴 수는 있지만, 흔들리지 않으며 기다리는 일은 다르다. 기다림은 방향을 잃지 않기 위한 선택이다. 어머니는 그 차이를 삶으로 보여주었다.

지금 나는 중요한 선택 앞에서 잠시 멈춘다. 그리고 스스로에게 묻는다. 나는 지금 조급함에 밀리고 있는가, 아니면 기준을 따라가고 있는가. 그 질문은 어머니의 기다림에서 비롯되었다. 나는 그 질문 위에서 결정을 내린다. 멈춤은 나를 약하게 만들지 않는다.

어머니의 기다림은 결과를 보장하지 않았다. 그러나 후회를 줄였다. 조급함이 남길 수 있는 상처를 미리 막아 주었다. 나는 그 태도를 따라 오늘도 속도를 조절한다. 서두르지 않는 것이 뒤처지는 것이 아니라는 사실을 이제는 안다.

기다림은 시간이 흘러가기를 바라보는 일이 아니다. 방향을 흐리지 않기 위해 자신을 가다듬는 일이다. 어머니는 그 과정을 매번 반복했다. 나는 그 장면을 보며 자랐다. 기다림은 멈춤이 아니라 더 나은 출발을 위한 준비였다.

어머니는 조급함에 끌려가지 않았다. 대신 중심을 지켰다. 나는 그 중심 위에서 오늘도 선택한다. 그리고 중요한 순간마다 속도를 낮춘다. 기다림으로 자신을 지켜 낸 사람의 방식을, 나는 지금도 배우고 있다.

# 실패를 품은 손길

## 넘어졌을 때 배운 사람의 무게

나는 처음 큰 실패를 경험했을 때 세상이 무너진 듯한 기분을 느꼈다. 준비했다고 믿었던 일이 예상과 전혀 다른 방향으로 흘러갔고, 결과는 냉정했다. 그때 나는 결과 자체보다 사람들의 시선이 더 두려웠다. 누군가의 기대를 저버렸다는 사실이 마음을 짓눌렀다. 집으로 돌아오는 길이 유난히 길게 느껴졌다.

나는 어머니가 실망할 것으로 생각했다. 노력의 부족을 지적하거나, 더 준비했어야 한다고 말할 것으로 예상했다. 그러나 어머니는 내 표정을 보자마자 다른 질문을 던졌다.

"많이 힘들었지."

그 말은 실패의 원인을 묻기 전에, 나의 상태를 먼저 살피는 말이었다. 나는 그 한마디에 잠시 말을 잃었다.

어머니는 그날 결과에 대해 길게 이야기하지 않았다. 대신 식탁에 앉아 평소와 다르지 않게 저녁을 차렸다. 집 안의 공기는 평온했고, 특별한 긴장도 없었다. 그 평온함이 오히려 나를 돌아보게 했다. 실패가 집 전체를 흔드는 사건이 아니라는 사실이 위안이 되었다. 삶은 한 번의 결과로 무너지지 않는다는 메시지가 말없이 전해졌다.

식사를 마친 뒤 어머니는 조용히 물었다.

"이번에 배운 건 뭐냐."

그 질문은 나를 작게 만들지 않았다. 오히려 다시 설 수 있는 자리를 열어 주었다. 실패와 나를 동일하게 여기지 않는 태도였다. 나는 그날 처음으로 알게 되었다. 실패는 하나의 사건일 뿐, 사람 자체를 의미하지는 않는다는 사실을.

어머니는 결과를 부정하지 않았다. 잘못은 분명히 인정해야 한다고 했다. 그러나 나를 결과에 묶어 두지도 않았다. 행동은 돌아보되, 존재는 지켜 주는 방식이었다. 그 구분이 나를 다시 움직이게 했다.

나는 그날 이후 실패를 다르게 바라보기 시작했다. 실패는 감정의 끝이 아니라 해석의 출발이라는 생각이 자리 잡았다. 무엇이 잘못되었는지 묻는 말은 나를 공격하는 칼이 아니라, 나를 더 강하게 만드는 도구가 되었다. 나는 처음으로 실패를 숨기지 않고 마주하는 연습을 했다. 그 연습이 이후의 태도를 바꾸어 놓았다.

몇 해 뒤 사업을 시작하고 큰 손실을 경험했을 때, 나는 또다시 같은 감정을 마주했다. 계산은 어긋났고, 기대는 무너졌다. 직원들의 얼굴을 보는 것이 쉽지 않았다. 책임은 무거웠고, 말은 쉽게 나오지 않았다. 그때 문득 어머니의 질문이 떠올랐다.

"이번에 배운 건 뭐냐."

나는 장부를 다시 펼쳤다. 손해의 원인을 하나씩 짚어 보고, 판단이 어떻게 흘러갔는지 되돌아보았다. 누군가를 탓하기보다, 과정에서 놓친 부분을 찾으려 했다. 감정은 잠시 내려놓고 상황을 먼저 차분히 정리하려 했다. 그 과정은 힘들었지만, 다시 방향을 잡는 계기가 되었다.

실패를 어떻게 받아들이느냐가 다음 선택을 바꾼다는 사실을 그때 분명히 느꼈다. 실패를 외면하면 같은 일이 반복되고, 지나치게 키우면 스스로 위축된다. 그러나 정확히 이해하면 그것은 자산이 된다. 어머니는 그 방법을 이미 오래전에 보여주고 있었다. 실패를 감정의 상처로 남기지 않고, 배움으로 바꾸는 법을 말이다.

어머니는 위로의 말을 길게 하지 않았다. 대신 내가 스스로 이해할 수 있도록 기다렸다. 감정에 머무르지 않게 하면서도, 감정을 무시하지 않도록 균형을 잡아 주었다. 나는 그 균형 속에서 회복하는 방법을 배웠다. 실패를 빨리 잊는 것이 아니라, 제대로 이해하는 법을 배웠다.

실패를 받아들인다는 것은 잘못을 덮는 일이 아니다. 오히려 정면으로 마주할 수 있게 해 주는 태도다. 어머니는 실패 앞에서도 먼저 중심을 잃지 않았다. 원망하거나 변명하기보다, 상황을 받아들이고 그 안에서 배울 것을 찾았다. 나는 그 모습을 보며 깨달았다. 기도는 잘되게 해 달라는 요청이 아니라, 잘되지 않았을 때도 흔들리지 않겠다는 다짐일 수 있다는 사실을.

나는 이제 후배가 실수를 했을 때 같은 질문을 던지려 한다.

"이번에 무엇을 배웠는가."

질책보다 이해를 먼저 요구하는 방식이다. 그 질문은 사람을 위축시키지 않고, 스스로 돌아보게 만든다. 문제를 개인의 부족함으로만 보지 않고, 과정 전반을 돌아보는 계기로 만든다. 나는 어머니에게서 배운 회복의 방식을 조직 안에서 반복하고 있다.

실패는 누구에게나 온다. 그러나 실패를 대하는 태도는 사람마다 다르다. 어떤 이는 그 자리에서 멈추고, 어떤 이는 거기서 다시 시작한다. 어머니는 그 차이를 분명히 보여주었다. 실패를 부끄러움으로 묶지 않고, 성장의 기회로 바꾸는 법을 가르쳐 주었다.

나는 이제 실패가 두렵지 않다고 말할 수는 없다. 여전히 흔들리고, 여전히 아프다. 그러나 실패를 끝이라고 생각하지는 않는다. 그날 식탁의 공기처럼, 삶은 계속된다는 사실을 알고 있기 때문이다. 결과는 지나가지만, 태도는 남는다.

어머니는 실패를 작게 만들지도, 크게 부풀리지도 않았다. 다만 제자리에 두었다. 그 태도가 나를 지탱해 주었다. 나는 그 자리에서 다시 시작할 수 있었다. 실패를 품어 준 손길은 나를 약하게 만들지 않았다. 오히려 무게를 견디는 사람으로 세워 주었다.

어머니의 태도는 내게 회복하는 방법을 남겼다. 실패 앞에서 무너지지 않고, 성급히 피하지 않고, 조용히 돌아보는 법을 남겼다. 나는 그 바탕 위에서 오늘도 다시 시작한다. 그리고 넘어졌을 때 배운, 사람의 무게를 잊지 않는다.

# 2장

**태도의 씨앗,**

## 조용히 자라난 기준

※

# 믿음이 만든 결

## 흔들리지 않기 위해 먼저 세운 자리

어머니는 어려운 상황에서도 쉽게 불안을 드러내지 않는 사람이 었다. 형편이 나빠질 때도 있었고, 예기치 않은 일이 겹쳐 집안의 분위기가 무거워질 때도 있었다. 그러나 어머니의 말투는 크게 달라지지 않았다. 목소리는 낮았지만 흔들림이 없었고, 표정은 걱정을 감추기보다 스스로를 먼저 바로 세운 사람의 얼굴에 가까웠다. 나는 그 차분함을 어린 마음에 무심함으로 오해한 적이 있었다. 그러나 시간이 흐른 뒤에야 그것이 감정이 없는 것이 아니라 중심을 지키려는 선택이었다는 사실을 이해하게 되었다.

어느 해 겨울, 집안 사정이 갑자기 기울었던 때가 있었다. 수확은 기대에 미치지 못했고, 장에 내다 팔 물건도 눈에 띄게 줄어들었다. 나는 어머니가 크게 낙심할 것으로 생각했다. 그러나 어머니는 장부를 펼쳐 놓고 조용히 계산을 다시 시작했다. 무엇을 줄이고 무엇을 지켜야 하는지 하나씩 짚어 가며 상황을 정리했다. 감정을 앞세우기보다 기준을 먼저 세우는 방식이었다.

그날 밤 나는 부엌 문틈 사이로 어머니의 등을 보았다. 그 등은 작아 보였지만 흔들림이 없었다. 불안이 없어서가 아니라, 불안에 휩쓸리지 않겠다는 태도가 느껴졌다. 어머니는 한숨을 길게 내쉬기보다 다음 날 해야 할 일을 적고 있었다. 문제를 키우기보다 순서를 세우는 모습이었다. 나는 그 장면을 바라보며 이유 없이 마음이 놓였다.

어머니는 "잘될 거다."라는 말을 쉽게 하지 않은 대신 이렇게 말했다.

"우리가 할 수 있는 것부터 하자."

그 말은 막연한 낙관이 아니라 태도를 세우는 기준이었다. 믿음은 결과를 단정하는 말이 아니라, 지금의 자리를 바로 세우는 힘이라는 사실을 나는 그때 처음 배웠다. 상황이 좋아질 것이라 기대하기보다, 상황 앞에서 무너지지 않겠다는 선택이었다. 그 선택이 집안의 분위기를 지탱하고 있었다.

어느 날 나는 학교에서 기대에 못 미치는 성적을 받아왔다. 실망이 컸고, 변명거리를 먼저 찾고 싶었다. 그러나 어머니는 점수에 대해 길게 묻지 않았다. 대신 조용히 물었다.

"다음에는 무엇을 바꿀 거냐."

그 질문은 나를 방어에서 계획으로 옮겨 놓았다. 감정에 머무르지 않도록 이후를 묻는 방식이었다. 나는 그 질문을 오래 기억했다. 믿음은 실망을 부정하지 않는다. 대신 실망에 머물지 않도록 다음을 세운다.

어머니는 내가 실패하지 않을 것이라 믿은 것이 아니라, 실패 이후에도 다시 설 수 있다고 믿었다. 그 차이가 내 안에 책임의 감각을 남겼다. 나는 실패를 숨기기보다 이해하려는 태도를 갖게 되었다.

사업을 시작한 이후에도 비슷한 장면은 반복되었다. 예상했던 계약이 무산되고, 신뢰하던 거래처가 등을 돌린 적이 있었다. 분노와 허탈함이 동시에 밀려왔다. 나는 한동안 말을 잃고 사무실에 앉아 있었다. 감정이 앞서면 판단이 흐려진다는 것을 알면서도 마음은 쉽게 가라앉지 않았다. 그때 문득 어머니의 부엌 등이 떠올랐다.

불안 속에서도 장부를 다시 펼치던 손길, 감정에 머무르지 않고 다음 순서를 세우던 태도. 나는 그 기억을 붙들고 상황을 다시 정리하기 시작했다. 무엇이 잘못되었는지, 무엇을 바꿔야 하는지, 어디까지 감당할 수 있는지 차분히 따져 보았다. 불안이 앞설 때는 결정을 미루고, 분노가 앞설 때는 말을 줄였다. 감정이 먼저 움직이면 판단이 흐려진다는 사실을 여러 번 경험했기 때문이다. 그렇게 믿음은 감정을 억누르는 힘이 아니라 감정을 다루는 기준으로 자리 잡았다.

나는 이후 중요한 판단을 할 때마다 먼저 감정의 상태를 확인하는 습관을 들였다. 불안이 중심에 서 있으면 결정을 미루었고, 분노가 앞서면 표현을 절제했다. 이것은 타고난 기질이 아니라 반복된 경험의 결과였다. 어머니에게서 본 방식을 의식적으로 따라 하며, 상황 앞에서 먼저 나를 세우는 연습을 이어 갔다. 그렇게 믿음은 위로가 아니라 판단의 순서를 세우는 기준이 되었다. 그 기준은 나를 성급함으로부터 지켜 주었다.

나는 후배를 이끄는 자리에 서면서 이 차이를 더 분명히 느끼게 되었다. 누군가 실수를 했을 때 즉각적인 질책은 쉬운 선택이었다. 그러나 나는 먼저 다음을 묻는 방식을 택하려 했다.

"이번 일에서 무엇을 배우는가."

그 질문은 사람을 위축시키지 않으면서도 책임을 흐리지 않는다. 믿음은 방임이 아니라 가능성을 전제로 기준을 제시하는 태도임을 점점 깨닫게 되었다.

한번은 내가 크게 실수해 집안에 손해를 끼친 적이 있다. 나는 어머니의 눈을 마주 보지 못했다. 그러나 어머니는 손해를 정리한 뒤 차분히 말했다.

"사람은 실수보다 이후가 중요하다."

그 말은 위로가 아니라 방향을 묻는 말이었다. 나는 그 말 앞에서 다시 설 수 있었다.

그날 이후 나는 결과보다 이후를 먼저 생각하게 되었다. 실패는 끝이 아니라 과정의 일부라는 이해가 자리 잡았다. 믿음은 내가 완전하다는 선언이 아니라, 내가 계속 나아갈 수 있다는 전제였다. 그 전제가 나를 쉽게 포기하지 않게 만들었다. 그리고 그 반복이 나의 태도를 만들었다. 믿음은 그렇게 감정이 아니라 삶의 기준이 되었다.

세월이 흐르며 나는 깨닫는다. 어머니의 믿음은 위로의 말이 아니라 태도의 방향이었다는 사실을. 불안한 상황에서도 자신을 먼저 바로 세우는 선택. 결과가 보장되지 않아도 중심을 잃지 않겠다는 결심. 나는 그 방향 안에서 자랐다. 그리고 그 방향 위에서 지금도 판단한다.

지금도 중요한 결정을 앞두면 나는 먼저 묻는다. 나는 불안에 끌리고 있는가, 아니면 기준에 따라 움직이고 있는가. 그 질문은 어머니의 태도에서 비롯된 것이다. 믿음은 나를 안심시키는 말이 아니라, 나를 바로 세우는 힘이었다. 상황을 낙관하는 힘이 아니라, 상황 속에서도 흔들리지 않게 하는 힘이었다. 나는 그 힘을 오늘도 반복해 사용한다.

어머니는 내게 성공을 약속하지 않았다. 대신 흔들리지 않는 방식을 남겼다. 나는 그 방식을 따라 판단하고, 그 바탕 위에서 다시 시작한다. 믿음이 삶의 결을 만들었고, 그 결이 지금의 나를 지탱하고 있다. 나는 그 자리에서 오늘도 나를 바로 세운다.

# 존엄을 잃지 않는 자리

## 무너지지 않는 사람의 자세

어머니가 내게 남긴 말 가운데 가장 오래 남은 말이 있다. 길지 않았고, 특별히 꾸민 표현도 아니었다. 다만 여러 번 반복되었고, 상황이 달라져도 의미는 흔들리지 않았다.

"어려울수록 얼굴을 들어라."

그 말은 위로라기보다 요청에 가까웠다. 감정을 달래기보다 태도를 바로 세우라는 뜻이었다.

처음 그 말을 들은 것은 내가 크게 위축되었을 때였다. 학교에서 공개적으로 지적받고 사람들 앞에서 실수한 적이 있었다. 나는 고개를 들 수 없을 만큼 부끄러웠고, 그 장면이 머릿속에서 쉽게 떠나지 않았다. 집으로 돌아와도 마음은 계속 움츠러들어 있었다. 어머니는 상황을 길게 묻지 않았다. 대신 내 자세를 먼저 살폈다.

"고개부터 들어라."

그 말은 감정을 무시하라는 뜻이 아니었다. 오히려 감정에 눌리지 말라는 신호에 가까웠다. 나는 억지로 고개를 들었고, 그 순간 어머니는 덧붙였다.

“실수는 있었어도 네가 작아진 건 아니다.”

그 말은 사건과 나 자신을 분리해 주었다. 나는 그 구분 덕분에 다시 설 수 있었다.

어머니는 결과를 가볍게 넘기지 않았다. 내가 부족했던 부분을 덮어 주지도 않았다. 그러나 실수 때문에 존재까지 낮아질 필요는 없다고 말했다. 나는 그 차이를 그때는 완전히 이해하지 못했다. 다만 얼굴을 드는 행동 자체가 나를 조금 더 굳건하게 만든다는 느낌을 받았다. 자세를 바로 세우는 일이 생각보다 큰 변화를 만든다는 사실을 그때 처음 알게 되었다.

몇 해 뒤 직장에 처음 발을 디딘 시절, 나는 다시 비슷한 상황을 맞았다. 경험은 부족했고, 판단은 미숙했으며, 평가는 냉정했다. 나는 점점 말수가 줄었고, 회의 자리에서도 시선을 피하곤 했다. 존재까지 작아지는 느낌이 들었다. 그때 어머니의 말이 떠올랐다.

“어려울수록 얼굴을 들어라.”

나는 다음 회의에서 의도적으로 자세를 바로 세웠다. 목소리가 완벽하지는 않았지만 의견을 숨기지 않았다. 틀릴 수 있다는 것을 알면서도 생각을 정리해 말했다. 그 선택이 큰 변화를 만들지는 않았다. 그러나 나는 다시 내 자리에 서 있었다. 숨지 않았다는 사실이 나를 다시 일으켜 세웠다.

얼굴을 든다는 것은 거만해지는 일이 아니다. 도망치지 않겠다는 태도다. 실패를 부정하지 않으면서도 그 안에 머물지 않겠다는 선택이다. 나는 그 이후 사람들 앞에 서야 하는 자리를 피하지 않으려 했다. 작은 발표라도 스스로 맡았고, 실수가 두려워도 발언을 미루지 않았다. 얼굴을 드는 일은 용기의 문제가 아니라 반복의 문제라는 사실을 알게 되었다. 그 반복이 자세를 습관으로 만들었다.

사업을 운영하면서도 같은 원칙은 이어졌다. 손실이 생겼을 때, 관계가 흔들렸을 때, 책임이 무겁게 내려앉았을 때 나는 고개를 숙이고 싶었다. 상황을 피하고 싶었고, 누군가 대신 설명해 주기를 바랐다. 그러나 그때마다 스스로에게 물었다. 나는 지금 얼굴을 들 수 있는가. 그 질문은 체면을 지키기 위한 것이 아니라 나의 기준을 지키기 위한 것이었다.

한번은 계약 문제로 오해가 생겨 직접 설명해야 하는 자리가 있었다. 분위기는 차가웠고, 신뢰는 약해진 상태였다. 나는 변명 대신 사실을 정리했고, 부족한 부분은 인정했다. 책임은 분명히 하되, 나 자신을 낮추지는 않으려 했다. 그 과정은 쉽지 않았지만 도망치지는 않았다. 그날 이후 관계는 서서히 회복되기 시작했다.

나는 그 경험을 통해 알게 되었다. 얼굴을 드는 사람만이 관계를 다시 세울 수 있다는 사실을. 숨는 순간 신뢰는 더 약해지고, 드러내는 순간 정리가 시작된다. 어머니가 말한 얼굴은 체면이 아니라 태도였다. 남에게 보이기 위한 표정이 아니라 자신을 잃지 않는 자세였다. 그 자세가 결국 사람을 남게 한다는 것을 나는 몸으로 느꼈다.

어머니는 어려운 상황에서도 목소리를 낮추되 등을 굽히지 않았다. 형편이 기울 때도 예의를 지켰고, 억울한 말을 들어도 필요 이상의 변명을 하지 않았다. 고개를 숙여야 할 자리에서는 숙였지만, 자신을 낮출 이유가 없을 때는 분명히 들었다. 나는 그 모습을 반복해서 보았다. 존엄은 큰소리에서 오는 것이 아니라 균형에서 온다는 사실을 배웠다.

세월이 흐르며 나는 그 말의 무게를 더 분명히 이해하게 되었다. 얼굴을 든다는 것은 자신을 존중하는 일이다. 조건이 나를 설명할 수는 있어도, 나를 결정할 수는 없다는 태도다. 나는 그 태도를 반복하며 살아왔다. 상황은 여러 번 흔들렸지만, 자세는 다시 세울 수 있었다. 그 반복이 나를 지켜 주었다.

지금 나는 누군가의 판단 앞에 서는 위치에 있다. 성과를 설명해야 할 때도 있고, 실수를 인정해야 할 때도 있다. 나는 그 모든 순간에 먼저 자세를 점검한다. 고개를 숙여야 할 이유가 있다면 숙이되, 불필요하게 자신을 낮추지는 않으려 한다. 결과와 나 자신을 구분하는 습관이 자연스럽게 자리 잡았다. 그것이 내가 배운 존엄의 기준이다.

어머니의 말은 단순한 격려가 아니었다. 그것은 삶의 기본자세에 대한 요청이었다. 어려움은 누구에게나 오지만 태도는 선택할 수 있다는 사실을 가르쳐 주었다. 나는 그 선택을 반복하며 지금의 자리에 서 있다. 얼굴을 들고 산다는 것은 완벽해진다는 뜻이 아니다. 부족함을 인정하되, 존재까지 부정하지 않는 일이다.

어머니가 남긴 그 말은 여전히 현재형이다. 나는 어려운 순간마다 다시 고개를 든다. 그 행동이 나를 다시 세운다. 얼굴을 들고 살아라, 그 말은 지금도 내 판단의 바탕에 놓여 있다. 나는 그 자세 위에 오늘도 서 있다.

# 감정을 다루는 방식

## 흔들리지 않는 것은 차분함에서 시작된다

어머니는 감정을 억누르는 사람이 아니었다. 기쁘면 웃었고, 슬프면 눈시울이 붉어졌다. 그러나 감정이 판단을 앞지르는 일은 없었다. 나는 그 흐름을 오랫동안 곁에서 지켜보았다. 얼굴에는 분명한 변화가 있었지만, 결정의 방향에는 급격한 흔들림이 없었다. 감정은 표현되었고, 기준은 유지되었다.

어릴 적 나는 쉽게 흥분하는 아이였다. 억울하면 곧바로 목소리가 높아졌고, 화가 나면 말을 거칠게 내뱉었다. 순간의 감정이 전부인 듯 행동하곤 했다. 그때마다 어머니는 즉각적으로 맞서지 않았다. 한 박자 늦추는 방식으로 나를 멈추게 했다.

"지금 말하지 말고, 조금 있다가 다시 이야기하자."

그 말은 감정을 부정하는 뜻이 아니라 시간을 벌어주는 말이었다. 나는 그때마다 답답함을 느꼈다. 당장 해결해야 할 문제라고 여겼기 때문이다. 그러나 시간이 조금 지나면 내 말이 지나쳤다는 사실을 스스로 알게 되었다. 어머니는 그 과정을 대신 설명하지 않았다. 내가 직접 깨닫도록 거리를 두었다. 감정이 가라앉으면 사실이 또렷해진다는 경험을 반복하게 했다. 그 반복이 내 안에 작은 기준을 만들었다.

한번은 친구와 크게 다툰 적이 있었다. 나는 상대의 잘못만을 강조하며 집에 돌아왔다. 어머니는 내 이야기를 끝까지 들었다. 중간에 끼어들지 않았고, 상대를 평가하지도 않았다. 감정을 받아 주되 방향을 정해 주지는 않았다. 그리고 잠시 침묵이 흐른 뒤 조용히 물었다.

"네 말 중에 네가 다시 생각해 볼 부분은 없느냐."

그 질문은 나를 방어에서 돌아봄으로 옮겨 놓았다. 나는 처음으로 내 말의 태도와 방식을 돌아보았다. 감정은 사실을 키우지만 질문은 균형을 되찾게 한다는 사실을 그때 배웠다. 어머니는 옳고 그름을 서둘러 가르치지 않았다. 대신 내가 스스로 판단의 자리에 서도록 두었다. 감정을 지나 생각으로 옮겨 가는 흐름을 보여 준 셈이었다.

어머니는 화를 내야 할 상황에서도 언성을 높이지 않았다. 대신 짧고 분명한 말로 선을 그었다. 감정의 크기와 목소리의 크기가 항상 같은 것은 아니라는 사실을 몸으로 보여 주었다. 격앙된 태도는 순간적인 압박은 줄 수 있지만, 오래 남는 신뢰를 만들지는 못한다는 점을 나는 뒤늦게 이해했다. 단호함과 차분함은 함께 갈 수 있었다.

성인이 되어 직장 생활을 하며 나는 감정 관리의 중요성을 더욱 실감했다. 억울한 평가를 받았을 때, 부당한 요구를 들었을 때 즉각적으로 반응하고 싶은 충동이 올라왔다. 순간적으로 강한 표현을 쓰면 속은 시원할 것 같았다. 그러나 나는 먼저 시간을 두었다. 바로 답하지 않고 하루를 넘겨 생각했다. 감정이 빠져나간 자리에서 표현을 다시 다듬었다.

그 선택은 관계를 지키는 데 결정적이었다. 감정이 가라앉은 뒤에는 표현의 방식이 달라졌다. 공격 대신 설명을 택했고, 변명 대신 상황을 차분히 정리했다. 나는 그 차이가 결과를 바꾼다는 사실을 경험으로 확인했다. 같은 내용이라도 상태에 따라 전혀 다른 의미로 전달될 수 있었다. 감정을 다루는 일은 결국 표현을 다루는 일과 이어져 있었다.

사업을 운영하면서 더 큰 시험이 찾아왔다. 계약이 어그러지고 신뢰가 흔들리고 책임이 한쪽으로 몰릴 때가 있었다. 감정이 앞서면 상황은 더 복잡해졌다. 나는 어머니의 표정을 떠올렸다. 감정을 없애려 하기보다 다루라는 태도였다. 화가 나는 순간에도 말의 순서를 고르고, 억울한 상황에서도 말투를 낮추는 연습을 이어 갔다. 그 훈련은 반복 속에서 조금씩 몸에 배었다.

어머니는 늘 말했다.

“화는 잠깐이고 말은 오래간다.”

그 말은 감정이 머무는 시간과 말이 남는 시간을 정확히 짚고 있었다. 순간의 감정은 사라지지만, 남긴 말은 오래 기억된다는 뜻이었다. 나는 그 무게를 여러 번 경험했다. 짧은 분노는 가라앉았지만, 성급하게 내뱉은 말은 관계에 오래 남았다. 그 경험이 나를 더 신중하게 만들었다.

감정을 억누르는 것과 다루는 것은 다르다. 억누름은 눌러 두는 것이고, 다룸은 방향을 정하는 일이다. 어머니는 감정을 숨기지 않았지만 감정이 기준을 흔들게 하지는 않았다. 나는 그 차이를 뒤늦게 이해했다. 이후로 감정이 먼저 올라오는 순간을 기록하기 시작했다. 왜 화가 났는지, 무엇이 상처였는지, 내가 두려워한 것은 무엇이었는지를 적어 내려갔다. 감정에 이름을 붙이는 연습은 판단의 흔들림을 줄여 주었다.

지금 나는 중요한 결정을 앞두면 먼저 내 상태를 점검한다. 화가 난 상태인지, 피로가 쌓인 상태인지 확인한다. 판단은 감정 위에서 이루어지기 때문이다. 나는 감정을 부정하지 않지만, 감정에 끌려가지는 않으려 한다. 상태를 인식하는 것만으로도 반응의 강도는 달라진다. 감정을 다루는 일은 결국 자신을 다루는 일이라는 사실을 실감한다.

후배가 격앙된 목소리로 문제를 제기할 때도 나는 먼저 듣는다. 반박보다 수용을 택한다. 감정이 지나가면 남는 것은 핵심이다. 나는 그 핵심을 함께 정리하려 한다. 즉각적인 방어보다 질문을 선택한다. 감정이 가라앉은 자리에서야 해결의 방향이 또렷해진다는 것을 알고 있기 때문이다.

어머니는 감정을 드러내는 것을 부끄러워하지 않았다. 그러나 감정으로 사람을 다치게 하는 일은 경계했다. 나는 그 선을 배우며 자랐다. 그리고 그 선을 넘지 않으려 애쓴다. 감정을 다루는 사람은 차갑지 않다. 자신의 상태를 알고, 상대의 상태를 함께 살피는 사람이다.

나는 여전히 완벽하지 않다. 때로는 성급하게 말하고 뒤늦게 후회하기도 한다. 그러나 예전보다 빨리 멈춘다. 멈추는 시간이 길어 질수록 관계는 안정된다. 감정을 다루는 연습은 하루아침에 완성 되지 않는다. 반복 속에서 조금씩 더 굳건해진다.

어머니는 내게 감정을 없애는 법을 가르치지 않았다. 대신 감정 과 함께 서는 법을 보여 주었다. 나는 그 방식을 따라 오늘도 말의 속도를 조절한다. 그리고 그 속도 안에서 판단을 정리한다. 감정을 다루는 사람은 결국 자신을 다루는 사람이다. 나는 그 흐름을 어 머니에게서 배웠고, 그 기준 위에서 오늘도 선택한다.

# 시간이 사람을 굳건하게 만드는 것

## 서두르지 않는 사람의 선택

어머니는 서두르는 사람처럼 보이지 않았다. 마을 사람들이 급하게 움직일 때도 걸음은 일정했다. 어린 시절의 나는 그 속도가 답답하게 느껴질 때가 있었다. 왜 저렇게 느리게 판단하는지 이해하지 못했다. 그러나 세월이 흐르며 알게 되었다. 어머니의 느림은 우유부단이 아니라 신중함이었고, 신중함은 시간을 다루는 방식이었다.

봄 농사 준비를 하던 어느 날이 떠오른다. 이웃집은 이미 씨를 뿌렸고 들판은 분주하게 움직였다. 나는 왜 우리도 서두르지 않느냐고 물었다. 어머니는 하늘을 한 번 올려다보고 흙을 손에 쥐어 보며 말했다.

"아직 땅이 덜 풀렸다."

그 말은 단순한 판단이 아니라 조건을 읽는 사람의 말이었다. 동시에 조급함을 경계하는 신호이기도 했다.

며칠 뒤 갑작스러운 늦서리가 내렸다. 먼저 씨를 뿌린 밭은 적지 않은 피해를 입었다. 우리 밭은 여전히 비어 있었고, 어머니는 그제야 조용히 씨를 뿌렸다. 나는 그 장면을 보며 기다림이 소극적인 태도가 아니라는 사실을 처음 깨달았다. 기다림은 뒤처짐이 아니라 순서를 지키는 선택이었다. 서두르지 않은 판단이 손실을 줄였다.

기다림은 아무것도 하지 않는 시간이 아니었다. 조건을 읽는 시간이었고, 흐름을 살피는 시간이었다. 상황을 점검하고 위험을 가늠하며 가장 알맞은 순간을 고르는 과정이었다. 어머니는 그 과정을 서두르지 않았다. 결정은 늦어 보였지만 준비는 멈추지 않았다. 나는 그 균형을 보며 자랐다.

학창 시절 진로를 정해야 할 때도 어머니는 같은 태도를 보였다. 나는 빨리 결정하고 싶었고, 주변의 조언에 쉽게 흔들렸다. 그러나 어머니는 방향을 강요하지 않았다. 대신 "조금 더 생각해 봐라."라고 말했다. 그 말은 방임이 아니라 신뢰였다. 스스로 답을 찾을 시간을 주는 방식이었다.

어머니는 내가 답을 찾기를 기다렸다. 선택을 대신해 주지 않았고, 불안에 끌려 급히 결정하지도 않았다. 나는 그 시간이 불편했다. 결정이 늦어질수록 뒤처질 것 같았기 때문이다. 그러나 시간이 지나자, 판단은 또렷해졌다. 급히 고른 길보다 깊이 고민한 길이 오래 간다는 사실을 경험했다.

사회에 나와, 나는 기다림의 가치를 다시 경험했다. 사업 초기 빠른 확장을 제안 받은 적이 있었다. 조건은 매력적이었고 주변은 서두르라고 말했다. 나는 계약서를 들고 밤늦게까지 고민했다. 성장의 속도를 놓치고 싶지 않은 마음이 컸다. 동시에 내가 감당할 수 있는지에 대한 의문도 들었다.

그때 어머니의 밭이 떠올랐다. "아직 땅이 덜 풀렸다."는 그 말이 머릿속을 스쳤다. 나는 조건을 다시 점검했고 내부 상황을 하나씩 확인했다. 자금의 흐름을 다시 계산하고, 최악의 상황도 가정해 보았다. 그리고 속도를 늦추는 선택을 했다. 겉으로는 기회를 미루는 결정이었지만, 실제로는 기반을 점검하는 시간이었다.

그 결정은 한동안 아쉬움으로 남았다. 그러나 몇 달 뒤 시장 상황이 급변했다. 무리하게 확장한 곳들은 흔들렸고, 나는 기반을 유지할 수 있었다. 그때 확신했다. 기다림은 위험을 피하는 것이 아니라, 위험을 정확히 보는 과정이라는 사실을. 조급함은 기회를 크게 보이게 하지만, 준비는 위험을 또렷하게 드러낸다.

이후 나는 중요한 판단을 앞두면 일부러 시간을 확보했다. 바로 결론을 내리지 않고 조건을 다시 정리했다. 가능성과 위험을 함께 놓고 비교했다. 속도를 늦추는 일은 망설임이 아니라 전략이라는 것을 경험으로 배웠다. 판단의 속도는 타고나는 것이 아니라 연습을 통해 만들어진다는 사실도 알게 되었다. 그렇게 시간은 나를 더 굳건하게 만드는 도구가 되었다.

기다림은 무기력과 다르다. 아무것도 하지 않는 것이 아니라 방향을 준비하는 시간이다. 어머니는 그 시간을 두려워하지 않았다. 오히려 그 시간을 통해 선택의 부담을 줄였다. 서두른 결정은 감정에 휘둘리기 쉽지만, 충분히 생각한 결정은 기준에서 나온다. 나는 그 차이를 여러 번 확인했다.

후배가 성급하게 결론을 내리려 할 때 나는 종종 묻는다.

"지금 결정해야 하는 이유가 무엇인가."

그 질문은 속도를 늦추는 역할을 한다. 모든 기회가 당장 잡아야 할 대상은 아니라는 사실을 되새기기 위함이다. 때로는 기회를 잡는 것보다, 기회를 건너는 일이 더 중요하다. 준비되지 않은 선택은 더 큰 부담을 남길 수 있다.

어머니는 기다림 속에서도 해야 할 일을 멈추지 않았다. 준비를 이어 갔고, 가능성을 계산했다. 다만 마지막 선택의 순간을 서두르지 않았을 뿐이다. 나는 그 차이를 배웠다. 기다림은 멈춤이 아니라 준비의 또 다른 이름이라는 사실을 이해했다. 그 이해가 판단의 깊이를 더해 주었다.

기다림은 불안과 함께 온다. 결정하지 않으면 뒤처질 것 같은 두려움이 따라온다. 나 역시 그 감정을 여러 번 경험했다. 그러나 서두른 선택이 더 큰 불안을 만든다는 것도 함께 배웠다. 시간은 불안을 키우기도 하지만 정리해 주기도 한다. 나는 정리하는 쪽을 택하려 했다.

어머니의 기다림은 신뢰에 기반하고 있었다. 상황을 읽을 수 있다는 믿음, 준비가 되어 있다는 믿음, 결국 때가 온다는 믿음이었다. 그 믿음은 겉으로 드러나지 않았지만 흔들림이 없었다. 나는 그 방식을 내 삶에 적용하려 애썼다. 속도를 낮추는 일이 곧 기준을 세우는 일이라는 사실을 몸으로 익혔다.

지금 나는 중요한 결정을 앞두면 먼저 속도를 점검한다. 급한 마음이 판단을 밀어붙이고 있지는 않은지 살핀다. 필요하다면 하루를 더 둔다. 그 하루가 방향을 바꿀 수 있기 때문이다. 멈춤은 결단의 적이 아니라, 더 나은 결단을 위한 준비라는 사실을 알게 되었다.

기다림은 기회를 놓치는 일이 아니다. 오히려 준비된 순간에 정확히 들어가기 위한 선택이다. 어머니는 그것을 삶으로 보여 주었다. 나는 그 모습을 여러 장면에서 확인했다. 세상은 빠른 결정을 높이 평가하지만, 오래가는 선택은 대개 충분한 관찰을 거친 결과다. 나는 그 사실을 어머니의 밭에서 배웠다.

기다림은 용기의 다른 이름일지도 모른다. 조급함에 휩쓸리지 않는 용기, 흐름을 믿는 용기, 자신을 믿는 용기다. 어머니는 그 용기를 말없이 보여 주었다. 나는 그 모습을 따라 속도를 조절하는 연습을 이어 간다. 시간이 나를 더 굳건하게 만드는 과정을 받아들이려 한다.

나는 여전히 완벽하게 기다리지 못한다. 때로는 성급하게 결론을 내리고 뒤늦게 후회하기도 한다. 그러나 예전보다 더 빨리 멈춘다. 멈출 수 있다는 사실 자체가 변화다. 어머니의 기다림은 결과를 예측하는 능력이 아니라 태도를 유지하는 힘이었다. 나는 그 태도를 따라 오늘도 선택을 완성해 간다.

# 말의 무게

## 가볍지 않게 말하는 태도

어머니는 말을 쉽게 꺼내지 않는 사람이었다. 생각이 정리되지 않은 상태에서 감정이 앞선 말을 내놓지 않았다. 어린 시절의 나는 그 신중함이 답답하게 느껴질 때가 있었다. 빨리 말하고, 빨리 결론을 내리고 싶었기 때문이다. 그러나 어머니는 말을 줄일수록 관계가 오래간다는 사실을 알고 있었다. 말은 순간을 정리하지만, 침묵은 관계를 지킨다는 점을 삶으로 보여 주었다.

한번은 친척 간에 오해가 생긴 적이 있었다. 주변에서는 각자의 입장을 설명하며 분위기를 더 복잡하게 만들고 있었다. 나는 그 상황을 지켜보며 어머니가 무엇을 말할지 궁금했다. 어머니는 한동안 아무 말도 하지 않고 듣기만 했다. 감정이 부딪히는 소리를 차분히 받아내는 모습이었다. 그리고 충분히 시간이 흐른 뒤에야 입을 열었다.

"지금은 말보다 시간이 필요합니다."

그 한마디는 논쟁의 속도를 멈추게 했다. 누구의 편도 들지 않았고, 누구를 비난하지도 않았다. 대신 상황의 온도를 낮추는 쪽을 택했다. 말이 문제를 해결하기보다 더 꼬이게 할 수 있다는 판단이 담긴 표현이었다. 나는 그 장면을 통해 말의 역할이 항상 해결은 아니라는 사실을 배웠다.

어머니는 감정이 올라간 상태에서 내뱉은 말은 대개 후회를 남긴다고 했다. 말은 남고 감정은 사라지기 때문이다. 순간의 해소를 위해 던진 말이 관계를 오래 흔들 수 있다는 뜻이었다. 나는 그 경험을 여러 번 겪으며 이해하게 되었다. 감정은 파도처럼 지나가지만, 말은 흔적으로 남는다는 사실을 몸으로 배웠다. 그래서 어머니는 감정보다 말을 늦추는 쪽을 택했다.

어릴 적 나는 화가 나면 곧바로 표현했다. 속이 시원해지는 것을 해결이라고 착각했다. 그러나 시간이 지나면 상대의 표정과 침묵이 남았다. 그때마다 어머니는 길게 설명하지 않았다. 대신 조용히 물었다.

"그 말은 꼭 해야 했니."

그 질문은 말의 필요성과 결과를 함께 돌아보게 했다. 나는 그 질문 앞에서 자주 멈추었다. 내가 한 말이 옳았는지보다, 필요한 말이었는지를 생각하게 되었다. 옳음과 필요함은 다를 수 있다는 사실을 그때 알았다. 말은 옳을 수 있어도 상처가 될 수 있다. 어머니는 그 기준을 감정이 아니라 책임에 두는 법을 보여 주었다.

사회에 나와 나는 말의 영향력을 더 크게 느꼈다. 회의 자리에서 던진 한마디가 분위기를 바꿀 수 있었다. 설명 하나가 신뢰를 만들기도 했고, 표현 하나가 오해를 키우기도 했다. 나는 점점 말을 줄이기 시작했다. 먼저 듣고, 그다음 정리하고, 마지막에 말하는 순서를 연습했다. 말의 순서가 곧 판단의 흐름이라는 사실을 체감했기 때문이다.

사업을 하면서 특히 계약과 협상 자리에서 말의 무게는 더욱 중요해졌다. 한 번 내놓은 조건은 신뢰의 기준이 되었다. 감정이 섞인 표현은 협상을 불필요하게 경직시켰다. 나는 말을 고르는 데 시간을 들이기 시작했다. 즉흥적으로 답하기보다 메모로 생각을 정리했다. 말은 순간에 나오지만, 준비는 시간이 필요하다는 사실을 배웠다.

나는 중요한 대화를 앞두면 먼저 적어 본다. 불필요한 표현을 지우고, 감정이 묻은 단어를 걷어낸다. 같은 내용을 두세 번 읽으며 톤을 낮춘다. 상대의 입장에서 읽어 보고, 오해의 가능성을 줄인다. 그렇게 말은 반응이 아니라 선택이 된다. 준비된 말은 관계를 열고, 준비되지 않은 말은 관계를 닫는다.

어머니는 약속뿐 아니라 말도 책임이라고 여겼다. 할 수 없는 말은 하지 않았고, 확신이 없는 약속은 내놓지 않았다. 나는 그 절제를 가까이에서 보며 자랐다. 말이 곧 사람이라는 태도였다. 말은 그 사람의 기준을 드러낸다는 점을 보여 주었다. 그래서 어머니의 말은 짧아도 가볍지 않았다.

한번은 내가 지나치게 단정적인 표현으로 상대를 곤란하게 만든 적이 있었다. 어머니는 그 사실을 듣고 잠시 생각하더니 말했다.

"확신은 속으로 갖고, 말은 여지를 남겨라."

그 말은 협상의 기술이 아니라 관계를 이어 가는 방법이었다. 단정은 상대를 몰아세우지만, 여지는 대화를 남긴다. 나는 그 차이를 이후의 경험 속에서 반복적으로 확인했다.

말은 단정할수록 문을 닫는다. 여지를 남기면 대화가 열린다. 나는 점점 단정 대신 설명을 택하게 되었다. 결론을 강요하기보다 근거를 제시하려 했다. 상대가 스스로 판단할 공간을 남겨 두는 편이 더 깊은 설득이라는 사실을 알게 되었기 때문이다. 말은 이기기 위한 도구가 아니라 함께 가기 위한 통로라는 생각이 자리 잡았다.

지금 나는 중요한 판단을 말로 표현하기 전에 한 번 더 읽어 본다. 이 말이 상대를 막고 있는지, 아니면 열어 두고 있는지 점검한다. 불필요한 감정이 묻어 있지 않은지도 살핀다. 말은 기록으로 남고, 기록은 신뢰를 만든다. 그래서 나는 말의 속도보다 방향을 먼저 확인한다.

어머니는 목소리를 높이지 않았지만, 말의 방향은 분명했다. 불필요한 수식어를 붙이지 않았고 과장도 하지 않았다. 그래서 오히려 설득력이 있었다. 나는 그 힘을 닮고 싶었다. 간결하지만 흔들림 없는 표현이 사람을 오래 붙든다는 사실을 이해하게 되었다.

말의 무게를 아는 사람은 침묵도 안다. 아무 말도 하지 않는 것이 더 나은 순간을 구분할 줄 안다. 어머니는 그 구분을 정확히 했다. 나는 그 장면을 여러 번 보았다. 침묵이 도망이 아니라 배려일 수 있다는 사실을 배웠다. 말하지 않는 선택 역시 책임의 일부라는 점을 깨달았다.

말은 관계를 만들기도 하고 무너뜨리기도 한다. 나는 그 사실을 조직 안에서 반복적으로 경험했다. 신뢰는 말의 일관성에서 비롯된다는 점을 알게 되었다. 말과 행동이 어긋나는 순간 신뢰는 흔들린다. 그래서 나는 말의 수는 줄이고, 말의 책임은 늘이려 한다.

어머니는 한 번 한 말을 쉽게 바꾸지 않았다. 상황이 바뀌면 설명을 더 했지, 책임을 피하지는 않았다. 나는 그 일관성을 높이 평가한다. 그것이 말의 무게를 지키는 방식이었다. 말이 가벼워지는 순간 사람도 가벼워진다는 사실을 배웠다.

지금 나는 말을 줄이되 의미는 분명히 하려 한다. 화려한 표현보다 정확한 말을 택한다. 순간의 설득보다 오래가는 신뢰를 우선한다. 그 태도는 어머니에게서 배운 것이다. 말은 나를 드러내는 동시에 나를 증명한다는 사실을 잊지 않으려 한다.

말의 무게를 아는 사람은 자신을 가볍게 소비하지 않는다. 자신의 기준을 말에 담고, 그 말에 책임을 진다. 나는 그 길을 배우는 중이다. 그리고 그 길 위에서 오늘도 한마디를 고른다. 말은 줄였지만, 의미는 더 깊어지기를 바라면서.

# 끝까지 남는 힘

## 완성은 능력이 아니라 태도에서 나온다

어머니는 시작보다 마무리를 더 중요하게 여겼다. 무엇을 하느냐보다 어떻게 끝내느냐를 먼저 보았다. 어린 시절의 나는 그 기준이 유난히 엄격하게 느껴질 때가 많았다. 대충 마쳐도 될 일을 왜 다시 손보게 하는지 이해하지 못했다. 그러나 어머니는 결과의 크기보다 끝맺는 태도를 더 중요하게 보았다. 시작은 의욕으로 가능하지만, 마무리는 책임으로만 가능하다는 사실을 알고 있었기 때문이다.

집안일을 맡았던 날이 떠오른다. 나는 서둘러 일을 마치고 밖으로 나가고 싶었다. 바닥은 대강 쓸었고, 정리는 눈에 보이는 부분만 했다. 어머니는 아무 말 없이 방 안을 한 바퀴 더 둘러보았다. 그리고 조용히 말했다.

"끝났다고 생각하면 다시 한번 보아라."

그 말은 결과보다 태도를 향한 요구였다. 나는 다시 방을 돌아보았다. 처음에는 별다른 문제가 없다고 여겼지만, 자세히 보니 놓친 부분이 눈에 들어왔다. 먼지가 남아 있었고, 정리되지 않은 구석이 보였다. 대충 한 흔적은 생각보다 분명했다. 그때 나는 '끝'이라는 말의 무게를 처음 느꼈다. 끝났다는 말은 자신의 기준을 통과했을 때만 가능하다는 사실을 배웠다.

어머니는 마무리가 곧 책임이라고 생각했다. 시작은 누구나 할 수 있지만, 끝까지 가는 사람은 드물다고 했다. 당시에는 그 말이 과장처럼 들렸다. 그러나 시간이 지나며 그 의미를 몸으로 알게 되었다. 일을 시작할 때보다 마칠 때 더 많은 집중력이 필요하다는 사실을 여러 번 경험했다. 완성은 힘이 남아 있을 때가 아니라, 힘이 빠졌을 때 어떻게 하느냐에 따라 결정된다는 점을 이해했다.

학창 시절에도 비슷한 경험이 있었다. 과제를 제출할 때 나는 빨리 끝내는 데 만족했다. 어머니는 제출하기 전 한 번 더 읽어 보라고 했다.

"실수는 대개 마지막에 남는다."

그 말은 점검하는 습관을 남겼다. 나는 제출 직전 한 번 더 확인하는 일을 반복했다. 그 작은 습관이 나를 여러 번 실수에서 지켜 주었다.

직장 생활을 하며 나는 마무리의 중요성을 더 크게 경험했다. 보고서를 제출하기 직전 한 줄의 오류가 전체의 신뢰를 흔들 수 있었다. 숫자 하나, 표현 하나가 평가를 바꾸기도 했다. 나는 어머니의 방을 떠올리며 마지막 검토를 반복했다. 검토는 형식이 아니라 태도라는 생각이 자리 잡았다. 준비된 마무리는 말없이 신뢰를 남겼다.

사업을 운영하면서 마무리는 더 큰 의미가 있다. 계약의 세부 조항, 납품 이후의 사후 관리, 작은 확인 전화 하나까지 모두 완성의 일부였다. 시작이 화려해도 마무리가 흐트러지면 신뢰는 금세 무너졌다. 나는 그 과정을 경험으로 배웠다. 관계는 시작보다 끝에서 평가된다는 사실을 알게 되었다. 그래서 마지막 단계에서 더 많이 점검하려 했다.

한번은 프로젝트가 거의 끝난 상황에서 예상치 못한 문제가 발견되었다. 일정은 빠듯했고 추가 작업은 부담이었다. 그대로 넘어가도 당장은 큰 문제가 없을 수 있었다. 그러나 그때 어머니의 말이 떠올랐다.

"끝났다고 생각하면 다시 한번 보아라."

그 말은 시간을 아끼기보다 기준을 지키라는 요청처럼 들렸다. 나는 팀과 함께 다시 점검했다. 작은 결함을 수정했고, 결과는 한층 더 탄탄해졌다. 일정은 조금 늦어졌지만, 신뢰는 오히려 두터워졌다. 그 선택은 단순한 수정이 아니라 기준을 지키는 행동이었다. 완성은 남의 평가를 위한 것이 아니라, 스스로에게 지키는 약속이라는 사실을 그때 확인했다. 끝까지 손을 떼지 않는 태도가 결국 사람을 구분한다는 점을 실감했다.

완성은 재능의 문제가 아니다. 끝까지 책임지는 태도의 문제다. 이후로 나는 일을 마무리할 때 먼저 자신의 기준선을 정하는 습관을 들였다. 어디까지가 끝인지, 무엇이 완성인지 스스로 분명히 한 뒤에야 손을 뗐다. 시간이 부족하다는 이유로 기준을 낮추지 않으려 애썼다. 완성은 결과가 아니라 태도가 쌓여 만들어지는 것임을 알게 되었기 때문이다.

어머니는 대충 넘어가는 일을 가장 경계했다.

"남은 건 언젠가 드러난다."

그 말은 경고이자 예측이었다. 감춰 둔 미완성은 결국 다른 모습으로 다시 나타난다는 뜻이었다. 나는 그 말을 여러 번 되새겼다. 지금 편해 보이는 선택이 나중에 더 큰 부담이 될 수 있다는 사실을 기억하게 되었다.

지금도 나는 어떤 일을 마무리할 때 한 번 더 점검한다. 감정이 빠져 있는지, 논리가 정리되었는지, 관계에 불필요한 흔적을 남기지 않았는지 살핀다. 그 과정은 번거롭지만, 오히려 나를 안정시킨다. 스스로 납득할 수 있는 마무리만이 오래간다는 사실을 알기 때문이다. 기준을 통과한 일은 다시 돌아보지 않아도 된다.

끝까지 해내는 사람은 큰 소리를 내지 않는다. 대신 마지막까지 자리를 지킨다. 나는 어머니의 그 모습을 가장 존경한다. 시작보다 마무리를 책임지는 태도였다. 보이지 않는 구간에서 힘을 쓰는 사람의 자세였다. 완성은 눈에 띄지 않지만 오래 남는다.

성공은 시작에서 주목받는다. 그러나 신뢰는 마무리에서 쌓인다. 나는 그 차이를 여러 경험 속에서 확인했다. 화려한 출발보다 굳건한 마무리가 더 깊은 인상을 남긴다. 그래서 끝을 대하는 태도를 더 엄격히 보려 한다. 마침표가 그 사람의 기준을 드러내기 때문이다.

어머니는 완벽한 사람은 아니었다. 실수도 있었고 계획이 어긋난 날도 있었다. 그러나 중간에 포기하지는 않았다. 수정이 필요하면 다시 시작했고, 부족하면 보완했다. 나는 그 끈기를 배웠다. 포기하지 않는 태도가 결국 완성을 만든다는 사실을 알게 되었다.

끝까지 해내는 사람은 결국 자신을 지키는 사람이다. 중간에 내려놓지 않는 태도가 자신을 더 굳건하게 만든다. 나는 그 길을 따라가고 있다. 지금도 중요한 일을 마칠 때 스스로 묻는다. 나는 이 일을 끝까지 책임졌는가. 후회 없이 마무리했는가.

어머니는 화려한 성취를 남기지 않았다. 그러나 끝까지 해내는 태도를 남겼다. 나는 그 태도 위에서 오늘의 일을 정리한다. 그리고 그 태도 속에서 내일을 준비한다. 완성은 능력이 아니라 자세라는 사실을 기억하며 하루를 마친다. 그 자세가 결국 나를 지탱하고 있기 때문이다.

# 흔들림 이후에 남는 것

## 기준이 있는 사람의 회복력

어머니는 겉으로 보기에 강한 사람은 아니었다. 체구도 크지 않았고, 목소리도 높지 않았다. 그러나 어려움이 닥칠 때마다 나는 이상하게 안심이 되었다. 상황은 흔들렸지만, 어머니는 무너지지 않았다. 그 차이를 나는 오래 지켜보았다. 강함은 소리에서 나오는 것이 아니라, 삶을 대하는 기준에서 나온다는 사실을 그때는 알지 못했다.

가정 형편이 가장 어려웠던 시기가 있었다. 수입은 줄어들었고, 지출은 쉽게 줄일 수 없었다. 집안 공기는 무겁게 내려앉았고, 대화는 자연스레 짧아졌다. 나는 그 긴장 속에서 어머니의 얼굴을 자주 살폈다. 혹시라도 무너지는 기색이 보이지는 않는지 확인하고 싶었다. 어린 마음에도 중심이 흔들리면 모든 것이 무너질 것 같았기 때문이다.

어머니가 한숨을 쉬지 않았다고는 말할 수 없다. 그러나 그 한숨이 방향을 바꾸지는 않았다. 하루의 할 일을 정리했고, 필요한 결정은 미루지 않았다. 불안은 있었지만, 태도는 무너지지 않았다.

감정은 드러났지만, 기준은 흐트러지지 않았다. 나는 그 모습을 통해 감정과 기준은 다를 수 있다는 사실을 배웠다.

그때 나는 '흔들림'과 '붕괴'의 차이를 처음 느꼈다. 흔들리는 것은 자연스러운 일이지만, 무너지는 것은 선택일 수 있다는 생각이 들었다. 상황은 언제든 변할 수 있지만 태도는 지킬 수 있었다. 어머니는 현실을 부정하지 않았지만, 자신을 부정하지도 않았다. 그 균형이 집안을 지탱하고 있었다. 기준이 있는 사람은 흔들려도 중심을 잃지 않는다는 사실을 나는 그 장면에서 보았다.

한번은 예상치 못한 지출이 생겨 가족 모두가 당황한 적이 있었다. 나는 해결 방법보다 걱정이 먼저 앞섰다. 최악의 상황을 상상하며 마음이 급해졌다. 그러나 어머니는 장부를 펼쳐 놓고 하나씩 계산했다. 무엇을 줄일 수 있는지, 무엇은 반드시 지켜야 하는지 구분했다. 감정이 아니라 차분한 정리로 상황을 다루는 태도였다.

"지금은 힘들어도 길은 있다."

그 말은 막연한 낙관이 아니었다. 해결의 가능성을 믿는 태도였고, 포기하지 않겠다는 다짐에 가까웠다. 나는 그 믿음이 현실을 외면하는 것이 아니라 현실을 마주하는 방식이라는 것을 뒤늦게 이해했다. 길이 보이지 않아도 방향을 잃지 않는 사람의 말이었다. 기준이 있는 사람의 말은 다르다는 사실을 알게 되었다.

사회에 나와 나는 여러 번 위기를 경험했다. 계약이 무산되기도 했고, 계획이 틀어지기도 했다. 처음에는 흔들림을 감추려 애썼다. 리더라는 위치가 불안을 드러내지 말아야 한다고 생각했기 때문이다. 그러나 감추는 것이 해결은 아니라는 사실을 곧 알게 되었다. 흔들림을 인정하는 것과 무너지는 것은 전혀 다른 문제였다.

나는 어머니처럼 장부를 펼쳐 놓았다. 무엇이 잘못되었는지, 어디서 균열이 생겼는지 하나씩 확인했다. 감정은 잠시 옆에 두고 숫자와 현실을 들여다보았다. 불안은 사라지지 않았지만, 방향은 보이기 시작했다. 무너지지 않는다는 것은 감정이 없는 상태가 아니라, 감정을 지나 다시 중심으로 돌아오는 상태라는 사실을 깨달았다. 회복은 감정을 억누르는 일이 아니라, 감정을 지나 다시 기준으로 돌아오는 과정이었다.

그 이후로 나는 위기를 겪을 때마다 '복구의 순서'를 먼저 정하는 습관을 들였다. 무엇을 먼저 세우고, 무엇을 잠시 내려놓을지 구분했다. 모든 것을 동시에 붙들려 하지 않고 핵심부터 회복하는 방식을 택했다. 기준을 지키는 일과 체면을 지키는 일을 분리했다. 무너지지 않는다는 것은 처음 상태를 고집하는 일이 아니라, 다시 세울 줄 아는 능력이라는 사실을 배웠다. 회복은 의지가 아니라 과정이라는 점을 체험했다.

어머니는 힘들다고 말할 때도 있었다. 그러나 그 말은 포기의 신호가 아니었다. 도움을 요청해야 할 때는 요청했고, 감당해야 할 일은 묵묵히 감당했다. 나는 그 구분을 배웠다. 강함은 혼자 버티는 것이 아니라 필요한 도움을 구할 줄 아는 태도라는 사실을 이해했다. 무너지지 않는 사람은 고집이 아니라 균형을 지킨다.

흔들림은 누구에게나 온다. 사업의 규모가 커질수록 그 폭도 커졌다. 작은 실수 하나가 큰 결과로 이어질 때도 있었다. 그때마다 나는 어머니의 계산하던 모습을 떠올렸다. 한숨 대신 정리, 불안 대신 점검을 선택하던 장면이었다. 나는 그 장면을 내 삶의 기준으로 삼았다.

나는 회피 대신 점검을 택했다. 불안 대신 확인을 선택했다. 시간이 걸려도 기준을 다시 세웠다. 그 과정은 고통스러웠지만 결과는 안정으로 이어졌다. 문제를 외면하면 커지고, 직면하면 줄어든다는 사실을 여러 번 확인했다. 무너지지 않는 사람은 문제를 피하지 않는 사람이라는 결론에 이르렀다.

어머니는 어려움이 반복되어도 태도를 바꾸지 않았다. 상황이 나쁘다고 해서 말이 거칠어지지 않았고, 불안하다고 해서 기준을 낮추지 않았다. 나는 그 일관성을 가장 존경한다. 일관성은 감정의 크기에서 나오는 것이 아니라, 기준의 깊이에서 나온다는 사실을 알게 되었다. 흔들림 속에서도 같은 방향을 유지하는 힘이었다.

지금 나는 조직을 이끄는 자리에 서 있다. 구성원들이 불안을 느낄 때 나는 먼저 속도를 낮춘다. 상황을 정리하고 방향을 설명한다. 감정에 반응하기보다 흐름을 바로잡으려 한다. 모두가 흔들릴 때일수록 기준을 먼저 세우려 한다. 리더의 역할은 불안을 없애는 것이 아니라 방향을 제시하는 일임을 깨달았다.

흔들림을 두려워하지 않는 사람은 결국 오래 산다. 무너지지 않는 사람은 완벽해서가 아니라 기준이 있기 때문이다. 나는 그 기준을 어머니에게서 배웠다. 기준은 말로 세워지는 것이 아니라 반복으로 다져진다. 나는 그 반복을 이어 가고 있다.

# 지켜야 할 자리

## 눈에 띄지 않아도 중심이 되는 태도

어머니는 언제나 눈에 띄는 자리에 서 있는 사람은 아니었다. 앞에 나서서 지휘하거나 자신의 역할을 드러내는 경우도 많지 않았다. 그러나 어머니가 자리를 비우면 집안의 공기는 달라졌다. 나는 그 차이를 어린 시절부터 느끼고 있었다. 존재가 크지 않아도 중심이 될 수 있다는 사실을 그때는 설명하지 못했다. 지금은 안다. 자리를 지키는 사람이 결국 집안의 균형을 지킨다는 것을.

집안에 일이 생기면 어머니는 가장 먼저 움직였다. 문제를 키우지 않기 위해 필요한 일을 정리했고, 갈등이 커지기 전에 방향을 잡았다. 그러나 그 과정에서 자신의 공을 드러내지 않았다. 일이 해결되면 다시 평소의 자리로 돌아갔다. 앞에 나서기보다 뒤에서 균형을 맞추는 태도였다. 나는 그 반복을 보며 중심은 위치가 아니라, 역할이라는 사실을 배웠다.

어머니는 쉽게 자리를 떠나지 않았다. 상황이 불리해도, 몸이 힘들어도, 책임이 무거워도 그 자리를 지켰다. 나는 한때 그것을 고집이라고 여긴 적도 있었다. 그러나 시간이 흐르면서 그 자리가 누군가에게는 버팀목이 된다는 사실을 알게 되었다. 자리를 지킨다는 것은 감정이 아니라 선택의 문제였다. 떠나지 않겠다는 결심이 균형을 유지하게 했다.

한번은 가족 간 갈등이 길어지던 시기가 있었다. 감정은 날카로워졌고 대화는 점점 줄어들었다. 나는 그 자리를 피하고 싶었다. 불편함을 감당하기보다 멀어지고 싶었다. 그러나 어머니는 식탁을 정리하고 다시 모이게 했다. 침묵이 길어져도 자리를 유지하려 했다.

“말이 없어도 자리는 비우지 말자.”

그 말은 갈등을 당장 해결하자는 뜻이 아니었다. 관계를 끊지 말자는 의미였다. 자리를 지키는 것만으로도 관계는 완전히 무너지지 않는다는 판단이었다. 나는 그 장면을 통해 존재의 지속이 관계의 최소 조건이라는 사실을 배웠다. 해결은 시간이 걸릴 수 있지만, 자리를 비우면 회복의 기회조차 사라진다는 것을 깨달았다.

사회에 나와 조직을 경험하며 나는 비슷한 모습을 여러 번 보았다. 눈에 띄는 성과를 내는 사람은 많았지만, 자리를 꾸준히 지키는 사람은 드물었다. 어려운 시기에 자리를 비우는 선택은 생각보다 쉽게 이루어졌다. 그러나 끝까지 남아 있는 사람이 결국 중심이 되었다. 조직은 화려한 시작보다 지속적으로 자리를 지키는 사람을 더 오래 기억했다. 나는 그 차이를 여러 현장에서 확인했다.

사업을 운영하며 나는 여러 번 자리를 지켜야 하는 상황을 마주했다. 손해가 예상되었고 부담이 컸다. 잠시 물러나고 싶은 마음도 들었다. 책임의 무게가 버거워 도망치고 싶을 때도 있었다. 그러나 나는 어머니의 식탁을 떠올렸다. 말이 없어도 자리는 비우지 말자는 그 말이 다시 떠올랐다.

나는 책임의 자리에서 물러서지 않기로 했다. 문제를 정리하고 기준을 다시 세우며 관계를 이어 갔다. 해결이 곧바로 이루어지지는 않았다. 그러나 자리를 지킨 시간이 신뢰를 만들었다. 구성원들은 결과보다 태도를 보았다. 떠나지 않았다는 사실이 그들에게 안정이 되었다.

어머니는 집안의 작은 일에도 같은 태도를 보였다. 몸이 아픈 날에도 최소한의 일은 정리했다. 완벽하지는 않아도 역할을 내려놓지 않았다. 나는 그 지속성을 깊이 존경한다. 자리를 지키는 사람은 눈에 띄는 업적보다 반복을 남긴다. 그 반복이 결국 기준을 만든다는 사실을 어머니는 삶으로 보여 주었다.

자리를 지키는 사람은 큰 목소리를 내지 않는다. 대신 꾸준함으로 자신을 증명한다. 나는 그 이후 '존재의 신뢰'라는 말을 자주 떠올렸다. 눈에 띄는 성과가 없더라도 내가 그 자리에 있다는 사실만으로 주변이 안심할 수 있는 사람이 되고 싶었다. 책임을 완벽히 해결하는 능력보다 중요한 것은 떠나지 않는다는 신호라는 점을 깨달았다. 자리를 지킨다는 것은 단순한 지속이 아니라, 주변을 안정시키는 역할이었다.

지금도 어려운 순간이 오면 나는 먼저 묻는다. 이 자리를 지켜야 하는가. 그렇다면 어떤 방식으로 지킬 것인가. 고집으로 버틸 것인지, 기준을 정비하며 지킬 것인지 구분하려 한다. 자리를 지키는 일에도 방향이 필요하다는 사실을 알게 되었기 때문이다. 무조건 머무는 것이 아니라 책임을 감당하는 방식으로 머무르는 것이 중요했다.

어머니는 자리를 통해 책임을 보여 주었다. 책임은 말이 아니라 지속이라는 것을 증명했다. 나는 그 태도를 이어 가고 있다. 조직에서도 가능하면 중간에 떠나지 않으려 한다. 시작한 일은 끝까지 정리하려 한다. 중간에 비우면 누군가의 부담이 커진다는 사실을 알기 때문이다.

자리는 단순한 공간이 아니다. 그것은 신뢰의 자리다. 누군가 그 자리에 있다는 사실이 공동체를 안정시킨다. 어머니는 화려하지 않았지만 중심이었다. 나는 그 중심이 눈에 보이지 않는다는 사실을 뒤늦게 이해했다. 중심은 드러나는 것이 아니라 유지되는 것이다.

지금 나는 누군가에게 그런 사람이 되고 싶다. 눈에 띄지 않아도 자리를 지키는 사람, 책임을 회피하지 않는 사람, 반복으로 신뢰를 쌓는 사람 말이다. 성과보다 존재로 기억되는 사람이 되고 싶다. 그 기준은 어머니에게서 시작되었다. 나는 그 기준을 지금도 이어 가고 있다.

자리를 지킨다는 것은 결국 자신을 지키는 일이다. 쉽게 흔들리지 않고, 쉽게 떠나지 않는 태도다. 외부의 평가에 따라 위치를 바꾸지 않는 기준이다. 나는 그 태도를 배우며 살아왔다. 그리고 그 태도 속에서 조금씩 중심에 가까워지고 있다.

나는 어머니가 남기고 간 그 자리에 서 있다. 완벽하지는 않다. 때로는 흔들리고 때로는 지치기도 한다. 그러나 오늘도 그 자리를 지키려 한다. 자리를 지키는 태도가 결국 나를 지켜 준다는 사실을 믿으며.

# 낮아짐의 힘

## 겸손은 작아짐이 아니라 균형이다

어머니는 잘한 일이 있어도 길게 설명하지 않았고, 인정받아야 할 상황에서도 한 발 물러서며 자신을 앞에 내세우지 않는 사람이었다. 나는 어린 시절 그 태도가 아쉽게 느껴질 때가 있었다. 왜 더 당당히 말하지 않는지 이해하지 못했다. 그러나 시간이 흐르며 깨닫게 되었다. 어머니의 낮아짐은 위축이 아니라 균형이었다.

마을 모임에서 어머니의 의견이 받아들여진 적이 있었다. 그 선택 덕분에 일이 원만하게 풀렸고 사람들은 결과를 칭찬했다. 나는 어머니가 그때만큼은 자신의 판단을 분명히 드러내길 바랐다. 그러나 어머니는 짧게 말했다.

"다들 함께 한 일이다."

그 한마디에는 공을 나누는 태도가 담겨 있었다. 단순해 보였지만 무게가 있었다. 성과를 혼자 차지하지 않는 사람만이 관계를 오래 지킨다. 나는 그 사실을 뒤늦게 이해했다. 겸손은 자신을 숨기는 행동이 아니라, 공의 무게를 고르게 나누는 선택이었다. 자신을 낮추기보다 전체를 세우는 방식이었다. 그래서 어머니의 말은 짧았지만 오래 남았다.

어머니는 도움을 받을 때마다 먼저 감사했다. 그것을 당연하게 여기지 않았다. 작은 배려에도 고개를 숙였고 그 마음을 오래 기억했다. 나는 그 반복을 통해 배웠다. 겸손은 상대를 높이는 태도라는 사실을. 자신을 줄이는 일이 아니라 관계의 높낮이를 맞추는 일이었다.

성인이 되어 직장 생활을 하며 나는 성과를 인정받는 자리에 선 적이 있었다. 주변의 박수와 평가가 나를 들뜨게 했다. 나도 모르게 말이 길어지고 설명이 많아졌다. 그때 문득 어머니의 짧은 말이 떠올랐다. 공을 나누던 태도였다. 나는 그 순간 자신을 돌아보게 되었다.

다음 발표 자리에서 나는 팀의 이름을 먼저 언급했다. 내 역할을 앞세우기보다 함께한 사람들의 노력을 설명했다. 그 선택은 나를 작게 만들지 않았다. 오히려 신뢰를 키웠다. 겸손은 위축이 아니라 신뢰를 만드는 태도라는 사실을 몸으로 느꼈다. 한 걸음 물러서는 선택이 나를 더 안정시켰다.

사업을 운영하면서도 같은 장면이 반복되었다. 성과가 좋을 때는 모든 판단이 옳았던 것처럼 보였다. 그러나 나는 의도적으로 배경을 함께 설명했다. 사람의 노력, 상황의 흐름, 시기의 영향까지 함께 이야기했다. 나 혼자 이룬 결과가 아니라는 점을 분명히 했다. 그것이 조직의 균형을 지키는 방식이라 생각했다.

겸손은 자신을 낮게 평가하는 태도가 아니다. 자신의 위치를 정확히 아는 태도다. 나는 성과가 나올 때마다 한 걸음 물러서는 연습을 했다. 판단이 옳았더라도 그것이 전부 내 힘은 아니라는 점을 떠올렸다. 성공은 착각을 키우기 쉽고, 그 착각은 기준을 흐리게 만든다는 사실을 경험으로 알게 되었기 때문이다. 그래서 결과가 좋을수록 질문을 더 많이 던졌다.

나는 스스로에게 묻는다. 이 결과가 정말 나 혼자만의 것인가. 그 안에는 다른 사람의 노력도 있었고, 상황의 흐름도 있었으며, 운의 요소도 있었음을 인정하려 한다. 겸손은 감정이 아니라 판단을 지켜 주는 장치라는 사실을 깨달았다. 균형을 잃지 않기 위한 내부의 기준이었다.

어머니는 실수 앞에서도 변명하지 않았다. 필요한 부분은 인정했고, 과장하지 않았다. 그 솔직함이 오히려 신뢰를 만들었다. 나는 그 모습을 여러 번 보았다. 잘못을 숨기지 않는 태도가 사람을 더 굳건하게 만든다는 사실을 배웠다. 겸손은 실패 앞에서도 방향을 잃지 않게 했다.

지금도 판단이 옳았을 때 나는 스스로에게 묻는다. 혹시 지나친 확신에 기대고 있지는 않은가. 겸손은 자신을 낮추는 것이 아니라 과신을 막는 힘이다. 균형을 잃지 않기 위한 브레이크와 같다. 그 힘이 있어야 오래 갈 수 있다. 나는 그 장치를 의도적으로 유지하려 한다.

조직을 이끄는 자리에서 나는 더 자주 겸손을 의식한다. 권한이 커질수록 착각도 커질 수 있기 때문이다. 반대 의견을 듣고, 질문을 허용하며, 결정 전에 한 번 더 점검한다. 나의 판단이 절대적이지 않다는 전제를 유지하려 한다. 그 태도가 조직을 더 안정적으로 만든다는 사실을 경험으로 확인했다.

어머니는 겸손을 말로 가르치지 않았다. 대신 삶으로 보여 주었다. 큰 소리 없이 반복으로 증명했다. 나는 그 반복을 보며 자랐다. 겸손은 한 번의 태도가 아니라 계속 이어지는 선택이라는 점을 이해하게 되었다.

겸손한 사람은 작아지지 않는다. 오히려 오래 간다. 중심을 잃지 않기 때문이다. 과신은 빠르게 올라가지만 쉽게 흔들린다. 균형을 지키는 사람은 천천히 가지만 깊이 뿌리내린다. 나는 그 길을 따르려 한다.

어머니는 내 곁을 떠났지만 그 태도는 남았다. 나는 성과 앞에서 멈추고, 박수 앞에서 균형을 점검한다. 그 습관이 나를 안정시킨다. 겸손은 나를 약하게 만들지 않는다. 오히려 판단을 더 분명하게 만든다.

겸손은 선택이다. 그리고 그 선택은 기준을 만든다. 나는 그 기준 위에서 오늘도 판단한다. 지나친 확신을 줄이고 관계의 균형을 살핀다. 자신을 낮출 줄 아는 힘이 결국 나를 지켜 준다는 사실을 믿으며.

# 말없이 감당하는 시간

## 보이지 않는 시간의 가치

어머니는 조용한 성품에 오래 버틸 줄 아는 사람이었다. 힘든 일이 닥치면 즉각적인 해결을 요구하지 않았다. 대신 시간을 지나가는 방식을 택했다. 나는 어린 시절 그 태도를 답답하게 느낀 적이 많았다. 왜 더 강하게 대응하지 않는지 이해하지 못했기 때문이다. 그러나 시간이 흐르면서 깨달았다. 버틴다는 것은 소극적인 태도가 아니라 중심을 지키는 방법이라는 사실을.

집안 형편이 어려웠던 시기에 어머니는 불평을 길게 하지 않았다. 문제를 외면하지도 않았지만, 매일 해야 할 일을 멈추지도 않았다. 새벽에 일어나 일을 정리하고 낮에는 살림을 챙겼다. 반복되는 일상이 상황을 버티게 하고 있었다. 나는 그 반복이 무의미해 보일 때도 있었다. 그러나 그 흐름이 무너짐을 막고 있었다는 사실을 나중에야 이해했다.

어머니는 말했다.

"지금은 견딜 때다."

그 말은 체념이 아니라 준비에 가까웠다. 상황이 당장 바뀌지 않아도 태도는 지킬 수 있다는 뜻이었다. 견디는 동안 안쪽이 더 굳건해진다는 의미이기도 했다. 나는 그 말의 무게를 뒤늦게 이해했다. 견딘다는 것은 변화가 없다는 뜻이 아니라 방향을 잃지 않는다는 뜻이었다.

견딘다는 것은 아무것도 하지 않는 일이 아니다. 오히려 무너지지 않기 위한 적극적인 선택일 수 있다. 나는 이후 힘든 상황이 오면 먼저 감정을 줄이는 연습을 했다. 억울함이 올라와도 바로 말하지 않았고, 불안이 밀려와도 결정을 서두르지 않았다. 대신 하루를 지나며 생각을 정리했다. 이것은 타고난 성격이 아니라 의식적인 연습의 결과였다.

어머니는 감정을 앞세우지 않고 시간을 통과했다. 나는 그 과정을 곁에서 지켜보며 자랐다. 순간의 분노나 좌절이 방향을 바꾸지 않도록 자신을 붙잡는 모습이었다. 그 시간은 겉으로는 아무 일도 일어나지 않는 것처럼 보였다. 그러나 안에서는 기준이 점점 굳건해지고 있었다. 나는 그 조용한 축적의 힘을 배웠다.

직장 생활을 하며 나는 빠른 성과를 요구받았다. 결과가 보이지 않으면 조급해졌고 비교 속에서 흔들렸다. 그때마다 나는 어머니의 하루를 떠올렸다. 보이지 않는 시간이 결국 흐름을 만든다는 사실을. 눈앞의 평가보다 쌓이는 힘이 더 중요하다는 점을 되새겼다. 속도를 늦추는 선택이 실패가 아니라 준비일 수 있다는 생각이 나를 붙들었다.

사업을 시작했을 때도 비슷한 장면이 반복되었다. 초기에는 성과가 미미했고, 방향에 대한 확신도 부족했다. 나는 포기하고 싶은 마음이 들기도 했다. 그러나 속도를 늦추고 바탕을 점검했다. 눈에 보이는 확장보다 내부의 안정이 먼저라고 판단했다. 그 선택은 조용했지만 결정적이었다.

견디는 시간 동안 나는 내부를 정리했다. 거래 흐름을 점검하고 비용을 관리하며 관계를 유지했다. 겉으로는 크게 달라지지 않았지만, 기반은 점점 안정되어 갔다. 나는 그 차이를 경험으로 배웠다. 급하게 넓힌 외형은 쉽게 흔들리지만, 차분히 다져진 기반은 오래간다. 시간은 드러나지 않지만 힘을 쌓는다는 사실을 알게 되었다.

어머니는 병든 아버지를 간호하던 시기에도 묵묵했다. 몸은 지쳤지만, 일상의 흐름을 놓지 않았다. 나는 그 모습을 가까이에서 보았다. 감정에 휩쓸리지 않고 자리를 지키는 힘이었다. 울음을 삼키는 날도 있었지만 해야 할 일을 내려놓지는 않았다. 그 지속이 가족을 지탱하고 있었다.

견디는 사람은 소리를 내지 않는다. 그러나 시간이 지나면 결과로 드러난다. 나는 그 사실을 여러 장면에서 확인했다. 급하게 내린 선택은 오래가지 못했다. 반면 조용히 쌓아 온 시간은 흔들림을 견디는 힘이 되었다. 속도보다 깊이가 중요하다는 사실을 배웠다.

어머니는 "빨리 가는 것보다 오래가는 게 낫다"고 말했다. 그 말은 속도보다 지속을 택하라는 뜻이었다. 나는 그 말을 마음에 담았다. 성과가 늦더라도 방향이 맞다면 멈추지 말라는 의미로 받아들였다. 견딘 시간은 결코 사라지지 않는다는 믿음이었다. 나는 그 믿음을 여러 번 확인했다.

지금 나는 위기가 올 때 먼저 속도를 점검한다. 조급함이 판단을 밀어붙이지 않도록 잠시 멈춘다. 그리고 필요한 시간을 견딘다. 외부의 압박보다 내부의 균형을 먼저 살핀다. 그 과정이 나를 안정시킨다. 견디는 시간은 나를 흔들리지 않게 만든다.

견딘다는 것은 두려움을 인정하는 일이다. 두려움이 있어도 방향을 포기하지 않는 태도다. 어머니는 그 태도를 삶으로 보여 주었다. 나는 그 태도를 이어 가고 있다. 흔들리더라도 멈추지 않는 자세를 지키려 한다. 그것이 무너지지 않는 길임을 알기 때문이다.

조직을 이끄는 자리에서도 나는 성급한 결정을 경계한다. 성과가 늦어질 때 불안은 커진다. 그러나 나는 내부를 다지는 시간을 택한다. 사람을 정비하고 흐름을 보완한다. 그 시간이 신뢰를 만든다는 사실을 경험으로 알게 되었기 때문이다.

묵묵히 견디는 힘은 눈에 띄지 않는다. 그러나 결국 가장 오래 남는다. 나는 그 흐름을 믿는다. 성취는 순간에 보이지만, 쌓인 시간은 결국 결과로 드러난다.

어머니는 그 시간을 남겼다. 어머니는 큰 성취를 남기지 않았다. 대신 오래 버틴 시간을 남겼다. 나는 그 시간 위에서 오늘을 이어 간다. 눈에 띄지 않아도 방향을 지키는 선택을 한다. 그것이 결국 나를 지켜 준다고 믿는다.

견디는 사람은 흔들릴 수 있다. 그러나 무너지지는 않는다. 나는 그 차이를 배우며 살아왔다. 무너짐은 감정이 아니라 포기에서 시작된다는 사실을 이해했다. 그래서 나는 포기하지 않는 쪽을 택한다.

# 돌아오는 자리

## 넘어지는 횟수가 아니라 일어나는 태도

어머니는 실패를 두려워하는 사람은 아니었지만, 포기를 쉽게 허락하는 사람도 아니었다. 일이 뜻대로 되지 않을 때마다 어머니의 표정은 잠시 굳어졌다. 그러나 그 표정은 오래 머물지 않았다. 걱정이 스쳤다가 곧 정리된 기색으로 바뀌었다. 나는 어린 시절 그 짧은 전환을 자주 보았다. 흔들림은 있었지만 멈춤은 없었다.

한번은 농사일이 크게 어그러진 적이 있었다. 계절을 계산해 준비한 일이 갑작스러운 날씨 변화로 틀어졌다. 수확을 기대했던 밭이 기대만큼의 결과를 주지 못했다. 나는 어머니가 깊이 낙담할 것으로 생각했다. 그러나 어머니는 밭을 한 번 더 둘러본 뒤 조용히 말했다.

"다음에는 다르게 해 보자."

그 말은 낙관이 아니라 선택의 연장이었다. 실패를 끝으로 정하지 않는 태도였다. 손해는 인정하되 방향은 접지 않는 방식이었다. 나는 그때 포기와 수정의 차이를 배웠다. 포기는 방향을 접는 일이고, 수정은 방법을 바꾸는 일이라는 사실을 이해했다. 그 구분이 이후의 선택을 바꾸었다.

어머니는 손해를 숨기지 않았다. 그러나 손해 때문에 자신을 부정하지도 않았다. 상황을 탓하기보다 다음 준비를 시작했다. 그 전환의 속도는 빠르지 않았지만, 분명했다. 하루를 지나며 다시 정리하고 다음 계절을 준비했다. 나는 그 반복 속에서 '돌아온다'라는 말의 의미를 배웠다.

학창 시절 나 역시 쉽게 좌절하던 때가 있었다. 시험 결과가 기대에 미치지 못했을 때 한동안 아무것도 하지 않았다. 노력해도 바뀌지 않을 것 같은 생각이 들었다. 감정이 판단을 덮어 버렸다. 그때 어머니는 길게 설명하지 않았다. 대신 짧게 물었다.

"그만둘 거냐."

그 질문은 단순했지만 분명했다. 선택은 내 몫이라는 사실을 드러냈다. 어머니는 다시 시도하라고 강요하지 않았다. 대신 포기의 이유를 스스로 생각하게 했다. 나는 그 질문 앞에서 쉽게 물러설 수 없었다. 그리고 깨달았다. 내가 포기하려던 것은 결과가 아니라 감정이었다는 사실을.

감정이 가라앉자, 판단은 달라졌다. 완전히 틀린 길이 아니라 준비가 부족했던 지점이 보였다. 나는 다시 계획을 세웠고, 방법을 바꾸었다. 그때부터 실패를 단정하지 않고 돌아보는 습관을 들였다. 돌아온다는 것은 같은 자리로 되돌아가는 일이 아니라, 바뀐 방식으로 다시 시작하는 일이라는 것을 알게 되었다. 다시 일어남은 감정의 반응이 아니라 선택의 결과였다.

성인이 되어 직장에서 큰 실수를 했을 때도 비슷했다. 나는 포기하고 싶은 충동을 느꼈고 자리를 옮기고 싶은 생각도 했다. 책임에서 벗어나면 편할 것 같았다. 그러나 스스로에게 같은 질문을 던졌다. 정말 여기서 끝낼 것인가. 그 질문이 나를 붙들었다.

나는 남았다. 그리고 다시 시작했다. 부족한 부분을 보완했고, 실수를 반복하지 않기 위한 기준을 세웠다. 단순히 더 열심히 하는 것이 아니라 다른 방식으로 접근했다. 시간이 지나자, 그 경험은 자산이 되었다. 돌아온 선택이 나를 더 굳건하게 만들었다.

사업을 운영하면서 포기의 유혹은 더 자주 찾아왔다. 매출이 줄어들고 계획이 어긋나며 신뢰가 흔들릴 때마다 방향을 바꾸고 싶었다. 그러나 쉽게 접지 않았다. 먼저 수정할 부분을 찾았다. 무엇이 핵심이고 무엇이 방법인지 구분하려 했다. 전부를 부정하는 대신 중요한 것을 남기는 선택을 했다.

어머니는 실패를 숨기지 않았다. 대신 실패를 해석했다. 손해를 계산했고, 원인을 살폈으며, 다음을 준비했다. 그 해석이 이후의 선택을 바꾸었다. 나는 그 방식을 반복해 적용했다. 실패를 감정으로 소비하지 않고 차분히 정리하는 태도였다.

포기하지 않는다는 것은 고집과 다르다. 같은 방식을 반복하는 것이 아니라 방향은 유지하되 방법을 바꾸는 일이다. 나는 문제가 생길 때마다 '방향'과 '방법'을 나누어 보는 연습을 했다. 방향이 틀렸는지, 아니면 방법이 부족했는지를 구분하려 했다. 감정이 앞서면 모든 것을 부정하고 싶어졌지만 기준을 붙들면 바꿀 지점이 보였다. 이것은 저절로 생긴 태도가 아니라 반복된 연습의 결과였다.

지금 나는 어려움이 오면 먼저 기준을 살핀다. 무엇을 버리고 무엇

을 지켜야 하는지 점검한다. 전부를 포기하지 않는다. 핵심을 남기
고 방법을 조정한다. 다시 돌아오는 사람은 결국 기준을 남기는 사
람이라는 사실을 이해했다. 기준이 남아 있으면 다시 설 수 있다.

조직을 이끄는 자리에서도 같은 태도를 적용하려 한다. 구성원
이 실수했을 때 곧바로 배제하지 않는다. 먼저 무엇을 고칠 수 있
는지 묻는다. 실패를 이유로 관계를 끊기보다, 해석을 통해 방향을
조정하려 한다. 다시 돌아올 수 있는 여지를 만드는 일이 리더의
역할임을 점점 더 느낀다.

포기하지 않는 사람은 결국 자신을 잃지 않는 사람이다. 자신을
잃지 않는 사람은 방향을 잃지 않는다. 나는 그 기준 위에서 다시
선다. 넘어짐은 막을 수 없지만, 일어남은 선택할 수 있다. 그 선택
이 사람을 구분한다.

어머니는 끝까지 버틴 사람이 아니라 끝까지 고쳐 나간 사람이
었다. 나는 그 태도를 이어 가고 있다. 그리고 그 태도 속에서 조
금 더 굳건해지고 있다. 넘어지는 횟수는 중요하지 않다. 다시 일
어나는 방식이 중요하다. 나는 그 방식을 배웠고, 오늘도 그 방식
으로 돌아오고 있다.

# 다시 설 수 있는 이유

## 삶에 중심이 있다는 것의 의미

어머니에게는 늘 '돌아올 자리'가 있었다. 세상이 흔들려도, 감정이 복잡해져도, 상황이 꼬여도 반드시 한 지점으로 되돌아왔다. 그것은 특정한 공간도, 특정한 사람도 아니었다. 태도의 자리였다. 나는 어린 시절 그 모습을 여러 번 보았다. 어머니는 잠시 흔들릴 수는 있어도 오래 흔들리지 않았고, 결국 스스로 세운 기준으로 돌아왔다.

집안에 예기치 않은 일이 생기면 공기는 금세 달라졌다. 말수가 줄어들고 눈빛이 무거워졌으며 서로의 표정에 예민함이 스쳤다. 그럴 때면 나 역시 불안해졌다. 무엇이 잘못되고 있는지 느꼈지만 무엇을 해야 할지 몰랐다. 그러나 어머니는 다르게 움직였다. 먼저 자신의 호흡을 가다듬으며 감정의 속도를 낮추었다.

나는 그 장면을 선명히 기억한다. 어머니는 부엌에서 물을 한 컵 마시고 창밖을 잠시 바라보았다. 그 짧은 침묵은 감정을 밖으로 흘려보내지 않기 위한 시간처럼 보였다. 그리고 다시 방으로 들어와 상황을 정리하기 시작했다. 누구를 탓하지도 않았고 목소리를 높이지도 않았다. 대신 해야 할 일을 나누고 순서를 세웠다. 그 과정을 보며 나는 서서히 마음이 가라앉았다.

어머니에게 흔들림은 실패가 아니었다. 통과해야 할 과정이었다. 흔들리는 자신을 부끄러워하지 않았지만, 흔들림이 판단을 대신하게 두지도 않았다. 감정은 인정하되 기준은 지켰다. 나는 그 차이를 오래 지나서야 이해했다. 흔들림과 무너짐은 다르다는 사실을.

사회에 나와 나는 여러 번 중심을 잃었다. 기대했던 결과가 나오지 않았을 때, 가까운 관계가 어긋났을 때, 자신의 판단이 틀렸음을 인정해야 했을 때 나는 쉽게 무너졌다. 감정은 오래 머물렀고 자존감은 빠르게 낮아졌다. 나는 왜 이렇게 흔들리는지 스스로에게 묻곤 했다. 그리고 어머니의 부엌 장면이 떠올랐다. 감정은 자연스럽지만 기준은 선택이라는 사실이 다시 떠올랐다.

어머니도 속상해했고 고민했다. 그러나 감정을 '결정의 기준'으로 삼지 않았다. 나는 그 차이를 뒤늦게 깨달았다. 감정은 이해의 대상이지만 판단의 근거가 되어서는 안 된다. 감정이 먼저 앞서면 선택은 좁아지고, 기준이 먼저 서면 선택은 정리된다. 중심은 흔들림이 없는 상태가 아니라 흔들림을 지나 다시 정리되는 힘이라는 사실을 알게 되었다.

사업을 하면서 큰 위기가 찾아왔던 시기가 있었다. 시장 상황이 급변했고 거래가 연이어 무산되었다. 나는 밤마다 계산기를 두드리며 불안 속에 잠을 설쳤다. 방향이 잘못된 것은 아닌지 자신을 몰아붙였다. 그러던 어느 날 나는 멈추었다. 그리고 스스로에게 물었다.

'나는 지금 감정으로 판단하고 있는가.'

나는 하루를 비우고 책상에 앉아 지금까지의 선택을 하나씩 적어 내려갔다. 잘한 것과 부족한 것을 구분했고 사실과 해석을 나누었다. 감정이 아닌 기준으로 상황을 정리하려 했다. 그 작업이 단번에 불안을 없애 주지는 않았다. 그러나 서서히 중심이 돌아오는 것을 느꼈다. 중심은 외부 상황이 아니라 내부의 정리된 상태에서 회복된다는 사실을 체험했다.

어머니는 늘 같은 방식으로 중심을 되찾았다. 먼저 호흡을 고르고, 상황을 나누고, 해야 할 일을 정리했다. 나는 그 방식을 의식적으로 반복하기 시작했다. 중요한 결정을 앞둘 때마다 먼저 나의 상태를 점검했다. 감정이 앞서 있는지, 기준이 먼저 서 있는지 구분하려 했다. 그렇게 중심은 추억이 아니라 훈련이 되었고, 기준은 기억이 아니라 나의 방식이 되었다.

가정에서도 나는 같은 고민을 한다. 자녀가 예상과 다른 선택을 할 때 내 마음은 먼저 반응한다. 실망과 걱정, 불안이 올라온다. 그러나 한 번 멈춘다. 그 감정이 아이를 향한 것인지, 아니면 나의 기대에서 비롯된 것인지 나누어 보려 한다. 중심은 상대를 바꾸는 힘이 아니라 나를 바로 세우는 힘이라는 사실을 기억하려 한다.

어머니는 나에게 기대를 강요하지 않았다. 대신 기준을 보여 주었다. 선택은 내가 하되, 그 선택을 돌아보고 정리하는 법을 가르쳤다. 나는 이제 그 방식을 이해한다. 흔들려도 돌아올 자리가 있다면 사람은 쉽게 무너지지 않는다. 중심은 타인이 세워 주는 것이 아니라 스스로 반복해 확인하는 태도라는 사실을 받아들이게 되었다.

조직을 이끄는 자리에서도 나는 같은 원칙을 적용한다. 위기가 오면 분위기는 먼저 흔들린다. 불안은 빠르게 번지고 판단은 조급해진다. 그때 리더의 역할은 즉각적인 해답을 내놓는 일이 아니라 중심을 회복하는 일임을 점점 더 느끼게 되었다. 나는 먼저 호흡을 낮추고 사실을 정리하며 방향을 다시 확인한다. 중심이 선 뒤에야 해결은 시작된다.

중심이 있다는 것은 완벽하다는 뜻이 아니다. 돌아올 기준이 있다는 의미다. 상황이 바뀌어도 환경이 달라져도 판단의 기준을 잃지 않는다는 뜻이다. 나는 그 기준을 어머니에게서 배웠다. 흔들림은 삶의 일부이지만 기준은 삶의 방향이라는 사실을 배웠다. 그 기준이 나를 길 위에 머물게 한다.

이제 나는 흔들림을 두려워하지 않는다. 대신 묻는다. 나는 어디로 돌아갈 것인가. 그 질문이 나를 붙든다. 감정은 지나가고 상황은 변하지만 기준은 남는다. 돌아올 자리가 있는 사람은 길을 잃지 않는다.

어머니가 남긴 그 자리 위에 나는 다시 선다. 흔들릴 수는 있어도 오래 머물지 않는다. 중심을 확인하고 다시 방향을 정한다. 삶에 중심이 있다는 것은 완벽해지는 일이 아니라 돌아올 기준을 가진 사람이 되는 일이라는 사실을 나는 이제 안다. 그리고 오늘도 그 기준으로 돌아간다.

# 3장

관계 속의 결,

## 사람을 통해 드러나는 것

# 신뢰의 축적

## 신뢰는 말이 아니라 반복에서 생긴다

어머니는 약속을 가볍게 말하지 않았다. 말을 꺼내기 전에 한 번 더 생각했고, 한 번 한 말은 자신을 묶는 약속으로 여겼다. 나는 어린 시절 그 긴장을 이해하지 못했다. 약속은 상황에 따라 바꿀 수 있는 것이라 여겼기 때문이다. 그러나 어머니에게 약속은 감정이 아니라 기준의 문제였다. 그 기준은 타인을 향한 배려이면서 동시에 자신을 향한 절제였다.

동네 어른과 작은 거래를 약속했던 날이 있었다. 비가 많이 내려 길은 질퍽거렸고, 어머니의 몸도 편치 않아 보였다. 나는 "오늘은 가지 않아도 되지 않을까요?"라고 물었다. 어머니는 잠시 창밖을 바라보다가 말없이 우산을 챙겼다. 그리고 담담히 말했다.

"사람이 기다릴 수 있잖아."

그 말에는 상황보다 관계를 먼저 두는 판단이 담겨 있었다. 형편은 변할 수 있어도 기준은 쉽게 바뀌어서는 안 된다는 태도였다.

어머니는 상대가 우리 사정을 이해해 줄 것이라는 기대에 기대지 않았다. 이해받는 일과 책임을 다하는 일은 다른 문제라고 여졌다. 이해받을 수 있어도 약속은 지켜야 한다는 입장이었다. 나는 그 차이를 그때는 충분히 이해하지 못했다. 그러나 시간이 흐르며 알게 되었다. 신뢰는 상대의 호의에서 생기는 것이 아니라, 나의 일관된 행동에서 시작된다는 사실을.

약속 장소에 도착했을 때 상대는 이미 와 있었다. 어머니는 늦지 않았음에도 먼저 인사를 건넸다.

"날씨가 이래서 기다리셨지요."

그 말은 형식적인 사과가 아니었다. 기다림을 가볍게 여기지 않는 태도였고, 상대의 시간을 존중하는 방식이었다. 나는 그 장면을 오래 기억했다. 약속은 시간을 맞추는 일이 아니라 사람을 존중하는 태도라는 사실이 그날 내 안에 자리 잡았다.

약속은 단순한 일정이 아니었다. 그것은 내가 그 관계를 얼마나 중요하게 여기는지를 보여 주는 신호였다. 어머니는 그 신호를 한 번이 아니라 반복했다. 상황이 불리해도 기준을 낮추지 않았다. 그 반복 속에서 나는 신뢰가 쌓이는 과정을 보았다. 신뢰는 설명이 아니라 쌓임이라는 사실을 서서히 이해하게 되었다.

성인이 되어 직장 생활을 하면서 나는 일정과 약속이 겹치는 상황을 자주 겪었다. 더 이익이 되는 자리를 선택하고 싶은 유혹도 있었다. 그러나 먼저 정한 약속을 미루는 순간, 보이지 않게 기준이 흔들린다는 생각이 들었다. 나는 가능한 한 처음 정한 일정을 지키려 했다. 단기적으로는 손해처럼 보일 때도 있었지만, 장기적으로는 관계가 남았다. 그 선택이 결국 나를 설명한다는 것을 경험으로 배웠다.

사업을 시작한 뒤 약속의 무게는 더 커졌다. 납기일과 지급일, 보고 일정은 모두 신뢰와 직결되었다. 한 번 어긋난 약속은 숫자 이상의 손실을 남겼다. 거래 조건보다 먼저 평가되는 것은 태도였다. 나는 일정표를 바라볼 때마다 어머니의 우산을 떠올렸다. 불편을 감수하는 선택이 신뢰를 만든다는 사실을 잊지 않으려 했다.

한번은 자금 사정이 빠듯해 약속된 지급을 미루고 싶은 상황이 있었다. 설명하면 이해해 줄 수도 있었다. 그러나 나는 먼저 약속을 지킬 방법을 찾았다. 내부 자금을 조정하고 다른 지출을 늦추었다. 그 결정은 부담이 되었지만 관계는 지켜졌다. 나는 그 경험을 통해 확신했다. 약속은 형편이 좋을 때보다 어려울 때 지켜야 비로소 신뢰가 된다는 사실을.

어머니는 신뢰를 말로 가르치지 않았다. 대신 행동으로 보여 주었다. 한 번의 성실이 아니라, 반복되는 일관된 태도가 사람을 설명한다는 사실을 삶으로 드러냈다. 나는 그 힘을 뒤늦게 이해했다. 이후 약속을 관리하는 기준을 따로 세웠다. 확실하지 않은 일은 처음부터 약속하지 않았고, 정한 일정은 감정에 따라 바꾸지 않으려 했다. 신뢰는 감정이 아니라 관리의 문제라는 사실을 받아들이게 되었다.

나는 약속을 단순한 의무로 보지 않게 되었다. 그것은 관계의 자산이자 나를 대신하는 신호였다. 내가 없는 자리에서도 나를 설명해 주는 근거가 되었다. 그래서 말의 수를 줄이고 표현을 신중히 고른다. 쉽게 약속하지 않고, 약속했다면 끝까지 책임진다. 그 태도는 계산이 아니라 반복을 통해 만들어진 기준이다.

어머니는 "못할 일은 처음부터 말하지 마라"라고 하셨다. 그 말은 타인을 배려하는 방식이면서 동시에 자신을 지키는 방식이었다. 감당할 수 없는 약속은 관계를 소모시키고 결국 신뢰를 깎아낸다. 나는 그 선을 의식적으로 지키려 한다. 말은 순간이지만 신뢰는 시간이 쌓아 올리는 결과라는 사실을 알기 때문이다.

조직을 이끄는 자리에서 나는 약속을 더욱 신중히 다룬다. 구성원에게 한 말은 방향이 되고 기준이 된다. 상황이 바뀌었다는 이유로 쉽게 번복하면 조직의 중심은 약해진다. 그래서 처음 약속할 때 더 오래 고민한다. 지킬 수 있는 범위 안에서만 말하고, 지키기 위해 방법을 조정한다. 리더의 신뢰는 능력보다 일관된 태도에서 비롯된다는 사실을 점점 더 분명히 느낀다.

신뢰는 계약서에서 시작되지 않는다. 계약은 기록이지만 신뢰는 태도의 반복에서 쌓인다. 나는 여러 관계 속에서 그 차이를 확인했다. 문서는 완벽해도 태도가 흔들리면 관계는 오래가지 않는다. 반대로 작은 약속을 꾸준히 지키면 관계는 깊어진다. 신뢰는 소리 없이 쌓이고, 한 번의 무책임으로도 무너질 수 있다. 그래서 나는 신뢰를 감정이 아니라 자산처럼 관리하려 한다.

세월이 흐르며 나는 알게 되었다. 약속을 지키는 사람은 결국 자신을 지키는 사람이라는 사실을. 상황에 따라 기준을 바꾸지 않는 사람은 내부가 흔들리지 않는다. 그 안정감이 주변을 편안하게 만든다. 나는 그 중심이 되고 싶었다. 그래서 오늘도 말을 꺼내기 전에 한 번 더 생각한다.

어머니는 특별한 유산을 남기지 않았다. 그러나 반복된 성실을 남겼다. 나는 그 성실 위에서 사업을 운영했고 관계를 이어 왔으며 판단을 이어 왔다. 지금도 약속을 정리할 때마다 스스로에게 묻는다. 이 말은 내가 끝까지 감당할 수 있는가. 그 질문이 나를 긴장하게 만들고, 그 긴장이 나를 지탱한다.

약속을 지키는 사람은 결국 기억된다. 그리고 그 기억은 신뢰로 남는다. 나는 그 신뢰 위에서 오늘도 선택한다. 신뢰는 한 번의 말이 아니라 반복의 결과라는 사실을 잊지 않으려 한다. 그렇게 나는 어머니가 보여 준 방식으로 오늘도 나의 약속을 지키며 살아가고 있다.

# 책임의 무게

## 손해를 감수하는 태도에서 신뢰가 생긴다

어머니는 관계를 계산으로 다루지 않았다. 누구와 가까이 지내는 것이 이익이 되는지, 어느 자리에 서는 것이 유리한지를 먼저 따지지 않았다. 나는 어린 시절 그 선택이 비효율적으로 보일 때가 있었다. 손해를 보면서까지 관계를 이어 가야 하는지 이해하지 못했다. 그러나 어머니에게 관계는 수지의 문제가 아니라 기준의 문제였다. 관계를 유지하는 일은 이익을 남기는 일이 아니라 태도를 지키는 일이었다.

한번은 동네 어른과 작은 오해가 생긴 적이 있었다. 사소한 일에서 비롯된 감정의 틈이었지만 주변에서는 군이 먼저 풀 필요는 없다고 말했다. 상대가 먼저 다가와야 한다는 조언도 이어졌다. 그러나 어머니는 다음 날 직접 그 집을 찾아갔다. 나는 그 선택이 자존심을 낮추는 일처럼 느껴졌다. 이겨야 할 문제를 먼저 물러서는 것처럼 보였기 때문이다.

돌아오는 길에 어머니는 조용히 말했다.

"관계는 먼저 풀어야 오래 간다."

그 말은 이기고 지는 문제를 넘어선 판단이었다. 시간이 지나면 작은 틈이 더 큰 문제로 이어질 수 있다는 경험에서 나온 결론이었다. 나는 그 말의 무게를 그때는 온전히 이해하지 못했다. 그러나 이후 여러 장면에서 그 의미를 되새기게 되었다.

어머니는 사과할 일이 있다면 주저하지 않았다. 자신이 전적으로 잘못하지 않았더라도 관계를 지키기 위해 먼저 다가갔다. 그것은 비굴함이 아니라 선택이었다. 관계를 소모하는 대신 이어 가는 쪽을 택한 결정이었다. 자존심을 잠시 내려놓는 대신 관계를 오래 가져가는 방식이었다. 그 태도는 순간의 감정보다 앞으로의 방향을 먼저 본 선택이었다.

성인이 되어 직장 생활을 하며 나는 비슷한 상황을 자주 마주했다. 사소한 오해가 반복되면 팀 분위기는 빠르게 식어 갔다. 나는 처음에는 옳고 그름을 분명히 하는 데 집중했다. 논리로 정리하면 문제가 해결될 것이라 믿었다. 그러나 시간이 지나면서 관계의 온도가 성과에 영향을 준다는 사실을 체감했다. 옳음이 남아도 관계가 무너지면 결과는 오래가지 않았다.

한번은 거래처와의 문제로 긴장이 높아진 적이 있었다. 서로의 입장이 달랐고 감정도 얽혀 있었디. 니는 자료를 통해 내 입장을 충분히 설명할 수 있었다. 논리적으로는 밀리지 않는 상황이었다. 그러나 그 순간 나는 어머니가 먼저 찾아가던 장면을 떠올렸다. 이기는 선택이 항상 남는 선택은 아니라는 생각이 들었다.

나는 먼저 대화를 요청했다. 책임을 분명히 하되 감정을 가라앉히는 시간을 가졌다. 상대의 말을 끝까지 들었고 필요한 부분은 인정했다. 자존심은 잠시 내려놓아야 했다. 그러나 그 과정에서 관계의 긴장은 서서히 풀렸다. 결과적으로 협력은 이어졌고 이후의 거래는 더 안정적으로 자리 잡았다.

그 경험은 내게 분명한 깨달음을 남겼다. 관계를 지키는 사람은 순간의 승리를 선택하지 않는다는 사실이었다. 장기적인 신뢰를 위해 단기적인 손해를 감수하는 선택이었다. 관계는 감정의 해소가 아니라 시간 속에서 쌓여 간다는 사실을 이해하게 되었다. 손해처럼 보이는 선택이 오히려 기반을 더 견고하게 만드는 경우가 많았다.

어머니는 관계를 쉽게 끊지 않았다. 다툼이 있어도 시간이 지나면 다시 길을 열어 두었다. 사람은 변할 수 있고 상황은 달라질 수 있다는 믿음이 있었다. 그 믿음이 관계를 더욱 안정되게 만들었다. 물론 모든 관계를 붙들지는 않았다. 반복적으로 기준을 무너뜨리는 관계에는 거리를 두었다. 지킬 관계와 놓을 관계를 구분하는 판단이 분명했다.

관계를 지키는 일은 감정의 소모를 동반한다. 먼저 말을 건네는 일은 쉽지 않고 오해를 풀어 가는 일은 피로를 남긴다. 그러나 아무도 먼저 나서지 않으면 틈은 더 커진다. 어머니는 그 틈을 방치하지 않았다. 감정이 가라앉을 때까지 기다리되 기준은 늦추지 않았다. 관계를 끝까지 책임진다는 것은 감정이 아니라 태도의 문제였다.

이후 나는 갈등이 생기면 세 가지를 점검하는 습관을 들였다. 이 관계가 오래 이어 갈 가치가 있는지, 내가 감정에 휘둘리고 있는지, 그리고 먼저 움직이는 것이 기준에 어긋나지 않는지를 살폈다.

옳음을 증명하는 일과 관계를 지키는 일은 다르다는 사실을 분명히 구분하려 했다. 이것은 타협이 아니라 선택이었다. 감정이 아닌 방향을 기준으로 판단하려는 연습이었다.

어머니는 관계를 통해 자신을 드러내지 않았다. 대신 관계 속에서 자신의 태도를 지켰다. 상대의 반응에 따라 기준을 바꾸지 않았다. 나는 그 일관성을 깊이 기억한다. 관계를 책임진다는 것은 상대를 바꾸는 일이 아니라 나의 태도를 지키는 일이라는 사실을 어머니는 삶으로 보어 주었다.

지금 나는 조직을 운영하는 위치에 있다. 사람과 사람 사이의 분위기가 성과를 좌우하는 장면을 자주 본다. 갈등이 생기면 먼저 기준을 점검한다. 감정이 아닌 기준으로 정리하려 한다. 필요하다면 먼저 손을 내민다. 그 선택이 조직의 중심을 세운다는 사실을 경험으로 알고 있기 때문이다.

관계를 끝까지 책임지는 사람은 강한 사람이다. 자존심을 잠시 내려놓을 수 있는 사람만이 할 수 있는 선택이다. 감정에 휘둘리지 않고 방향을 지킬 수 있는 사람만이 그 자리에 설 수 있다. 나는 그 선택을 반복하며 어머니를 떠올린다. 그리고 그 선택 위에서 오늘의 관계를 이어 간다.

관계는 관리의 대상이 아니라 존중의 결과다. 존중은 계산에서 나오지 않는다. 그것은 태도에서 나온다. 어머니는 그 태도를 삶으로 보어 주었다. 나는 그 태도를 이어 가며 사람을 남기려 한다. 결국 관계를 지키는 사람은 자신을 지키는 사람이라는 사실을 이제는 분명히 안다.

# 앞서지 않는 선택

## 앞에 서기보다 자리를 내어 주는 힘

어머니는 늘 앞에 서는 사람이 아니었다. 오히려 한 걸음 물러나 자리를 정리하는 사람이었다. 나는 어린 시절 그 모습을 소극적으로 받아들였다. 왜 굳이 앞에 나서지 않는지, 왜 더 드러내지 않는지 이해하지 못했다. 그러나 세월이 흐르며 깨닫게 되었다. 물러섬은 포기가 아니라 선택이라는 사실을. 그리고 그 선택은 약함이 아니라 중심에서 나오는 힘이라는 사실을.

마을 모임이 열리던 날이 떠오른다. 사람들은 의견을 내며 목소리를 높였고, 주도권을 잡으려 애썼다. 어머니는 끝까지 조용히 듣다가 필요한 순간에만 짧게 말을 보탰다. 그리고 결론이 나면 가장 먼저 실행을 맡았다. 나는 그 순서가 인상 깊었다. 앞에서 말하지 않아도 뒤에서 책임지는 방식이 있었기 때문이다. 어머니는 자신의 영향력을 드러내지 않았지만 결과는 늘 그 자리에서 안정적으로 이어졌다.

어머니는 공을 가져가지 않았다. 대신 결과를 책임지는 자리에 섰다. 주장보다 정리가 앞섰고, 설명보다 실행이 먼저였다. 나는 그 방식이 결코 쉬운 일이 아니라는 사실을 뒤늦게 알게 되었다. 앞에서는 일은 순간의 주목을 받지만, 뒤에서 책임을 지는 일은 시간을 요구한다. 물러선다는 것은 자신을 줄이는 일이 아니라 역할을 선택하는 일임을 점차 이해하게 되었다.

물러섬은 부족해서가 아니다. 오히려 상황을 더 넓게 보기 위한 선택일 때가 많다. 어머니는 감정이 격해질 때 먼저 한 걸음 뒤로 물러났다. 그 거리가 전체의 흐름을 보게 했다. 가까이 있을 때는 보이지 않던 맥락이 물러설 때 드러났다. 나는 그 거리 조절의 힘을 오래 지켜보았다.

한번은 가족 간에 의견이 크게 엇갈린 적이 있었다. 나는 내 주장이 옳다고 믿었고 그것을 강하게 밀어붙였다. 어머니는 잠시 침묵하다가 말했다.

"지금은 네 말이 맞을 수 있다. 하지만 다 맞는 건 아니다."

그 말은 내 확신의 속도를 늦추는 역할을 했다. 어머니는 자신의 의견을 포기한 것이 아니었다. 다만 갈등을 키우지 않는 길을 선택한 것이었다.

그때 나는 어렴풋이 깨달았다. 모든 상황에서 이기는 것이 능력은 아니라는 사실을. 관계를 지키면서 방향을 유지하는 일이 더 어렵다는 사실을. 물러설 줄 아는 사람만이 관계를 오래 이어 간다는 사실을. 어머니의 태도는 감정을 억누르는 것이 아니라 전체를 고려하는 선택이었다. 그 선택은 순간의 만족보다 더 긴 시간을 남겼다.

사회에 나와 나는 리더의 자리에 서게 되었다. 판단을 내려야 하고 방향을 제시해야 하는 순간이 반복되었다. 그 과정에서 내 결정이 가장 효율적이라고 확신하는 경우도 많았다. 그러나 모든 상황에서 앞에 서는 것이 항상 옳은 선택은 아니었다. 앞에 선다는 것은 책임을 지는 일이지만 동시에 다른 가능성을 가릴 수도 있다는 사실을 알게 되었다.

어느 프로젝트에서 나는 내 방식이 가장 빠른 길이라고 생각했다. 그러나 한 팀원이 다른 방향을 제시했다. 예전 같으면 바로 결론을 내렸을 것이다. 그러나 나는 한 걸음 물러나 그의 설명을 끝까지 들었다. 그 과정에서 팀의 분위기가 달라지는 것을 보았다. 의견이 존중된다는 신호가 흐름을 바꾸고 있었다.

결과적으로 그의 제안이 더 적합했다. 나는 그 경험을 통해 분명히 알게 되었다. 물러섬은 권위를 약하게 하지 않는다. 오히려 권위를 안정되게 만든다. 항상 앞에 서지 않아도 된다는 확신이 조직을 더욱 안정시키는 힘이 된다는 사실을 깨달았다. 물러설 수 있는 사람만이 필요할 때 앞에 설 수 있다는 점을 이해하게 되었다.

어머니는 자녀 앞에서도 늘 옳은 사람으로 남으려 하지 않았다. 때로는 "내가 생각이 짧았다"고 인정했다. 그 장면은 나에게 깊은 인상을 남겼다. 어른도 물러설 수 있다는 사실을 처음 본 순간이었다. 권위는 틀리지 않는 데서 생기는 것이 아니라, 틀림을 인정할 수 있는 데서 생긴다는 사실을 그때 배웠다.

물러설 줄 아는 사람은 자신의 위치를 불안해하지 않는다. 중심이 흔들리지 않기에 한 걸음 비켜 설 수 있다. 이후 나는 회의나 갈등 상황에서 먼저 내 위치를 점검하는 습관을 들였다. 지금 내가 앞에 서려는 이유가 방향 때문인지, 감정 때문인지를 구분하려 했다. 필요하다면 발언을 줄이고 결정권을 나누었다. 그것은 권위를 내려놓는 일이 아니라 권위를 건강하게 유지하는 일이었다.

사업을 운영하며 나는 여러 번 선택의 갈림길에 섰다. 내 판단을 고수하면 속도는 빨랐고, 양보하면 시간이 더 걸렸다. 그러나 장기적인 관계를 고려하면 때로는 양보가 더 큰 가치를 남겼다. 나는 그 차이를 경험으로 배웠다. 속도보다 지속이 중요하다는 사실을, 주장보다 균형이 중요하다는 사실을 이해하게 되었다.

어머니는 항상 한 발 앞에 서려 하지 않았다. 대신 필요할 때 자리를 내어 주었다. 그러나 중요한 순간에는 책임의 자리로 돌아왔다. 나는 그 균형이 물러섬의 본질이라고 생각한다. 물러섬은 회피가 아니라 적절한 위치를 선택하는 능력이다.

물러설 줄 모르는 사람은 고립되기 쉽다. 반대로 쉽게 물러나는 사람은 신뢰를 잃기 쉽다. 어머니는 그 두 극단을 피했다. 상황에 맞는 거리와 타이밍을 선택했다. 나는 그 미묘한 균형을 배우는 데 오랜 시간이 걸렸다. 그리고 지금도 그 균형을 점검하며 살아가고 있다.

지금 나는 중요한 논의가 길어질 때 먼저 속도를 낮춘다. 내 말이 더 이상 설득력을 갖지 않는 순간을 살피려 한다. 그리고 필요하다면 방향을 조정한다. 그 선택이 나를 약하게 만드는 것이 아니라 오히려 더 안정되게 만든다는 사실을 알기 때문이다. 물러섬은 다음 전진을 준비하는 과정이다.

물러설 줄 아는 사람은 자신을 증명하려 애쓰지 않는다. 대신 흐름을 안정시킨다. 그 안정 위에서 모두가 설 수 있는 자리를 만든다. 나는 그 역할을 배우는 중이다. 그리고 그 배움의 시작에는 언제나 어머니의 모습이 있다.

어머니는 중심에 있으면서도 중심을 드러내지 않았다. 나는 그 태도를 가장 높이 평가한다. 지금도 스스로에게 묻는다. 지금은 앞으로 나설 때인가, 아니면 한 걸음 물러설 때인가. 그 질문이 나를 과도한 확신에서 지켜 준다. 물러설 줄 아는 사람은 결국 더 오래 간다는 사실을 나는 삶의 여러 장면에서 확인하고 있다.

# 선택의 기준

## 상황이 아니라 원칙으로 결정하다

어머니는 결정을 서두르는 사람이 아니었다. 그렇다고 결정을 미루는 사람도 아니었다. 선택의 순간이 오면 먼저 기준을 떠올렸다. 무엇이 이익인지보다 무엇이 옳은지를 먼저 생각했다. 나는 그 판단의 순서를 오랫동안 곁에서 지켜보았다. 상황은 바뀌어도 판단의 출발점은 늘 같았다.

어릴 적 진학 문제로 고민하던 시기가 있었다. 주변에서는 더 안정적인 길을 권했다. 나는 여러 의견에 흔들렸고 당장의 안전이 매력적으로 보였다. 빨리 결정해야 마음이 편해질 것 같았다. 그러나 어머니는 결론을 대신 내려 주지 않았다. 대신 한 가지 질문을 던졌다.

"네가 오래 책임질 수 있는 길이냐."

그 질문은 나를 멈추게 했다. 안정이 곧 옳음은 아니라는 뜻이었다. 당장의 편안함이 오래 만족을 보장하지 않는다는 의미였다. 나는 처음으로 선택의 시간을 넓혀 보게 되었다. 지금이 아니라 몇 년 뒤의 나를 떠올리게 되었다. 선택은 현재의 감정이 아니라 미래의 책임으로 이어진다는 사실을 그때 깨달았다.

어머니는 선택을 대신해 주지 않았다. 다만 선택의 기준을 다시 떠올리게 했다. 내가 감당할 수 있는지, 끝까지 책임질 수 있는지를 묻는 방식이었다. 그 질문은 성급함을 낮추는 역할을 했다. 나는 그 질문 덕분에 즉각적인 유혹에서 한 발 물러설 수 있었다. 기준은 결정을 느리게 만들 수 있지만 방향은 분명하게 만들어 준다는 사실을 배우게 되었다.

성인이 되어 직장 생활을 시작했을 때도 비슷한 고민이 있었다. 단기간에 눈에 띄는 성과를 낼 수 있는 기회가 있었다. 그러나 장기적으로는 기반이 불안한 선택이었다. 나는 쉽게 결정하고 싶었다. 그러나 어머니의 질문이 떠올랐다. 이 길을 오래 책임질 수 있는가.

나는 다시 전체 상황을 점검했다. 이 선택이 나의 방향과 맞는지, 아니면 순간의 욕심인지 돌아보았다. 속도를 늦추고 조건을 다시 정리했다. 결국 나는 화려하지 않은 길을 택했다. 그 선택은 눈에 띄지 않았지만 이후의 흔들림은 적었다. 기준은 성과보다 오래 남는다는 사실을 그때 확인했다.

어머니는 작은 손해를 보더라도 기준을 바꾸지 않았다. 작은 이익을 위해 원칙을 수정하는 일을 경계했다. 나는 그 모습을 여러 장면에서 보았다. 기준이 흔들리면 관계도 흔들리고, 관계가 흔들리면 삶의 방향도 흔들린다는 사실을 알고 있었기 때문이다. 선택은 한 번의 결정이 아니라 이어지는 흐름의 시작이라는 점을 어머니는 알고 있었다.

사업을 운영하면서 나는 더 큰 유혹을 경험했다. 외형을 빠르게 키울 수 있는 제안이 있었고 위험은 쉽게 드러나지 않았다. 주변에서는 기회를 놓치지 말라고 했다. 숫자만 보면 충분히 매력적인 조건이었다. 그러나 나는 장부보다 먼저 기준을 떠올렸다. 이 선택이 나의 방향과 어긋나지 않는지를 스스로에게 물었다.

나는 그 제안을 포기했다. 단기적인 이익은 놓쳤지만 장기적인 안정은 지켰다. 그때 나는 분명히 느꼈다. 기준으로 선택한 결정은 결과가 다소 아쉬워도 후회가 적다는 사실을. 상황이 아니라 원칙으로 결정했기 때문에 흔들림이 적었다. 선택의 무게는 결과가 아니라 출발점에서 정해진다는 사실을 깨달았다.

선택의 기준은 감정이 아니라 판단의 틀에서 나온다. 어머니는 그 기준을 일상의 작은 선택에서도 유지했다. 무엇을 살지, 누구와 관계를 이어 갈지, 어떤 말을 할지까지 같은 순서를 따랐다. 나는 그 반복을 보며 자랐다. 작은 선택이 쌓여 삶의 방향을 만든다는 사실을 뒤늦게 이해했다.

기준이 없는 선택은 상황에 따라 흔들린다. 오늘은 이익을 따르고, 내일은 체면을 따르고, 모레는 감정을 따른다. 그러나 기준이 분명하면 선택에 일관성이 생긴다. 나는 그 차이를 사회 속에서 여러 번 경험했다. 기준은 자유를 제한하는 것이 아니라 방향을 지키는 역할을 한다는 사실을 점차 받아들이게 되었다.

이후 나는 중요한 선택을 앞두면 몇 가지를 점검하는 습관을 들였다. 이 결정이 나의 장기적인 방향과 맞는지, 관계를 소모하지 않는지, 그리고 내가 끝까지 책임질 수 있는지를 스스로 확인한다.

감정이 앞서면 기준을 다시 적어 본다. 이것은 단순한 신중함이 아니라 의식적인 훈련이다. 어머니가 남긴 질문을 나는 선택의 기준으로 반복해 적용해 왔다.

지금 나는 중요한 결정을 앞두면 먼저 기준을 말로 정리한다. 이 선택이 나의 삶의 방향과 맞는지, 순간의 유혹은 아닌지 점검한다. 누군가의 시선이 아니라 나의 기준에 맞는지를 살핀다. 그 과정은 번거롭지만 나를 안정시키는 힘이 된다. 기준이 서면 선택은 덜 흔들린다.

기준이 있는 사람은 선택을 후회하지 않는다. 결과가 기대와 다르더라도 출발점이 분명했다면 자신을 부정하지 않는다. 나는 그 안정감을 여러 번 경험했다. 어머니의 질문은 여전히 내 판단을 통과하는 기준이다. 그 질문이 내 선택을 더욱 분명하게 만든다.

지금 나는 후배에게도 같은 질문을 던진다. 이 선택을 오래 책임질 수 있는가. 그 질문은 단순하지만 깊다. 순간의 감정이 아니라 기준을 보게 만든다. 리더십은 빠른 결단이 아니라 기준을 함께 세우는 일이라는 사실을 점점 더 느끼게 된다.

어머니는 선택을 화려하게 설명하지 않았다. 다만 끝까지 감당했다. 그 책임이 기준에 대한 신뢰를 만들었다. 나는 그 태도를 이어 가고 있다. 선택은 누구나 하지만 기준으로 선택하는 사람은 많지 않다. 어머니가 남긴 질문이 나의 선택을 통과한다. 나는 그 질문을 기준으로 삼는다. 그리고 그 기준 위에서 오늘도 삶을 이어 간다.

# 말보다 먼저 남는 것

## 행동이 기준이 되는 순간

어머니는 긴 설교를 하지 않는 사람이었지만 하루의 움직임은 늘 분명했다. 새벽이면 가장 먼저 일어나 부엌을 정리했고 집안의 작은 흐트러짐도 그냥 지나치지 않았다. 누가 보지 않아도 해야 할 일은 제때 마쳤고, 약속한 일은 잊지 않았다. 나는 그 반복을 특별하게 여기지 않았다. 그러나 시간이 흐른 뒤 알게 되었다. 말보다 먼저 남는 것은 행동이라는 사실을. 설명은 잊혀도 반복은 남는다는 사실을 뒤늦게 이해했다.

한번은 집안에 작은 갈등이 있었던 적이 있다. 사소한 오해가 쌓여 분위기가 무거워졌고 말은 점점 날카로워졌다. 나는 누가 옳은지 따지며 목소리를 높였다. 감정이 앞서면서 말도 거칠어졌다. 그때 어머니는 논쟁에 끼어들지 않았다. 대신 저녁상을 차리며 필요한 말만 조용히 건넸다.

식사가 끝난 뒤 어머니는 설거지를 하며 말했다.

"말은 쉽게 남지만 태도는 오래 남는다."

그 말은 크지 않았지만 오래 마음에 남았다. 나는 그 의미를 곧

바로 이해하지 못했다. 그러나 다음 날 어머니는 전날 다툰 사람에게 먼저 안부를 물었다. 그 장면은 설명보다 더 분명한 메시지였다.

어머니는 옳음을 주장하기보다 관계를 먼저 회복하는 선택을 했다. 자신의 감정을 정리한 뒤 행동으로 방향을 정했다. 논쟁에서 이기는 대신 관계를 이어 가는 쪽을 택했다. 나는 그 선택의 무게를 나중에서야 깨달았다. 말은 순간의 우위를 만들지만 행동은 관계의 방향을 바꾼다는 사실을 배우게 되었다.

말은 순간을 지배하지만 행동은 시간을 만들어 간다. 어머니는 그 차이를 알고 있었다. 그래서 감정이 격해질수록 움직임을 더 차분히 했다. 행동이 기준이 되면 설명은 줄어든다. 나는 그 절제의 방식을 가까이에서 보았다. 그리고 그것이 삶의 흐름을 안정시키는 힘이라는 사실을 점차 이해하게 되었다.

직장에서 나는 중요한 보고를 앞두고 동료와 크게 충돌한 적이 있다. 나는 내 판단이 맞다고 확신했고 자료로 상대를 설득하려 했다. 준비는 충분했지만 분위기는 이미 굳어 있었다. 그때 문득 어머니의 식탁 장면이 떠올랐다. 나는 회의 전에 먼저 동료의 입장을 정리해 보았다. 그리고 회의에서는 내 주장보다 공동의 목표를 먼저 꺼냈다.

분위기는 예상과 달리 부드럽게 풀렸다. 결론은 완전한 승리가 아니라 조정이었다. 그러나 관계는 지켜졌고 이후의 협력은 더 안정적으로 이어졌다. 나는 그 경험을 통해 판단의 순서를 바꾸게 되었다. 옳음을 증명하는 것보다 관계의 흐름을 지키는 일이 먼저라는 사실을 체감했다.

사업을 운영하면서도 비슷한 선택이 반복되었다. 계약 조건이 불리하게 보일 때 나는 바로 반박하고 싶었다. 그러나 한 번 더 멈추었다. 이 관계를 오래 이어 갈 수 있는 방향은 무엇인지 스스로에게 물었다. 단기적인 이익과 장기적인 신뢰를 나누어 보려 했다. 그리고 일부 조건을 조정하는 대신 신뢰를 남기는 쪽을 택했다.

그 선택은 당장의 수익을 줄였지만 관계를 지켰다. 시간이 지나 그 거래처는 더 큰 기회를 제안해 왔다. 나는 그때 확신했다. 행동은 결국 돌아온다는 사실을. 계산하지 않은 태도가 신뢰의 기반이 된다는 사실을.

어머니가 남긴 것은 구체적인 조언이 아니라 판단의 순서였다. 감정보다 태도를 먼저 세우는 방식이었다. 말보다 행동을 앞세우는 습관이었다. 나는 이후 말보다 행동을 먼저 점검하는 훈련을 시작했다. 회의에서 한 약속은 그날 안에 기록했고, 갈등이 생기면 먼저 나의 태도를 돌아보았다. 감정이 남기려는 말을 줄이고 행동이 남길 결과를 생각했다.

이것은 자연스럽게 생긴 성향이 아니었다. 반복의 결과였다. 어머니가 보여 준 인상을 의식적으로 따라 하며 나는 행동이 기준이 되는 방식을 몸에 익혀 갔다. 작은 약속을 지키는 습관은 큰 약속을 가능하게 했다. 태도는 순간의 선택이 아니라 쌓어 가는 과정이라는 사실을 점점 더 실감하게 되었다.

어머니는 집안일을 마친 뒤에도 항상 주변을 한 번 더 살폈다. 누가 부탁하지 않아도 필요한 부분을 채웠다. 그 반복이 집안을 지탱했다. 나는 그 사소한 행동의 힘을 나중에서야 이해했다. 보이지 않는 행동이 삶의 흐름을 만든다는 사실을 배웠다.

조직에서도 마찬가지다. 작은 약속을 지키는 태도가 큰 신뢰를 만든다. 나는 회의에서 한 말을 반드시 정리해 공유한다. 약속한 일정은 지키기 위해 내부의 일정을 조정한다. 그것은 보여 주기 위한 행동이 아니다. 어머니가 보이지 않는 곳에서 하던 일상의 연장이기 때문이다.

말은 시간이 지나면 흐려질 수 있다. 그러나 반복된 행동은 습관이 된다. 습관은 성향이 되고 성향은 인격을 만든다. 나는 그 과정을 어머니를 통해 배웠다. 행동이 기준이 되는 순간 사람은 설명을 줄이게 된다.

지금 나는 누군가를 이끄는 위치에 서 있다. 후배들은 내 말을 듣기보다 내 행동을 본다. 나는 그 시선을 의식한다. 그래서 더욱 행동의 순서를 점검한다. 말로 약속하기 전에 행동으로 준비하려 한다.

어머니는 자신이 남긴 흔적을 계산하지 않았다. 그러나 그 흔적은 내 안에 기준으로 남았다. 나는 그 기준을 떠올리며 선택한다. 말보다 먼저 남는 것은 결국 태도다. 태도는 하루의 반복 속에서 만들어진다.

어머니는 큰 목소리를 남기지 않았다. 대신 오래 이어지는 방식을 남겼다. 나는 그 방식 위에서 나를 다듬어 간다. 말은 줄어들 수 있지만 행동은 쌓인다. 나는 그 쌓임의 힘을 믿는다. 그리고 그 믿음은 어머니의 삶에서 시작되었다.

# 무너짐 이후

## 위기 속에서 드러나는 본래의 모습

사람의 본모습은 평온한 날에 쉽게 드러나지 않는다. 모든 것이 순조로울 때는 누구나 침착해 보일 수 있고, 누구나 온화한 말을 할 수 있다. 그러나 상황이 무너질 때, 계산이 어긋날 때, 기대가 깨질 때 비로소 그 사람의 바탕이 드러난다. 나는 그 사실을 책에서 배운 것이 아니라 어머니를 통해 체득했다. 위기는 어머니를 흔들었지만 무너뜨리지는 못했다. 그리고 나는 그 차이를 오래 지켜보며 자랐다.

어릴 적 집안에 예상치 못한 경제적 어려움이 닥친 적이 있었다. 준비해 두었던 자금이 막히고 생활비를 다시 계산해야 하는 날들이 이어졌다. 집안 공기는 무거워졌고 나는 부모의 표정을 살피는 데 익숙해졌다. 그 시기 어머니는 불안을 숨기지 않았지만 불안을 퍼뜨리지도 않았다. 걱정은 하되 걱정에 끌려가지 않는 태도였다. 그 균형이 집안의 중심을 지키고 있었다.

어머니는 먼저 종이에 숫자를 적었다. 필요한 지출과 줄일 수 있는 지출을 나누었고, 당장 하지 않아도 되는 일은 뒤로 미루었다.

나는 그 장면을 보며 이상하리만큼 마음이 안정되는 것을 느꼈다. 상황은 어려웠지만 정리하는 태도는 분명했기 때문이다. 그때 나는 깨달았다. 무너질 때 드러나는 것은 능력이 아니라 판단의 순서라는 사실을.

어머니는 불평으로 시간을 보내지 않았다. 대신 하루의 흐름을 유지했다. 식사는 제시간에 준비했고 자식의 학교 일정도 놓치지 않았다. 겉으로는 크게 달라진 것이 없어 보였지만 안에서는 차분히 조율이 이루어지고 있었다. 나는 그 반복이 집안을 지탱하는 힘이라는 사실을 뒤늦게 이해했다. 위기 속에서도 일상의 질서를 유지하는 사람이 결국 중심이 된다는 것을 배웠다.

성인이 되어 나는 조직에서 큰 프로젝트를 맡은 적이 있다. 계획은 치밀했고 준비도 충분하다고 믿었다. 그러나 예상치 못한 변수로 일정이 틀어지고 일부 결과가 기대에 미치지 못했다. 팀의 분위기는 흔들렸고 책임의 무게는 나에게로 향했다. 나는 순간적으로 상황을 설명하며 자신을 방어하고 싶은 마음이 들었다.

그러나 입을 열기 전에 어머니가 숫자를 정리하던 장면이 떠올랐다. 나는 먼저 상황을 나누어 보기로 했다. 어디에서 어긋났는지, 무엇을 고쳐야 하는지 차분히 짚어 보았다. 감정을 설명하기보다 사실을 먼저 정리했다. 그 선택이 회의의 흐름을 바꾸었다. 팀은 비난보다 해결에 집중하기 시작했다.

위기 속에서 사람은 두 가지 방향으로 움직인다. 하나는 감정으로 자신을 지키려는 길이고, 다른 하나는 사실을 바로 보는 길이다. 어머니는 언제나 두 번째를 택했다. 손해를 인정하되 자존을 잃지 않았다. 나는 그 균형을 배웠다. 인정과 포기는 다르다는 사실을 이해하게 되었다.

사업을 운영하며 가장 힘들었던 시기에도 비슷한 장면이 반복되었다. 계약이 무산되고 신뢰가 흔들리는 상황이 겹쳤다. 나는 한동안 밤잠을 설쳤다. 불안은 숫자보다 더 크게 느껴졌다. 그러나 다음 날 아침 나는 평소와 같은 시간에 사무실로 나갔다. 그 반복이 나를 붙들었다.

나는 팀원들 앞에서 상황을 숨기지 않았다. 대신 방향을 제시했다.

"지금은 정리의 시간이다."

그 말은 팀을 향한 선언이었지만 동시에 나 자신을 다잡는 말이기도 했다. 나는 그 말을 하며 자신을 정돈했다. 위기를 과장하지 않고 차분히 다루려 애썼다.

어머니는 위기 속에서 목소리를 높이지 않았다. 오히려 말수를 줄였다. 말이 많아질수록 중심이 흔들릴 수 있다는 것을 알고 있었던 듯하다. 나는 그 모습을 떠올리며 회의에서 불필요한 설명을 줄였다. 대신 해야 할 일의 순서를 정리했다. 말보다 정리가 먼저라는 사실을 이시했다.

무너질 때 드러나는 것은 결국 판단의 출발점이다. 감정이 먼저인가, 기준이 먼저인가에 따라 결과는 달라진다. 어머니는 늘 기준을 먼저 세웠다. 나는 이후 위기가 오면 감정을 줄이고 사실을 적어 보는 습관을 들였다. 무엇이 실제 문제인지, 무엇이 나의 불안인지 나누어 보려 했다. 이것은 타고난 침착함이 아니라 반복된 훈련의 결과였다.

사람은 평소에 자신을 크게 평가하기 쉽다. 그러나 위기는 그 착각을 걷어낸다. 남는 것은 평소에 익힌 태도뿐이다. 나는 그 태도를 어머니에게서 배웠다. 준비되지 않은 위기 앞에서 즉흥적인 판단을 줄이려 노력해 왔다. 평소의 점검이 위기 속의 모습을 만든다는 사실을 알게 되었기 때문이다.

어머니는 어려움 속에서도 남을 탓하지 않았다. 상황을 탓하기보다 자신이 할 수 있는 일을 먼저 찾았다. 바꿀 수 없는 것과 바꿀 수 있는 것을 구분했다. 나는 그 시선을 닮고자 애쓴다. 통제할 수 없는 상황에 매달리기보다 조정할 수 있는 부분에 집중하려 한다.

위기는 사람을 위축시키기도 하지만 어떤 사람에게는 기준을 더 분명하게 보여 준다. 나는 후자가 되고 싶었다. 그래서 위기 앞에서 도망치지 않기로 했다. 그 결심은 거창한 다짐이 아니라 일상의 반복에서 만들어졌다. 어머니가 보여 준 방식은 특별한 기술이 아니라 평소의 태도였다.

지금도 큰 결정을 앞두면 스스로에게 묻는다. 이 상황이 나를 무너뜨릴 것인가, 아니면 나를 드러낼 것인가. 그 질문은 나를 단정히 서게 만든다. 위기를 피하기보다 통과하려는 태도를 선택하게 한다. 나는 그 통과의 방식을 꾸준히 익혀 왔다.

무너질 때 드러나는 사람은 결국 평소에 무엇을 쌓아 왔는가에 달려 있다. 반복된 점검과 작은 책임의 축적이 나를 지탱한다고 믿는다. 그 믿음은 경험 속에서 확인되었다. 위기는 나를 시험하지만 동시에 나를 설명한다.

어머니는 평생 화려한 성취를 추구하지 않았다. 대신 일상의 질서를 무너지지 않게 지켜 냈다. 나는 그 유산을 이어받았다. 위기 속에서도 사람을 잃지 않는 태도를 지키려 한다. 그리고 그 태도가 결국 나의 모습이 된다는 사실을 잊지 않으려 한다.

나는 위기를 두려워하지 않겠다고 말할 수는 없다. 그러나 위기 속에서 어떤 모습으로 서 있을지는 선택할 수 있다고 믿는다. 나는 그 순간에 부끄럽지 않은 판단을 하려 한다. 그 태도는 어머니에게서 시작되었다. 그리고 지금도 나를 지탱하고 있다.

# 상처를 건너는 법

## 아픔이 나를 정의하지 않게 하는 힘

사람은 누구나 상처를 입으며 살아간다. 기대가 어긋나고 신뢰가 흔들리며 가까운 사람의 말 한마디에 마음이 무너진다. 그러나 상처가 곧 그 사람의 전부가 되는 것은 아니다. 나는 그 차이를 어머니를 통해 배웠다. 어머니 역시 상처를 받았지만, 상처를 삶의 중심에 두지 않는 사람이었다. 그 모습은 오래도록 나를 생각하게 했다.

어릴 적 어머니가 가까운 이웃과 크게 다툰 적이 있었다. 오랜 시간 왕래하던 사이였고 서로의 형편을 잘 아는 관계였다. 사소한 오해가 쌓이면서 말이 거칠어졌고 감정이 상했다. 나는 그날 어머니의 표정을 잊지 못한다. 상처받은 눈빛이었지만 동시에 흐트러지지 않은 얼굴이었다. 감정은 흔들렸지만 태도는 무너지지 않은 모습이었다.

나는 어머니가 그 일을 오래 마음에 담아 둘 거라 생각했다. 억울한 점을 몇 번이고 되풀이해 말하고, 상대의 태도를 탓할 거라 여겼다. 그러나 어머니는 다르게 행동했다. 그날 저녁 말 대신 설거지를 길게 했다. 물소리만이 부엌에 울렸다. 나는 그 침묵이 설명보다 깊다는 사실을 그때는 알지 못했다.

다음 날 어머니는 평소와 다르지 않게 일상을 이어갔다. 그 이웃을 피하지도 않았고 먼저 거친 말을 꺼내지도 않았다. 다만 필요한 인사는 건넸고, 예의를 지켰다. 나는 그 태도가 이해되지 않았다. 상처받았으면 그것을 드러내는 것이 자연스럽다고 믿었기 때문이다.

어머니는 어느 날 나에게 이렇게 말했다.

**"상처는 네가 안고 있어야 할 게 아니다."**

그 말은 낯설게 들렸다. 나는 상처를 기억하고 분석하고 설명해야 정리된다고 여겼다. 그러나 어머니는 상처를 오래 붙들지 않았다. 상처를 다루는 방식이 달랐다.

어머니는 상처를 사건의 크기로 판단하지 않았다. 그것을 감정의 흔들림으로 보았다. 흔들림은 지나가야 하는 것이라고 말했다. 감정이 판단의 기준이 되지 않도록 거리를 두었다. 나는 그 차이를 나중에서야 이해했다. 상처는 사실보다 해석에서 더 커진다는 사실을 배우게 되었다.

사회에 나와 나는 더 큰 상처를 경험했다. 신뢰했던 사람에게서 돌아온 말, 오해로 인해 생긴 거리, 성과가 왜곡되어 전달된 순간들이 겹쳤다. 나는 그때마다 억울함에 오래 머물렀다. 밤마다 장면을 되풀이하며 무엇이 잘못되었는지 따져 보았다. 그러나 그 반복은 답을 주지 않았다.

오히려 나를 지치게 했다. 감정은 커졌고 판단은 좁아졌다. 그때 어머니의 말이 떠올랐다.

"상처는 네가 안고 있어야 할 게 아니다."

나는 그 말을 다시 생각했다. 상처를 부정하라는 뜻이 아니라 그 자리에 머물지 말라는 의미라는 것을 이해하기 시작했다.

나는 상처를 종이에 적어 보았다. 무엇이 사실이었고 무엇이 나의 해석이었는지 나누어 보았다. 감정과 사건을 구분하는 과정이었다. 그 과정에서 깨달았다. 내가 붙들고 있던 대부분은 사실이 아니라 해석이었다는 점을. 해석은 바뀔 수 있지만 감정에 묶여 있으면 나는 앞으로 나아갈 수 없었다.

그날 이후 나는 상처를 다루는 방식을 바꾸기 시작했다. 감정을 인정하되, 그 감정이 결정을 대신하지 않도록 했다. 억울함을 표현하되, 그것이 나의 태도를 흔들지 않게 했다. 이것은 한 번에 완성되지 않았다. 반복할수록 점점 흔들림이 줄어들었다. 상처는 나를 약하게 만들기도 했지만 다루는 방식에 따라 나를 정리하게 했다.

어머니는 상처를 복수의 이유로 삼지 않았다. 대신 자신을 돌아보는 계기로 삼았다. 그 차이가 관계를 완전히 끊지 않게 만들었다. 이후 나는 상처를 받으면 곧바로 반응하지 않는 습관을 들였다. 먼저 감정과 사실을 나누어 적어 보고 시간이 지난 뒤 다시 읽어 보았다. 감정이 가라앉은 뒤에도 남는 것이 있다면 그때 행동으로 옮겼다.

이것은 참는 것이 아니라, 기준을 지키기 위한 훈련이었다. 감정이 판단을 대신하지 않도록 순서를 세우는 일이었다. 어머니가 보여 준 '통과하는 방식'을 반복하며 나는 상처를 다루는 방법을 몸에 익혀 갔다. 상처를 억누르지 않되, 상처가 나를 규정하지 않게 하려는 노력이었다.

사업을 운영하며 부당한 평가를 받은 적이 있다. 나는 즉시 반박하고 싶었고, 내 입장을 길게 설명하고 싶었다. 그러나 먼저 사실을 정리했다. 어떤 부분이 오해인지, 어떤 부분은 내가 보완해야 할 영역인지 나누어 보았다. 그리고 꼭 필요한 부분만 전달했다.

결과는 바로 바뀌지 않았다. 그러나 나의 태도는 흔들리지 않았다. 나는 그 선택이 나를 지켜준다는 것을 느꼈다. 상처가 나를 설명하는 대신 나의 태도가 나를 설명하도록 두었다. 그 경험은 내 자존을 다시 세워 주었다.

상처를 어떻게 다루느냐는 결국 자존을 어떻게 지키느냐의 문제였다. 상처를 붙들면 자존이 흔들리고, 상처를 지나가게 하면 자존이 정리된다. 어머니는 그 방식을 알고 있었다. 나는 그 방식을 늦게 배웠지만 지금은 의식적으로 반복한다. 상처를 삶의 중심에 두지 않으려 애쓴다.

나는 이제 상처를 부끄러워하지 않는다. 다만 오래 머물지 않는다. 감정은 흘려보내고 기준은 남겨 둔다. 조직을 이끄는 자리에서도 같은 방식을 적용한다. 개인의 감정이 방향을 대신하지 않도록 먼저 기준을 점검한다.

어머니는 곁에 없지만 그 방식은 남았다. 나는 그 방식 위에서 나를 정리한다. 아픔이 나를 정의하지 않도록, 상처가 나를 낮추지 않도록, 그리고 관계를 불필요하게 소모하지 않도록, 나는 그 순서를 지킨다. 상처는 피할 수 없지만 머무는 시간은 선택할 수 있다.

나는 오늘도 그 선택을 점검한다. 감정에 오래 기대어 있지 않으려 한다. 기준 위로 다시 올라서는 연습을 한다. 상처가 나를 설명하는 대신 내가 상처를 해석하는 사람이 되기 위해. 그리고 그 태도는 어머니에게서 시작되었다.

# 자리를 비워주는 용기


## 앞에 서는 것보다 더 어려운 선택


어머니는 늘 앞에 서는 사람이 아니었다. 그러나 물러나야 할 순간을 아는 사람이었다. 나는 어린 시절 그 모습이 이해되지 않았다. 능력이 있으면 더 드러나야 한다고 생각했고, 옳다면 더 강하게 주장해야 한다고 믿었다. 그러나 어머니는 때로 자신의 자리를 내주었다. 그 선택은 약함이 아니라 분명한 기준에서 나온 것이었다.

동네 모임에서 의견이 엇갈린 날이 있었다. 서로 다른 생각이 부딪치며 분위기가 팽팽해졌다. 나는 어머니의 판단이 옳다고 여겼다. 논리도 분명했고, 상황 판단도 정확해 보였다. 더 밀어붙이면 충분히 설득할 수 있는 자리였다. 그러나 어머니는 중간에서 말을 멈추었다. 더 말하면 이길 수 있었지만 더 나아가지 않았다.

모임이 끝난 뒤 나는 물었다. 왜 더 말씀하지 않았느냐고. 어머니는 잠시 생각하다가 말했다.

"이기는 것이 다는 아니다."

그 말은 포기가 아니라 방향에 대한 선택이었다. 나는 이김과 옳음이 같은 것이라 믿고 있었기 때문에 그 말이 쉽게 받아들여지지 않았다. 그러나 시간이 흐를수록 그 말은 자주 떠올랐다.

어머니는 그 순간만 보지 않았다. 그 자리를 지나 다시 이어질 관계를 먼저 보았다. 한 번의 승리가 다음 만남을 어렵게 만들 수 있다는 사실을 알고 있었다. 나는 그 판단이 답답하게 느껴졌지만, 세월이 지나며 그 깊이를 이해하게 되었다. 관계는 한 번의 논쟁으로 끝나는 것이 아니라 이어지는 과정이라는 사실을 배웠다.

사회에 나와 나는 경쟁 속에 들어갔다. 성과를 증명해야 했고, 논리로 설득해야 했으며 때로는 강하게 밀어붙여야 했다. 나는 앞에 서는 법을 배웠다. 그러나 물러서는 법은 배우지 못했다. 그 결과로 관계를 잃은 적도 있었다. 결과는 남았지만, 사람은 멀어졌다.

한번은 중요한 협상 자리에서 내 주장을 끝까지 밀어붙인 적이 있다. 결과는 유리하게 정리되었다. 조건은 내가 원하는 방향으로 맞춰졌다. 그러나 상대의 표정은 굳어 있었다. 나는 그것이 단순한 협상의 흔적이라 생각했다. 그러나 이후 관계는 점점 멀어졌다. 그제야 깨달았다. 내가 지킨 것은 조건이었지, 관계는 아니었다는 사실을.

그 순간 어머니의 멈춤이 떠올랐다. 더 말하면 이길 수 있었지만 멈추었던 장면이었다. 그 멈춤이 결국 관계를 지켰다는 사실을 나는 뒤늦게 이해했다. 물러섬은 패배가 아니라 더 넓게 보는 선택이었다. 순간의 만족을 내려놓고 이어질 가능성을 남기는 결정이었다.

물러선다는 것은 포기하는 것이 아니다. 오히려 전체를 지키기 위한 선택일 때가 많다. 어머니는 자존을 버린 것이 아니라 더 넓게 사용했다. 자신의 옳음을 증명하는 대신 관계의 균형을 선택했다. 그 균형이 관계를 오래 이어지게 했다. 나는 그 차이를 시간이 흐른 뒤에야 깨달았다.

사업을 운영하면서 나는 여러 번 선택의 갈림길에 섰다. 수익을 극대화할 수 있는 조건과 관계를 이어 갈 수 있는 조건 사이에서 고민했다. 단기적인 이익은 늘 매력적으로 보였다. 그러나 멈추어 생각했다. 이 선택이 나의 기준과 맞는지 스스로에게 물었다. 그리고 몇 번의 자리에서 일부를 양보했다.

계산으로는 손해처럼 보였지만 관계는 이어졌다. 시간이 지나 그 선택은 다시 돌아왔다. 상대는 나의 태도를 기억하고 있었다. 나는 그때 확신했다. 물러설 줄 아는 힘이 결국 오래가는 힘이라는 사실을. 눈앞의 숫자보다 신뢰가 더 큰 자산이라는 사실을 체감했다.

이후 중요한 논의가 길어질 때 먼저 속도를 늦추는 습관을 들였다. 말이 과열되기 전에 멈추고 내가 반드시 앞에 서야 하는 상황인지 점검했다. 주도권을 쥐기보다 균형을 유지하는 방식을 반복했다. 이것은 순간적인 배려가 아니라 의도적인 훈련이었다. 어머니가 보여 준 멈춤의 기준을 따라 하며 나설 때와 물러설 때를 구분하는 감각을 익혀 갔다.

어머니는 가정에서도 같은 방식을 선택했다. 자녀의 선택이 마음에 들지 않아도 즉각 개입하지 않았다. 대신 지켜보며 필요할 때만 말을 꺼냈다. 나는 그 침묵을 한때 무관심으로 오해했다. 그러나 그것은 존중이었다. 자리를 비워주는 태도는 상대가 스스로 설 수 있는 여지를 만드는 일이었다.

존중은 상대를 앞세우는 태도에서 시작된다. 물러선다는 것은 자리를 내주는 일이다. 그 자리에서 사람은 스스로 생각하고 판단하고 성장한다. 조직을 이끄는 자리에서 나는 그 사실을 분명히 느꼈다. 모든 결정을 내가 내리는 것은 빠를 수 있지만 모두를 성장시키지는 못한다는 것을 알게 되었다.

리더의 역할은 항상 앞에 서는 것이 아니다. 때로는 뒤에서 균형을 잡는 일이다. 이제 중요한 순간마다 스스로에게 묻는다. 지금 내가 앞에 서야 하는가, 아니면 한 걸음 물러서야 하는가. 이 질문은 내 자존심보다 방향을 먼저 보게 만든다. 물러섬이 필요한 순간을 구분하는 일이 오히려 더 어렵다는 사실을 배웠다.

물러섬은 자신감이 없는 사람의 선택이 아니다. 오히려 무엇을 지키고 있는지 아는 사람의 선택이다. 어머니는 무엇을 지켜야 하는지 분명히 알고 있었다. 그래서 순간의 승리보다 이어짐의 가치를 택했다. 나는 그 판단의 균형을 닮고 싶다.

앞에 서는 것은 눈에 보인다. 그러나 자리를 비워주는 선택은 보이지 않는다. 그럼에도 보이지 않는 선택이 관계를 오래 지탱한다. 나는 이제 그 보이지 않는 힘을 믿는다. 그리고 그 힘을 꾸준히 익혀 가려 한다.

어머니는 곁에 계시지 않지만, 그 판단의 균형은 남았다. 나는 중요한 순간마다 멈추어 묻는다. 지금은 나설 때인가, 물러설 때인가. 그 질문이 나를 성급함에서 지켜 준다. 자리를 비워주는 용기는 앞에 서는 것보다 더 어렵지만 더 깊은 신뢰를 남긴다. 그리고 그 용기를 배우는 길은 어머니에게서 시작되었다.

# 작은 약속의 힘

## 신뢰는 작은 반복에서 시작된다

어머니는 큰 약속보다 작은 약속을 더 엄격히 지키는 사람이었다. 나는 어릴 적 그 차이를 이해하지 못했다. 큰 약속이 더 중요하다고 생각했고, 눈에 띄는 약속이 더 의미 있다고 여겼다. 그러나 어머니는 오히려 사소한 약속을 더 무겁게 다루었다. 그 반복이 결국 사람을 드러낸다는 사실을 알고 있었던 듯하다. 나는 그 장면들을 오래 기억하고 있다.

어머니는 이웃에게 "내일 아침에 들르겠다"라고 말하면 반드시 그 시간에 움직였다. 갑작스러운 일이 생겨도 먼저 연락했다. "잠깐 들르겠다"라는 말도 가볍게 하지 않았다. 나는 그 세심함이 과하다고 느낀 적도 있었다. 그 정도는 이해해 줄 수 있지 않을까 생각했기 때문이다.

그러나 어머니는 달랐다.

"작은 약속을 가볍게 하면 큰 약속도 가벼워진다."

그 말은 짧았지만 오래 남았다. 나는 그 말이 단지 예의의 문제라고 생각했다. 하지만 시간이 지나면서 그것이 신뢰가 쌓이는 방식이라는 사실을 알게 되었다. 신뢰는 큰 사건에서 만들어지는 것이 아니라 작은 반복에서 시작된다는 뜻이었다.

한번은 내가 친구와의 약속 시간을 어긴 적이 있었다. 사소한 지각이었고 나는 대수롭지 않게 여겼다. 그러나 어머니는 그 일을 그냥 넘기지 않았다. 크게 꾸짖지는 않았지만 분명히 말했다.

"시간을 어기는 건 상대의 시간을 가볍게 보는 거다."

그 말은 나를 멈추게 했다. 나는 그날 처음으로 약속이 '시간'의 문제가 아니라 '존중'의 문제라는 것을 깨달았다.

이후 나는 작은 약속을 의식하게 되었다. 약속의 크기보다 태도의 무게가 중요하다는 사실을 생각하게 되었고, 그 인식이 나를 조금씩 바꾸기 시작했다.

사회에 나와 나는 더 많은 약속을 하게 되었다. 회의 일정, 계약 조건, 구두로 오간 말들까지 모두 약속이었다. 처음에는 큰 계약만을 중요하게 여겼다. 그러나 문제는 사소한 약속에서 시작되는 경우가 많았다. 작은 미루기가 쌓여 신뢰를 깎아내렸다.

사업 초기에 나는 몇 차례 일정 조율을 가볍게 여긴 적이 있다. "조금 늦어도 이해해 주겠지."라는 생각이 있었다. 그러나 그 작은 반복이 상대의 표정을 바꾸었다. 나는 그때 뒤늦게 깨달았다. 신뢰는 한 번의 큰 성과가 아니라 반복된 작은 이행에서 만들어진다는 사실을.

그 이후 나는 약속을 기록하기 시작했다. 구두로 한 말도 메모했고 전달한 일정은 다시 확인했다. 번거로웠지만 나를 지키는 방식이었다. 지킬 수 없는 조건은 처음부터 말하지 않았고, 일정은 감정에 따라 바꾸지 않으려 했다. 이 과정은 자연스럽게 생긴 습관이 아니라 의도적으로 만든 훈련이었다. 어머니가 보여 준 '작은 약속을 지키는 태도'를 따라 하며 나는 신뢰를 쌓는 방식을 몸에 익혀 갔다.

어머니는 형편이 어려울 때도 약속을 미루지 않았다. 빌린 돈은 작은 금액이라도 날짜를 맞추었고, 갚기 어려우면 먼저 사정을 설명했다. 숨기지 않았고 피하지도 않았다. 나는 그 모습을 보며 신뢰는 형편과 무관하다는 사실을 배웠다.

신뢰는 능력에서 나오지 않는다. 태도에서 나온다. 나는 그 사실을 점점 더 분명히 이해하게 되었다. 그리고 그 태도가 관계를 오래 이어지게 한다는 것을 경험으로 확인했다.

조직을 이끄는 자리에서도 나는 같은 원칙을 적용한다. 회의에서 한 말은 반드시 실행 계획으로 정리한다. 일정은 지킬 수 있는 범위 안에서 정한다. 지키기 어려운 약속은 애초에 하지 않는다. 작은 반복이 조직의 신뢰를 만든다는 사실을 알고 있기 때문이다.

그 과정은 때로 답답하게 느껴지기도 한다. 속도를 내고 싶을 때가 있다. 그러나 나는 멈춘다. 빠른 약속보다 지켜지는 약속이 더 중요하다는 것을 알기 때문이다. 속도는 평가받지만 신뢰는 쌓여야 남는다.

어머니는 나에게 작은 약속을 대하는 태도의 중요성을 남겼다. 나는 그 태도가 결국 나를 드러낸다고 믿는다. 사람은 거창한 말보다 일상의 실천으로 기억된다는 사실을 알게 되었기 때문이다.

사소한 약속은 쉽게 잊힌다. 그러나 지켜지지 않은 사소한 약속은 오래 남는다. 나는 그 차이를 의식한다. 그래서 반복을 선택한다. 반복은 눈에 잘 띄지 않지만, 신뢰를 쌓는다.

지금 나는 누군가와 시간을 약속할 때 그 시간을 존중하려 노력한다. 말 한마디를 건넬 때도 그 무게를 생각한다. 그 습관은 나를 흔들리지 않게 만든다. 작은 실천이 결국 나의 기준을 드러낸다는 사실을 알기 때문이다.

신뢰는 거창하게 만들어지지 않는다. 작은 실천이 쌓여 형성된다. 어머니는 그 반복을 멈추지 않았다. 나는 그 반복을 이어 가고 있다. 그리고 나는 안다. 사람을 평가하는 기준은 그가 무엇을 약속했는지가 아니라, 그가 무엇을 지켜 왔는지에 있다는 사실을.

나는 오늘도 작은 약속을 지키며 나의 기준을 확인한다. 그 기준이 결국 나를 설명하게 될 것이기 때문이다.

# 힘이 아닌 신뢰로 남는 것

**위에 서는 법이 아니라 곁에 서는 법**

어머니는 우리를 통제하지 않았다. 그러나 우리는 자연스럽게 어머니의 말을 따랐다. 나는 오랫동안 그 이유를 설명하지 못했다. 집안의 중심이었지만 명령하는 사람은 아니었다. 목소리를 높이지 않았지만, 존재의 무게는 분명했다. 그 힘이 어디에서 나오는지 나는 나중에서야 이해하게 되었다. 그것은 힘이 아니라 신뢰에서 비롯된 영향력이었다.

어머니는 먼저 자신을 지켰다. 약속을 가볍게 여기지 않았고, 말의 방향을 자주 바꾸지 않았다. 같은 상황에서는 같은 기준으로 판단했다. 우리는 그 일관성을 보며 자랐다. 그래서 따르는 일이 억지로 느껴지지 않았다. 설득보다 반복이 더 큰 힘을 가진다는 사실을 나는 뒤늦게 알게 되었다.

어머니의 말은 길지 않았지만 번복되지 않았다. 감정이 달라져도 기준은 달라지지 않았다. 우리는 그 기준이 변하지 않는다는 사실을 알고 있었다. 그 안정감이 신뢰로 이어졌다. 통제받는 느낌 대신 기대에 응답하고 싶어지는 마음이 생겼다. 신뢰는 강요가 아니라 쌓어 가는 것이라는 사실을 나는 그 과정을 통해 배웠다.

사회에 나와 나는 직책이라는 것을 갖게 되었다. 명함에 적힌 직함은 사람들의 태도를 바꾸었다. 회의에서 내 말은 더 빠르게 받아들여졌고, 결정은 쉽게 정리되었다. 그러나 시간이 지나며 알게 되었다. 직함은 질서를 만들 수 있지만 신뢰를 대신해 주지는 못한다는 사실을. 지위는 순간을 정리하지만, 사람의 마음을 붙잡아 두지는 못했다.

한번은 조직 내에서 중요한 결정을 내려야 했던 순간이 있었다. 권한을 앞세워 밀어붙일 수도 있었다. 절차상 문제는 없었고 빠르게 정리하는 것이 효율적으로 보였다. 그러나 나는 잠시 멈추었다.

'내가 지금 사용하려는 것은 힘인가, 신뢰인가.'

스스로에게 물었다. 그 질문은 결정을 늦추었지만, 방향을 분명하게 해 주었다.

어머니가 집안에서 보여 준 방식을 떠올렸다. 먼저 듣고, 충분히 설명한 뒤 결정을 내리고, 그 책임을 분명히 하는 순서였다. 나는 그 과정을 그대로 적용했다. 반대 의견을 끝까지 들었고, 우려를 정리했다. 시간이 더 걸렸지만 분위기는 달라졌다. 사람들은 결과보다 과정을 기억했다.

억지로 끌려온 결정이 아니라 함께 이해한 결정이 되었다. 이후 실행의 속도는 오히려 더 빨라졌다. 나는 그때 확신했다. 권위는 위치에서 나오지만, 신뢰는 태도에서 나온다는 사실을. 그리고 그 태도는 반복을 통해서만 쌓인다는 사실을 분명히 알게 되었다.

권위는 복종을 만들 수 있다. 그러나 신뢰는 자발성을 만든다.

복종은 지시가 사라지면 흔들리지만, 자발성은 기준이 남으면 이어진다. 어머니는 우리에게 복종을 요구하지 않았다. 대신 스스로 선택하도록 만드는 환경을 만들어 주었다.

나는 그 차이를 점점 더 의식하게 되었다. 이후 결정을 내릴 때마다 한 가지를 점검하는 습관을 들였다. 이 판단이 나의 권한을 드러내기 위한 것인지, 아니면 신뢰를 쌓기 위한 것인지 스스로에게 물었다. 가능한 한 설명의 시간을 충분히 확보했고, 다른 의견이 자연스럽게 나올 수 있도록 했다. 이것은 자연스러운 성향이 아니라 의도적으로 만든 훈련이었다.

어머니는 우리 앞에서 실수를 숨기지 않았다. 잘못 판단했을 때는 인정했고 스스로 바로잡았다. 그 솔직함은 권위를 약하게 하지 않았다. 오히려 신뢰를 더 깊게 만들었다. 나는 그 장면을 오래 기억하고 있다. 책임을 피하지 않는 태도가 신뢰를 지탱한다는 사실을 그때 배웠다.

조직 안에서도 나는 같은 방식을 선택하려 했다. 판단이 빗나갔을 때는 책임을 분명히 했다. 변명보다 수정에 집중했고 결과보다 태도를 먼저 돌아보았다. 그 선택이 사람들의 시선을 바꾸는 것을 느꼈다. 신뢰는 완벽함이 아니라 책임에서 자란다는 사실을 확인했다.

위에 서는 것은 어렵지 않다. 직책이 주어지면 가능하다. 그러나 곁에 서는 것은 다르다. 그것은 시간이 필요하고 반복이 필요하다. 함께 서서 같은 방향을 바라보는 태도는 하루아침에 만들어지지 않는다. 어머니는 늘 우리 곁에 서 있었고, 그 자리가 집안의 중심이 되었다.

나는 이제 이해한다. 사람은 지위로 따르게 되는 것이 아니라 신뢰로 함께하게 된다는 사실을. 힘은 순간을 정리하지만, 신뢰는 시간을 만들어 간다. 나는 오늘도 나의 위치를 점검한다. 위에 서려는가, 곁에 서려는가를 스스로 묻는다.

리더십은 앞에 서는 기술이 아니라 곁에 설 수 있는 용기라는 생각이 점점 분명해진다. 나의 말이 아니라 나의 태도가 사람을 움직이는지 점검한다. 힘을 사용하는 순간보다 신뢰를 쌓는 순간이 더 많아지도록 의식한다. 그것이 조직을 오래 가게 하는 방식이라는 것을 경험으로 확인했기 때문이다.

어머니는 곁에 계시지 않지만, 그 신뢰의 방식은 남았다. 나는 그 방식을 떠올리며 나의 역할을 다시 생각한다. 권위를 줄이고 책임을 늘리는 선택을 반복하러 한다. 힘보다 신뢰를 택하는 사람으로 남기 위해 오늘도 태도를 점검한다. 그리고 그 선택의 출발점에는 언제나 어머니가 있다.

# 거리를 아는 관계

## 통제 대신 책임을 선택한 이유

어머니는 나를 대신해 결정을 내려 주는 사람이 아니었다. 중요한 갈림길에 설 때마다 방향을 지시하기보다 먼저 질문을 던졌다.

"왜 그렇게 생각하느냐."

그 물음은 답을 유도하기 위한 것이 아니라 판단의 근거를 스스로 점검하게 만드는 방식이었다. 어린 나는 그 태도가 차갑게 느껴질 때도 있었다. 그러나 시간이 지나면서 나는 이해하게 되었다. 어머니는 결과보다 판단하는 힘을 길러 주려 했다는 사실을.

학창 시절 나는 충동적인 선택을 한 적이 있다. 그 결정이 어떤 결과를 낳을지 충분히 예상할 수 있는 상황이었다. 그럼에도 어머니는 강하게 막지 않았다. 대신 한 문장을 남겼다.

"결정은 네가 하지만, 결과도 네 것이다."

그 말은 나를 위축시키지 않았지만 결코 가볍지도 않았다. 선택과 결과를 분리하지 않는 태도가 그 안에 담겨 있었다.

예상대로 그 선택은 어려움을 남겼다. 나는 실망했고 주변 환경을 탓하고 싶었다. 그러나 어머니는 외부 조건을 논하지 않았다.

대신 물었다.

"그래서 이제 무엇을 할 것이냐."

그 질문은 변명 대신 행동을 요구했다. 나는 그때 처음으로 선택의 흐름을 이해하기 시작했다. 책임은 결과 그 자체가 아니라 이후의 태도에서 드러난다는 사실을 깨달았다.

어머니는 실패 자체를 문제 삼지 않았다. 대신 반복되는 태도를 더 중요하게 보았다. 실수는 누구에게나 일어날 수 있지만, 같은 이유로 되풀이되는 실패는 책임이 부족한 것이라 여겼다. 나는 그 기준이 엄격하다고 느낀 적도 있었다. 그러나 시간이 지나면서 그 기준이 나를 흔들리지 않게 만드는 바탕이라는 사실을 인정하게 되었다. 실수보다 더 중요한 것은 그것을 다루는 방식이었다.

집안일에서도 같은 원칙이 적용되었다. 맡은 일은 끝까지 마무리해야 했다. 중간에 어려움이 생겨도 쉽게 바뀌지 않았다. 도움을 요청하면 방향은 제시했지만 결론은 대신 내려 주지 않았다. 어머니는 문제를 해결해 주는 사람이 아니라 문제를 감당하게 하는 사람이었다. 그 거리는 무관심이 아니라 신뢰에서 나온 것이었다.

나는 한동안 왜 그렇게 개입을 줄이는지 이해하지 못했다. 더 세밀하게 통제하면 시행착오를 줄일 수 있다고 믿었기 때문이다. 그러나 어머니는 눈앞의 효율보다 오래 남는 자립을 선택했다. 넘어지지 않게 붙잡기보다 넘어졌을 때 스스로 일어나는 힘을 기르게 했다. 그 방식은 느려 보였지만 오래 남았다. 통제는 당장의 질서를 만들지만 책임은 스스로 세우는 기준을 만든다는 사실을 나는 나중에서야 깨달았다.

통제는 밖에서 작동한다. 감독이 사라지면 흐트러질 수 있다. 그러나 책임은 안에서 작동한다. 누가 보지 않아도 자신을 돌아보게 만든다. 어머니는 나를 규율에 익숙한 사람으로 만들기보다 기준에 익숙한 사람으로 키우려 했다. 외부의 명령이 아니라 내부의 판단으로 움직이는 사람을 바라셨다.

나는 이후 누군가의 판단을 대신 내려 주기 전에 한 걸음 멈추는 습관을 들였다. 답을 주기보다 질문을 던지고, 해결책보다 기준을 돌아보게 했다. 그 과정은 더디게 느껴질 때도 있었지만 반복할수록 효과는 분명했다. 이것은 방임이 아니라 의도적인 훈련이었다. 어머니가 보여 준 '거리를 두는 신뢰'를 따라 하며 나는 통제 대신 책임을 선택하는 방식을 익혀 갔다.

사회에 나와 나는 그 차이를 더욱 분명하게 경험했다. 지시를 따르는 사람은 많았지만 스스로 판단하고 감당하는 사람은 드물었다. 위기가 닥치면 외부의 지시를 기다리는 조직은 쉽게 흔들렸다. 그때 나는 어린 시절 들었던 문장을 떠올렸다.

**"결정은 네가 하지만, 결과도 네 것이다."**

그 말은 위기 속에서도 중심을 잡게 하는 기준이 되었다.

조직을 운영하는 자리에 서면서 나는 같은 고민을 반복한다. 모든 판단을 직접 내려 버리면 실수는 줄어들 수 있다. 그러나 그렇게 하면 사람은 자라지 않는다. 나는 가능한 한 판단의 일부를 구성원에게 맡긴다. 대신 결과에 대한 책임은 분명히 함께 나눈다. 그 과정에서 신뢰가 쌓이고 스스로 깨닫는 힘이 생긴다.

통제는 순응을 만든다. 책임은 자각을 만든다. 순응은 외부의 힘이 사라지면 멈춘다. 그러나 자각은 스스로 기준을 세우게 한다. 어머니는 나에게 순응이 아니라 자각을 남겼다. 그것이 가장 느리지만 가장 오래가는 교육이었다.

책임은 부담처럼 보일 수 있다. 그러나 책임이 주어지면 사람은 자신을 점검한다. 선택의 이유를 설명해야 하고 결과를 정리해야 하기 때문이다. 그 과정을 반복하면서 판단은 깊어지고 태도는 흔들리지 않게 된다. 나는 그 사실을 삶 속에서 확인했다.

지금 나는 자녀와 후배가 판단을 구할 때 곧바로 답을 주지 않으려 한다. 대신 그들이 선택의 근거를 스스로 설명하도록 묻는다. 설명하는 순간 자신의 기준을 정리하게 되기 때문이다. 나는 통제 대신 책임을 건네려 한다. 그것이 내가 물려받은 방식이기 때문이다.

붙잡지 않는 방식은 때로 차갑게 보일 수 있다. 그러나 그 바탕에는 깊은 신뢰가 있다. 어머니는 나를 믿었기에 맡겼다. 그 신뢰가 나를 성장하게 했다. 나는 지금도 그 신뢰 위에서 선택한다.

거리를 지킨다는 것은 멀어지는 것이 아니다. 그것은 스스로 설 수 있는 자리를 남겨 두는 일이다. 통제하지 않는 대신 책임을 남기는 선택, 그것이 어머니가 보여 준 관계의 방식이었다. 나는 오늘도 외부의 힘보다 내부의 기준을 먼저 점검한다. 그리고 그 기준은 어머니가 남긴 질문에서 시작되었다.

# 대신하지 않는 사랑

## 믿음과 방임을 가르는 기준

어머니는 나를 믿는다고 자주 말하지 않았다. 그러나 나는 오랫동안 믿음을 받으며 자랐다. 그 감각은 칭찬의 말에서 나온 것이 아니었다. 오히려 지나치게 개입하지 않는 태도에서 만들어졌다. 어머니는 내 삶의 방향을 대신 정하려 하지 않았다. 그렇다고 무관심하게 물러나 있지도 않았다. 그 일정한 거리 속에서 나는 믿음과 방임의 차이를 배웠다.

방임은 선택을 허용하지만 책임의 선을 끊는다. 겉으로는 자유를 주는 것처럼 보이지만 결과 앞에서는 침묵한다. 반면 믿음은 선택을 존중하면서도 결과를 함께 바라본다. 어머니는 내가 내린 결정에 대해 세세히 간섭하지 않았다. 그러니 그 선택이 가져올 책임의 순간에는 물러서지 않았다. 그 태도는 자유를 주면서도 고립시키지 않는 방식이었다.

어릴 적 나는 친구와의 갈등, 진로에 대한 고민, 성적의 기복을 겪었다. 다른 부모들처럼 먼저 나서서 문제를 해결하려 하지 않았다. 대신 어머니는 내게 물었다.

“네가 생각하는 해결 방법은 무엇이냐.”

그 질문은 압박이 아니라 가능성을 깨우는 물음이었다. 내 안에 이미 존재하는 판단의 힘을 믿고 있다는 신호였다. 그 믿음은 나를 대신 보호하는 방식이 아니라 스스로 서게 하는 방식이었다.

믿음은 상대의 미완성을 인정하는 일이다. 아직 서툴고 실수할 수 있다는 전제를 받아들이는 태도다. 어머니는 내가 완벽하지 않다는 사실을 알고 있었다. 그럼에도 먼저 의심하지 않았다. 결과가 나오기 전까지 신뢰를 거두지 않았다. 그 신뢰는 나를 느슨하게 만들지 않았다. 오히려 스스로 증명해야 한다는 책임을 깨닫게 했다.

방임은 잘못된 결과 앞에서 책임을 외면한다. 그러나 믿음은 결과 이후에 질문을 남긴다. 어머니는 실패를 두고 크게 나무라지 않았다. 대신 물었다.

“이번 일로 무엇을 알게 되었느냐.”

그 질문은 나를 변명에서 성찰로 이끌었다. 책임은 처벌이 아니라 배움의 과정이라는 사실을 나는 그때 배웠다.

어머니는 행동과 존재를 구분했다. 실수는 짚어 주었지만, 내 존재를 의심하지는 않았다. 그 덕분에 나는 실패 속에서도 나 자신을 부정하지 않게 되었다. 잘못된 선택을 바로잡아야 할 책임은 분명했지만 나는 버려진 존재가 아니었다. 그 안정감이 다시 시도할 힘을 만들어 주었다.

사회에 나와 나는 다양한 관계를 경험했다. 겉으로는 자율을 강조하면서 실제로는 무관심한 환경도 있었다. 문제가 생기면 개인에게 모든 책임을 떠넘기는 조직도 보았다. 그 모습은 자유처럼 보였지만 사실은 신뢰가 없는 상태였다. 나는 그때 어린 시절의 기억을 떠올렸다. 자유와 신뢰는 함께 가야 한다는 사실을 이미 알고 있었기 때문이다.

어머니의 믿음에는 분명한 기준이 있었다. 약속을 지키지 않았을 때는 정확히 짚어 주었다. 책임을 피하려 할 때는 그 부분을 분명히 드러냈다. 그러나 감정으로 몰아붙이지는 않았다. 기준은 지키되 관계는 놓지 않았다.

믿음은 통제보다 더 많은 용기를 요구한다. 상대를 붙들지 않으면서도 관계를 지켜야 하기 때문이다. 어머니는 내가 내 삶의 주인이 되도록 허락했다. 동시에 내가 완전히 혼자가 되지 않도록 일정한 거리를 지켰다. 그 거리 조절이야말로 방임과 신뢰를 가르는 기준이었다.

이후 나는 누군가를 돕는 자리에서 먼저 멈추는 습관을 들였다. 대신 해결해 주고 싶은 마음을 눌렀다. 스스로 판단할 시간을 남겨 두었고 필요할 때는 방향만 짚어 주었다. 결론은 가능한 한 맡겼다. 이것은 무관심이 아니라 의도적인 훈련이었다. 어머니가 보여 준 '곁에 서는 거리'를 따라 하며, 나는 대신하는 힘보다 믿는 힘을 선택하는 법을 익혀 갔다.

이제 나는 조직을 이끄는 위치에 서 있다. 후배가 판단을 구해 오면 먼저 그의 생각을 묻는다. 곧바로 답을 주기보다 이유를 설명하게 한다. 그 과정에서 스스로 책임을 깨닫게 된다. 이것은 단순한 기술이 아니라 관계를 만드는 방식이다. 신뢰가 없으면 자율은 무너지고, 자율이 없으면 책임은 자라지 않는다.

믿음은 가능성을 먼저 인정하는 태도다. 방임은 책임을 내려놓는 태도다. 어머니는 나를 믿었고 그 믿음은 언제나 기준 위에 서 있었다. 그래서 나는 자유 속에서도 방향을 잃지 않았다. 신뢰는 나를 느슨하게 만들지 않고 오히려 흔들리지 않게 만들었다.

지금 나는 중요한 선택 앞에서 그 시선을 떠올린다. 결과를 재촉하지 않으면서도 책임을 분명히 하던 태도를 기억한다. 간섭하지 않되 방치하지 않는 균형이 나를 지켜 주었다. 그 기준이 지금의 나를 만들었다.

곁에 있으되 대신하지 않는 힘은 단순한 배려가 아니다. 그것은 상대를 성장의 주체로 인정하는 태도다. 붙잡지 않되 지켜보는 관계, 물러서되 책임을 나누는 방식. 그것이 내가 어머니에게서 배운 사랑의 모습이다. 그리고 나는 오늘도 그 방식을 선택하려 한다.

# 4장

## 기준이 서는 자리,
# 판단을 지탱하는 중심

# 돈 앞에서의 태도

## 가치와 가격을 구분하는 법

어머니는 돈 이야기를 자주 하지 않았다. 그러나 돈을 쓰는 방식에는 분명한 생각이 담겨 있었다. 나는 어린 시절 그 차이를 제대로 알지 못했다. 돈이 많고 적음이 삶의 전부라고 믿던 때도 있었다. 그러나 어머니는 돈의 양보다 돈의 자리를 더 중요하게 여겼다. 어디에 두고 어떤 태도로 다루는지가 삶의 방향을 결정한다고 믿었다.

시장에 함께 가던 날이 떠오른다. 필요한 물건을 고를 때 어머니는 가격표를 오래 살폈다. 그렇다고 무조건 가장 싼 것을 고르지는 않았다. 오래 쓸 물건은 값을 조금 더 치르더라도 제대로 된 것을 선택했다. 순간의 절약보다 오래 남는 가치를 먼저 따졌다. 가격은 숫자였지만 선택은 기준의 문제였다.

나는 그때 물었다. "그냥 싼 거 사면 안 돼요?" 어머니는 웃으며 말했다.

"싸다고 다 이익은 아니다."

그 말은 단순한 소비 습관의 문제가 아니었다. 가치를 보지 못하면 결국 더 큰 비용을 치르게 된다는 뜻이었다. 싸게 사는 것이 아니라 제대로 사는 것이 중요하다는 기준이었다. 나는 그 말을 오래 마음에 담고 자랐다.

어머니는 빚을 두려워했다. 꼭 필요한 상황이 아니라면 남의 돈을 먼저 쓰지 않았다. 갚아야 할 부담을 가볍게 여기지 않았다. 그것은 돈의 문제가 아니라 책임의 문제였다. 빚은 숫자가 아니라 약속이라고 여겼다. 나는 그 태도를 가까이에서 보며 자랐다.

어릴 적 나는 새 물건을 쉽게 부러워했다. 친구가 새 운동화를 신으면 마음이 흔들렸다. 집에 와서 졸랐던 적도 있었다. 어머니는 단호하게 거절하기보다 먼저 물었다.

"지금 그게 꼭 필요하냐."

그 질문은 욕망을 막기 위한 것이 아니라 우선순위를 생각하게 하는 물음이었다. 나는 필요와 바람을 구분하는 법을 조금씩 배우기 시작했다.

모든 욕구를 바로 채우는 것이 성숙은 아니었다. 어머니는 기다림을 통해 판단을 배우게 했다. 돈은 욕망을 즉시 해결하는 도구가 아니라 선택을 돌아보게 하는 장치였다. 나는 그 과정을 통해 소비가 아니라 기준을 배우고 있었다. 돈은 물건을 사는 수단이 아니라 나의 판단을 드러내는 도구라는 사실을 알게 되었다.

성인이 되어 처음 월급을 받았을 때 나는 쉽게 소비하고 싶은 충동을 느꼈다. 그동안 참았던 것들을 한 번에 채우고 싶었다. 그러나 통장을 바라보며 어머니의 모습을 떠올렸다. 돈은 쓰기 전에 한 번 더 생각해야 하는 것이라는 태도가 먼저 떠올랐다. 나는 지출을 적기 시작했다. 금액보다 흐름을 보려고 했다.

어디에 얼마나 쓰는지 기록하며 판단의 습관을 만들었다. 그 작업은 번거로웠지만 나를 안정시키는 과정이 되었다. 소비의 크기가 아니라 소비의 방향을 점검하게 되었기 때문이다. 돈의 흐름은 곧 삶의 흐름이라는 사실을 체감했다. 기록은 절약을 위한 것이 아니라 기준을 확인하는 방법이었다.

사업을 시작하고 자금의 규모가 커졌을 때 나는 다시 어머니의 방식을 떠올렸다. 단기적 이익을 위해 무리한 선택을 하지 않으려 했다. 수익이 늘어날 가능성보다 감당할 수 있는 범위를 먼저 계산했다. 확장보다 지속을 선택하는 순간들이 반복되었다. 숫자가 커질수록 기준은 더욱 분명해야 한다는 사실을 알게 되었다.

한번은 큰 기회를 제안받은 적이 있었다. 조건은 매력적이었지만 위험도 적지 않았다. 주변에서는 과감히 시도해 보라고 권했다. 나는 밤늦게까지 숫자를 다시 따져 보았다. 그리고 스스로에게 물었다. 이 선택이 욕심에서 시작된 것인지, 준비에서 시작된 것인지. 그 질문 끝에 나는 속도를 늦추는 쪽을 택했다.

이후 나는 큰 지출이나 투자 제안을 받을 때마다 나만의 기준을 세웠다. 먼저 욕심의 크기를 적고 감당할 수 있는 범위를 계산했다. 단기 수익이 아니라 오래 이어질 수 있는지를 기준으로 다시 살폈다. 이것은 타고난 성향이 아니라 의도적인 훈련이었다. 어머니가 보여 준 '가치와 가격을 구분하는 태도'를 따라 하며 나는 돈을 다루는 순서를 익혀 갔다.

어머니는 돈 때문에 사람을 잃는 일을 가장 경계했다. 관계를 흔들 만큼의 이익은 이익이 아니라고 여겼다. 돈이 판단의 중심이 되는 순간 사람은 수단이 되고, 관계는 계산으로 바뀐다는 사실을 알고 있었다. 나는 그 원칙을 여러 장면에서 떠올렸다. 돈이 앞서면 관계는 뒤로 밀린다는 사실을 경험으로 배웠다.

돈은 삶을 안정시키는 수단이 될 수 있다. 그러나 돈이 기준이 되는 순간 삶은 쉽게 흔들린다. 어머니는 돈을 중심에 두지 않았다. 대신 돈이 있어야 할 자리를 분명히 구분했다. 삶의 방향을 먼저 세우고 돈은 그 방향을 돕는 도구로만 사용했다.

나는 지금도 큰 지출을 앞두면 멈춘다. 가격이 아니라 의미를 먼저 묻는다. 이 선택이 나의 방향과 어긋나지 않는지 확인한다. 돈은 나를 드러내는 수단이 아니라 나를 시험하는 기준이기도 하다. 그 시험을 통과하는 기준은 숫자가 아니라 태도다.

어머니는 많은 재산을 남기지 않았다. 그러나 돈을 대하는 기준을 남겼다. 나는 그 기준 덕분에 성급한 선택을 피할 수 있었다. 돈은 숫자이지만, 그것을 대하는 태도가 방향을 결정한다. 그 기준이 흔들리지 않으면 돈도 길을 잃지 않는다.

나는 이제 알게 되었다. 돈을 얼마나 버느냐보다 중요한 것은 돈을 어떤 태도로 대하느냐라는 사실을. 돈은 삶의 목적이 아니라 삶을 정리하는 도구일 뿐이다. 그 자리를 넘어서지 않게 하는 것, 그것이 어머니에게 배운 돈 앞에서의 태도였다. 나는 그 선을 지키기 위해 오늘도 판단한다.

# 타협의 순간

## 상황이 바뀌어도 흔들리지 않는 태도

어머니는 형편이 달라져도 태도를 바꾸지 않는 사람이었다. 살림이 빠듯할 때도, 조금 여유가 생겼을 때도 말의 결은 언제나 같았다. 나는 어린 시절 그 일관성을 특별하게 여기지 않았다. 그러나 세상에 나와 보니 상황에 따라 기준을 바꾸는 사람이 더 많았다. 형편이 어려울 때는 겸손하다가 여유가 생기면 태도가 달라지는 모습을 여러 번 보았다. 그때 나는 어머니의 기준이 얼마나 흔들리지 않았는지 비로소 깨닫게 되었다.

어려운 시절 어머니는 검소함을 유지했다. 그러나 형편이 조금 나아졌을 때도 갑자기 소비를 늘리지 않았다. 남에게 보이기 위한 선택을 하지 않았고, 생활의 흐름을 크게 바꾸지도 않았다. 나는 그 절제가 낯설게 느껴질 때도 있었다. 형편이 좋아졌으면 그만큼 누려도 되는 것이 아닌가 하는 생각이 들었기 때문이다. 그러나 어머니는 형편의 변화가 곧 기준의 변화를 뜻하지는 않는다고 믿었다.

한번은 집안 사정이 조금 나아진 뒤 내가 무심코 말했다.

"이제는 좀 더 써도 되지 않아요?"

어머니는 잠시 웃으며 대답했다.

"돈이 늘었다고 기준까지 바꾸면 안 된다."

그 말은 단순한 절약의 문제가 아니었다. 상황이 달라졌다고 해서 판단의 순서까지 달라지면 안 된다는 뜻이었다. 형편이 좋아졌다고 기준이 느슨해진다면 그것은 원칙이 아니라 조건에 불과했다.

나는 그 차이를 당시에는 완전히 이해하지 못했다. 그러나 시간이 흐르며 깨달았다. 어려울 때 지키는 태도보다 여유가 생겼을 때 유지하는 태도가 더 어렵다는 사실을. 부족할 때는 조심하게 되지만 여유는 사람을 쉽게 느슨하게 만들기 때문이다. 원칙은 위기 속에서 세워지지만, 여유 속에서 시험받는다. 어머니는 그 시험 앞에서 흔들리지 않았다.

직장 생활을 하며 나는 비슷한 장면을 경험했다. 처음에는 배우려는 자세와 성실함을 앞세웠지만 어느 정도 자리를 잡자 태도가 느슨해질 위험이 찾아왔다. 성과가 쌓이고 인정이 따라오자 나를 낮추던 마음이 조금씩 풀리는 것을 느꼈다. 그때 나는 스스로에게 물었다.

내가 처음 가졌던 기준을 지금도 지키고 있는가.

그 질문은 나를 다시 처음의 자리로 돌려놓았다. 어머니의 말이 떠올랐다. 기준은 상황을 따라가면 안 된다는 뜻이었다. 나는 다시 일의 기본으로 돌아갔다. 작은 약속을 지키고 준비를 소홀히 하지 않으며 관계를 가볍게 대하지 않으려 했다. 초심은 감정이 아니라 반복되는 태도라는 사실을 깨달았다. 기준은 반복 속에서 유지된다는 것도 함께 알게 되었다.

사업을 운영하며 기준의 무게는 더욱 분명해졌다. 매출이 늘어나고 규모가 커질수록 선택의 폭도 넓어졌다. 기회는 많아졌고 유혹도 함께 늘어났다. 나는 선택의 순서를 바꾸지 않으려 애썼다. 이익보다 신뢰를, 속도보다 기준을 먼저 점검했다. 규모가 커질수록 기준은 더 또렷해야 한다는 사실을 실감했다.

한번은 수익이 큰 제안을 받은 적이 있었다. 조건은 매력적이었지만 장기적으로는 방향과 어긋나는 부분이 있었다. 주변에서는 과감히 결정하라고 권했다. 나는 밤늦게까지 고민했다. 그리고 결국 기준을 택했다. 그 선택은 단기적 이익을 내려놓는 일이었다.

시간이 지나면서 그 결정은 옳았음이 드러났다. 나는 그 경험을 통해 알게 되었다. 기준은 손해를 감수하는 순간에 드러난다는 사실을. 유리할 때의 선택은 누구나 할 수 있지만, 불리해 보이는 선택을 할 수 있을 때 비로소 원칙은 힘을 갖는다. 기준은 말이 아니라 선택으로 드러난다.

나는 이후 중요한 결정을 앞두면 먼저 기준을 적어 보는 습관을 들였다. 이 선택이 순간의 이익 때문인지, 아니면 내가 지켜 온 방향과 맞는지 점검했다. 손해가 보이더라도 기준이 흔들리지 않는 쪽을 택하려 했다. 이것은 타고난 성격이 아니라 의도적인 훈련이었다. 어머니가 보여 준 '상황과 원칙을 구분하는 태도'를 반복하며 나는 선을 지키는 감각을 익혀 갔다.

어머니는 말로 원칙을 강조하지 않았다. 대신 일상에서 반복했다. 작은 약속을 지키고 불필요한 욕심을 줄이며 관계의 선을 넘지 않았다. 그 반복이 기준을 분명하게 만들었다. 나는 그 모습을 보며 자랐다. 원칙은 거창한 선언이 아니라 일상의 습관이라는 사실을 자연스럽게 배우게 되었다.

기준을 지키는 사람은 상황에 휘둘리지 않는다. 불리할 때도 유리할 때도 선택의 순서를 유지한다. 그 일관성은 결국 신뢰로 이어진다. 나는 여러 관계 속에서 그 결과를 확인했다. 기준이 분명한 사람 곁에는 오래 함께하는 사람이 남는다.

지금 나는 중요한 결정을 앞두면 스스로에게 묻는다.

이 선택이 나의 기준과 어긋나지 않는가.

누군가가 보지 않아도 지킬 수 있는가.

상황이 달라져도 같은 결정을 할 수 있는가.

그 질문이 나를 흔들리지 않게 만든다.

어머니는 기준을 타인에게 강요하지 않았다. 다만 스스로 먼저 지켰다. 그 태도가 주변을 설득했다. 말보다 행동이 기준을 보여 주었다. 나는 그 모습을 닮고 싶었다.

기준은 화려하지 않다. 그러나 반복될수록 힘을 갖는다. 선은 눈에 잘 보이지 않지만 넘는 순간 분명해진다. 나는 그 선을 넘지 않으려 애쓴다. 상황이 바뀌어도 흔들리지 않는 태도를 지키고 싶기 때문이다.

어머니는 삶 속에서 기준을 남겼다. 나는 그 기준을 이어 가는 사람이다. 형편이 달라져도, 환경이 바뀌어도, 역할이 변해도 선택의 순서를 유지하려 한다. 그것이 내가 배운 삶의 방식이며, 타협의 순간에 지켜야 할 나의 선이다.

# 흔들림의 근원

## 환경이 아니라 태도가 만든 힘

나는 오랫동안 사람의 강함은 환경에서 나온다고 생각했다. 많이 배우고, 많이 경험하고, 많은 성취를 이룬 사람이 더 흔들리지 않을 것이라 믿었다. 조건이 좋을수록 판단도 안정될 것이라 여겼다. 그러나 어머니를 떠올리면 그 생각은 쉽게 무너진다. 어머니는 화려한 배경을 가진 사람이 아니었다. 오히려 삶의 조건은 늘 녹록지 않았다. 그럼에도 쉽게 흔들리지 않았다.

어머니는 결정을 내릴 때 주변의 평가를 먼저 묻지 않았다. 동네 사람들의 시선이나 남의 말에 크게 휘둘리지 않았다. 그렇다고 고집이 센 사람도 아니었다. 필요한 조언은 들었지만, 마지막 판단은 스스로 내렸다. 그 모습이 어린 시절에는 답답히게 느껴지기도 했다. 왜 더 유연하게 움직이지 않는지 궁금했다. 그러나 시간이 지나며 나는 깨달았다. 어머니에게는 이미 '안쪽의 기준'이 있었다는 사실을.

한번은 집안의 중요한 선택을 앞두고 여러 사람이 각기 다른 의견을 낸 적이 있었다. 누구는 지금이 기회라고 했고, 누구는 위험하다고 했다. 말이 많아질수록 분위기는 복잡해졌다. 나는 그 혼란 속에서 무엇을 따라야 할지 갈피를 잡지 못했다. 그러나 어머니는 조용히 듣기만 했다. 그리고 마지막에 한마디를 남겼다.

"우리가 감당할 수 있는가를 먼저 보자."

그 말은 분위기를 바꾸었다. 논쟁은 가능성과 기대에 집중되어 있었지만, 어머니는 '감당'이라는 기준을 꺼냈다. 선택 이후의 책임을 먼저 떠올리게 하는 말이었다. 결과를 얼마나 크게 만들 수 있는가가 아니라, 그 결과를 얼마나 감당할 수 있는가가 판단의 기준이 되었다. 나는 그때 처음으로 알았다. 기준은 외부의 설득이 아니라 내부의 질문에서 나온다는 사실을.

사회에 나와 나는 여러 번 기준을 잃었다. 빠른 성과를 요구받을 때, 경쟁에서 뒤처지는 느낌이 들 때 나는 나의 속도를 잃고 남의 속도를 따라가려 했다. 그럴 때마다 마음은 급해졌고, 판단은 거칠어졌다. 다른 사람의 기준이 내 선택을 밀어붙였다. 그리고 그런 선택은 오래가지 못했다. 외부의 박수는 잠시였고, 마음의 흔들림은 길게 남았다.

나는 어느 날 스스로에게 물었다.

"지금 나는 누구의 기준으로 움직이고 있는가."

그 질문은 불편했다. 나의 판단이 아니라 분위기에 끌려가고 있었음을 인정해야 했기 때문이다. 그 순간 어머니의 모습이 떠올랐다. 어머니는 언제나 '우리 형편', '우리 상황', '우리의 감당'을 먼저 생각했다. 남의 속도를 따라가지 않았다.

기준이 없으면 사람은 쉽게 흔들린다. 누군가의 말이 더 그럴듯

해 보이면 방향을 바꾸고, 순간의 감정이 강해지면 결정을 수정한
다. 나 역시 그런 흔들림을 겪었다. 그때마다 결과는 복잡해졌고,
관계는 불안정해졌다. 기준 없이 내린 선택은 일관성을 잃고, 일관
성을 잃은 삶은 신뢰를 잃는다는 사실을 경험으로 배웠다.

어머니는 큰 이론을 말하지 않았다. 그러나 일상에서 분명한 기
준을 지켜 갔다. 약속은 지켰고, 무리한 확장은 피했으며, 감정에
밀린 판단을 경계했다. 그 태도는 거창하지 않았지만 일관되었다.
나는 그 일관성이 어머니를 흔들리지 않게 만들었다고 생각한다.
강함은 조건이 아니라 반복에서 나왔다.

사업을 운영하면서 한번은 큰 수익을 기대할 수 있는 제안을 받
은 적이 있었다. 조건은 매력적이었고 주변에서도 긍정적인 반응이
많았다. 나 역시 그 기회를 잡고 싶은 마음이 컸다. 그러나 동시에
설명하기 어려운 불안이 스쳤다. 나는 다시 종이를 꺼냈다. 그리고
어머니의 질문을 적었다.

"우리가 감당할 수 있는가."

나는 가장 어려운 상황을 가정해 보았다. 손실이 발생했을 때 조
직이 유지될 수 있는지, 관계가 무너지지 않을지 하나씩 점검했다.
계산은 화려하지 않았고, 결론은 신중했다. 나는 결국 조건을 낮
추어 진행하기로 했다. 주변에서는 아쉬워했지만 나는 마음이 편
했다. 그 선택이 나의 기준과 맞았기 때문이다.

흔들리지 않는다는 것은 변하지 않는다는 뜻이 아니다. 상황에
따라 조정하되 중심을 잃지 않는다는 의미다. 어머니는 형편이 달
라져도 태도를 바꾸지 않았다. 선택의 크기는 달라졌지만, 판단하

는 방식은 그대로였다. 나는 그 차이를 뒤늦게 이해했다. 중심이 있는 사람은 속도를 바꿀 수 있지만 방향을 잃지 않는다.

가정에서도 나는 같은 기준을 적용하려 한다. 자녀의 선택을 바라볼 때 내 기대를 앞세우지 않으려 노력한다. 대신 묻는다.

"이 선택이 너를 지킬 수 있느냐."

성공 여부보다 지속 가능성을 먼저 본다. 그 질문은 어머니에게서 배운 것이다. 감당할 수 있는 선택만이 오래간다는 사실을 나는 경험으로 알게 되었다.

기준은 말로 세워지지 않는다. 반복으로 만들어진다. 작은 약속을 지키고, 감당할 수 있는 범위를 넘지 않으며, 감정에 휩쓸리지 않는 연습이 쌓여야 한다. 나는 중요한 선택 앞에서 먼저 질문을 적어 보는 습관을 들였다. 이 결정이 나의 속도 때문인지, 타인의 기대 때문인지 구분하려 했다. 감정이 가라앉을 때까지 결론을 미루는 연습을 반복했다.

이것은 단번에 생긴 기준이 아니라 의도적으로 쌓아 온 결과였다. 어머니가 남긴 '감당의 질문'을 따라 하며 나는 안쪽의 기준을 세워 갔다. 환경은 바뀌어도 질문은 남았다. 그리고 그 질문이 나를 붙들었다. 흔들림 속에서도 중심을 유지하게 했다.

어머니는 내 인생의 길을 대신 정해 주지 않았다. 대신 길을 고르는 방법을 남겼다. 무엇을 선택하느냐보다 어떻게 선택하느냐가 중요하다는 사실을 삶으로 보여 주었다. 나는 그 방식 위에서 오늘도 판단한다. 기준은 나를 억누르는 틀이 아니라 나를 지켜 주는 기준이라는 사실을 이제는 안다.

흔들리지 않는 기준은 환경이 만들어 주지 않는다. 그것은 태도의 반복이 만들어 낸다. 어머니는 그 반복을 멈추지 않았다. 나는 그 반복을 이어 가고 있다. 삶의 무게를 견디게 하는 것은 화려한 성취가 아니라 조용히 지켜지는 기준이라는 사실을 나는 믿는다. 오늘도 나는 그 기준을 점검하며 선택한다. 그 선택이 결국 나를 보어 주게 될 것이기 때문이다.

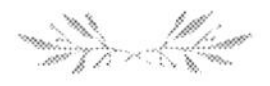

# 감정 위의 판단

## 흔들리는 마음을 다루는 기술

어머니는 감정이 없는 사람이 아니었다. 기쁜 일이 생기면 눈이 먼저 웃었고 속상한 일이 있으면 말수가 줄었다. 감정은 분명히 있었다. 그러나 나는 한 가지를 또렷이 기억한다. 어머니는 감정이 판단보다 앞서지 않게 했다. 그 차이는 어린 시절에는 보이지 않았다. 시간이 흐른 뒤에야 나는 그 미묘한 간격을 이해하게 되었다. 감정은 있었지만 결정은 늘 그 위에 세워졌다.

어릴 적 나는 작은 일에도 쉽게 흥분했다. 친구와의 다툼, 시험 점수 하나, 선생님의 한마디에도 마음이 크게 흔들렸다. 집에 돌아와 감정을 쏟아내듯 말을 이어가면 어머니는 중간에 끼어들지 않았다. 대신 끝까지 들었다. 그리고 잠시 침묵했다. 그 침묵은 무관심이 아니라 생각을 정리하는 시간이었다. 어머니는 곧바로 해결책을 말하지 않았다.

"그래서 지금 네가 할 수 있는 건 뭐냐."

어머니의 질문은 늘 그 방향이었다. 감정이 아니라 행동을 묻는 말이었다. 나는 그 질문이 불편했다. 위로를 기대했지만, 어머니는 먼저 판단을 요구했다. 그때는 몰랐다. 어머니는 감정을 무시한 것이 아니라 감정 위에 선택을 세우도록 나를 훈련하고 있었다는 사실을.

한번은 억울한 상황이 있었다. 나는 분명 잘못하지 않았다고 생각했고, 상대의 오해가 문제라고 여겼다. 집에 돌아와 격앙된 목소리로 상황을 설명했다. 어머니는 내 말을 끝까지 들은 뒤 조용히 물었다.

"네가 더 나아질 수 있는 부분은 없었냐."

그 질문은 나를 멈추게 했다. 감정이 멈추자, 비로소 생각이 시작되었다.

그 순간 나는 오히려 화가 더 올라왔다. 잘못은 상대에게 있다고 믿었기 때문이다. 그러나 며칠 뒤 상황을 다시 떠올렸을 때 나는 인정하게 되었다. 내가 조금 더 차분했더라면 다른 선택이 가능했을지도 모른다는 사실을. 어머니는 책임을 뒤집어씌운 것이 아니라 감정이 가라앉은 뒤에도 남는 판단을 찾게 한 것이었다. 감정은 사건의 일부였지만 판단은 이후를 결정했다.

사회에 나와 나는 감정의 속도를 여러 번 경험했다. 칭찬받으면 판단이 느슨해졌고 비판받으면 방어적으로 변했다. 감정은 늘 빠르게 움직였지만 그러나 결과는 그 속도를 따라오지 않았다. 오히려 감정에 밀린 판단이 문제를 키우는 경우가 많았다. 나는 그 반복 속에서 점점 불안해졌다.

사업을 하면서 큰 오해가 발생한 적이 있었다. 나는 즉시 반박하고 싶었고, 억울함을 설명하고 싶었다. 그러나 한 번 멈췄다. 어머니의 질문이 떠올랐기 때문이다.

"지금 네가 할 수 있는 건 뭐냐."

나는 감정을 내려놓고 사실부터 정리하기 시작했다.

정리하는 동안 감정은 조금씩 가라앉았다. 그리고 남은 것은 판단이었다. 내가 설명해야 할 부분과 인정해야 할 부분이 구분되었다. 나는 필요한 말만 전달했다. 결과는 완벽하지 않았지만 상황은 더 나빠지지 않았다. 감정을 앞세웠다면 관계는 더 멀어졌을지도 모른다.

감정은 자연스럽다. 억누를수록 다른 모습으로 나타난다. 그러나 판단은 책임을 요구한다. 어머니는 그 경계를 분명히 알고 있었다. 감정은 표현하되, 결정은 그 위에서 내려야 한다는 원칙을 지켰다. 나는 그 방식을 뒤늦게 배우게 되었다.

가정에서도 나는 같은 연습을 한다. 자녀가 예상과 다른 행동을 할 때 내 감정은 먼저 반응한다. 실망과 걱정이 빠르게 올라온다. 그러나 나는 한 번 숨을 고른다. 그리고 나에게 다시 묻는다.

"이 감정이 지금 판단을 흐리고 있지는 않은가."

그 질문이 나를 늦추고, 그 늦춤이 판단을 또렷하게 만든다.

나는 이후 감정이 크게 흔들릴 때마다 바로 결론을 내리지 않는 습관을 들였다. 먼저 사실을 적고, 그다음 감정을 따로 구분해 보았다. 하루가 지난 뒤 다시 읽어 보고 판단을 정리하는 과정을 반복했다. 이것은 차가워지기 위한 노력이 아니라 책임을 지키기 위한 훈련이었다. 어머니가 남긴 '질문 뒤의 침묵'을 따라 하며 나는 감정 위에 판단을 세우는 순서를 익혀 갔다.

리더의 자리에서는 감정이 더 빠르게 퍼진다. 위기 상황에서 리더의 불안은 조직 전체로 번진다. 나는 그 점을 늘 경계한다. 내 표정과 말투가 기준이 될 수 있다는 사실을 의식한다. 그래서 더 멈추고, 더 정리하려 한다.

감정 위에 판단을 세운다는 것은 차가워지는 일이 아니다. 오히려 더 깊이 책임지는 일이다. 순간의 분노로 내린 결정은 관계를 해치지만, 정리된 판단은 관계를 지킨다. 나는 그 차이를 여러 번 경험했다. 그리고 그 경험은 나를 조금씩 흔들리지 않게 만들었다.

어머니는 평생 큰 이론을 말하지 않았다. 그러나 일상의 작은 상황에서 감정과 판단을 구분하는 모습을 보여 주었다. 나는 그 장면들을 기억한다. 그리고 그 기억을 기준으로 삼는다. 흔들리는 순간마다 그 질문을 다시 꺼내 본다.

나는 완벽하게 감정을 다루는 사람이 아니다. 여전히 흔들리고, 여전히 마음이 앞서기도 한다. 그러나 나는 멈추는 법을 안다. 그리고 그 멈춤은 어머니에게서 배운 것이다. 감정은 지나가지만 판단은 남는다.

나는 무엇을 남길 것인가. 감정의 흔적인가, 아니면 책임 있는 선택인가. 나는 오늘도 감정 위에 판단을 세우려 한다. 그 선택이 결국 나를 보여 주게 될 것이기 때문이다.

# 남겨진 중심

## 상황이 바뀌어도 달라지지 않는 태도

어머니는 형편이 달라져도 태도를 바꾸지 않는 사람이었다. 넉넉할 때도 있었고 빠듯할 때도 있었지만 말의 결은 달라지지 않았다. 좋은 일이 생기면 기뻐했지만 과장하지 않았고, 어려운 일이 닥치면 걱정했지만 초라해지지 않았다. 나는 오랫동안 그것을 성격이라고 생각했다. 타고난 차분함이나 기질의 문제라 여겼다. 그러나 시간이 지나면서 깨달았다. 그것은 성격이 아니라 기준이었다.

어릴 적 우리 집 형편이 조금 나아졌던 시기가 있었다. 이전보다 여유가 생겼고 생활은 한결 편해졌다. 나는 그때부터 주변의 시선이 달라졌다고 느꼈다. 나 또한 모르게 들뜨고 싶었고 달라진 모습을 보여 주고 싶은 마음이 생겼다. 그러나 어머니는 변함이 없었다. 그 변화 속에서도 어머니의 생활 방식은 흔들리지 않았다.

어머니는 이전과 같은 시간에 일어났고 같은 방식으로 살림을 챙겼다. 옷차림도 과하게 달라지지 않았고 말투도 변하지 않았다. 나는 속으로 생각했다.

“이제는 조금 달라져도 되지 않을까.”

그러나 어머니는 조용히 말했다.

**“형편은 달라져도 사람은 달라지면 안 된다.”**

그 말은 단순히 겸손을 강조하는 말이 아니었다. 상황이 좋아질수록 기준을 더 붙들어야 한다는 뜻이었다.

나는 그 당시 그 말의 깊이를 이해하지 못했다. 형편이 나아졌다면 태도도 조금은 가벼워질 수 있다고 여겼다. 그러나 시간이 지나며 알게 되었다. 여유는 사람을 느슨하게 만들고, 느슨해진 기준은 쉽게 무너진다는 사실을. 어려울 때의 절제보다 넉넉할 때의 절제가 더 어렵다는 것도 뒤늦게 깨달았다.

반대로 집안이 다시 어려워졌을 때도 어머니는 달라지지 않았다. 말이 거칠어지지 않았고, 타인을 향한 태도가 날카로워지지 않았다. 형편이 힘들어질수록 예의를 더 지켰다. 나는 그 모습이 인상 깊었다. 사람은 어려워지면 쉽게 예민해지고 방어적으로 변하기 마련인데, 어머니는 오히려 더 단정해졌다. 어려움이 태도를 낮추지 못했다.

사회에 나와 나는 여러 번 형편의 변화를 경험했다. 성과가 좋을 때는 주변의 시선이 따뜻해졌고, 결과가 나쁘면 평가는 냉정해졌다. 나는 그 변화에 영향을 받았다. 인정받을 때는 자신감이 과해졌고 비판받을 때는 위축되었다. 상황에 따라 흔들리는 나의 태도를 보며 나는 점점 불안해졌다.

어느 날 나는 스스로에게 물었다.

“지금 나는 기준으로 움직이고 있는가,

분위기로 움직이고 있는가."

그 질문은 불편했다. 내 태도가 상황에 따라 달라지고 있음을 인정해야 했기 때문이다. 그 순간 어머니의 말이 떠올랐다. 형편은 달라져도 사람은 달라지면 안 된다는 말. 그 말은 나를 다시 제자리로 돌아오게 했다.

사업을 운영하면서 큰 성과를 냈던 시기가 있었다. 주변의 기대가 높아졌고, 제안이 이어졌다. 나는 더 과감해지고 싶었고, 확장을 고민했다. 그러나 한 번 더 점검했다. 이 결정이 나의 기준과 맞는지, 아니면 분위기에 흔들린 선택인지 스스로에게 물었다. 그 질문은 나의 속도를 늦추었다.

나는 확장 대신 정비를 선택했다. 주변에서는 기회를 놓친 것 아니냐는 말도 나왔다. 그러나 나는 흔들리지 않았다. 분위기보다 기준을 따르기로 했기 때문이다. 그 선택은 겉으로는 조심스러워 보였지만 내 안에서는 분명한 결정이었다.

반대로 위기의 순간에도 같은 질문을 했다. 손실이 발생했을 때 나는 자신을 낮게 평가하고 싶었다. 실패가 나를 설명하는 것처럼 느껴졌다. 그러나 나는 멈추었다. 어려움이 나를 규정하지는 않는다는 사실을 떠올렸다. 기준은 성과가 아니라 태도에서 나온다는 점을 다시 확인했다.

어머니는 나를 성취로 평가하지 않았다. 대신 선택하는 방식을 지켜보았다. 결과보다 판단의 태도를 더 중요하게 여겼다. 나는 그 시선을 기억한다. 그 시선은 상황에 흔들리지 않는 사람을 만들었다. 외부의 평가보다 내부의 기준을 붙들게 했다.

기준을 지킨다는 것은 완고해지는 것이 아니다. 오히려 중심을 유지하면서 유연하게 움직이는 일이다. 어머니는 상황에 따라 방법은 바꾸었지만 원칙은 바꾸지 않았다. 선택의 크기는 달라졌지만 판단하는 순서는 같았다. 나는 그 방식을 의식적으로 따라 하며 삶의 태도로 만들어 가고 있다.

리더의 자리에서도 나는 같은 노력을 한다. 성과가 좋을 때는 말의 속도를 늦추고, 어려운 상황일수록 태도를 더 단정히 한다. 나의 표정과 말투가 조직의 기준이 될 수 있기 때문이다. 나는 그 책임을 의식한다. 상황의 변화보다 중심의 무게를 더 크게 두려 한다.

기준은 말로 만들어지지 않는다. 반복된 선택으로 만들어진다. 상황이 바뀔 때마다 나는 나를 점검했다. 성과가 좋을 때는 겸손을 확인하고, 어려움이 닥치면 존중을 지키려 했다. 형편이 나를 설명하지 않도록 태도를 먼저 세우는 연습을 반복했다. 이것은 기질이 아니라 훈련이었다.

어머니는 그 반복을 멈추지 않았다. 나는 그 축적을 이어 가고 싶다. 형편은 오르고 내리지만, 태도는 남는다. 상황은 달라지지만, 기준은 남는다. 흔들림 끝에 남는 것은 결국 중심이다.

나는 오늘도 스스로에게 묻는다.

지금의 선택은 형편을 따르고 있는가, 아니면 기준을 따르고 있는가.

그 질문이 나를 정돈한다. 그리고 나는 그 기준 위에서 다시 선다. 어머니가 그랬던 것처럼, 상황이 바뀌어도 결을 바꾸지 않는 사람으로 남고 싶다.

# 기다릴 줄 아는 시간

## 시간 속에서 태도를 선택하는 일

어느 날부터 나는 시간을 바라보는 방식이 달라졌다. 이전에는 하루를 얼마나 효율적으로 채웠는지가 중요했다면, 그 시기에는 하루가 얼마나 빠르게 흘러가는지가 더 크게 느껴졌다. 달력은 같은 속도로 넘어가고 있었지만 내 안의 시간은 전혀 다른 무게로 흐르고 있었다. 병원의 일정이나 의사의 설명 때문만은 아니었다. 하루가 끝날 때마다 마음 한구석이 비워지는 듯한 감각이 반복되었고, 나는 그 감각을 외면하지 않기로 했다. 시간은 숫자가 아니라, 느끼는 것이라는 사실을 그때 또렷이 알게 되었다.

그래서 나는 일부러 일정을 비워 두기 시작했다. 회의가 끝난 늦은 밤이나 이른 새벽, 다른 사람들이 하루를 정리하거나 시작하는 그 틈에 병원으로 향했다. 같은 길을 반복해 달렸지만 매번 다르게 느껴졌다. 계절의 기온과 하늘의 색이 바뀔 때마다 내 안의 생각도 함께 바뀌고 있었다. 운전대를 잡는 동안 나는 말을 줄였고 대신 생각을 깊게 했다. 병원으로 가는 길은 어머니를 만나러 가는 길이면서 동시에 나 자신을 마주하는 시간이 되었다.

　방문이 거듭되자 병원은 더 이상 낯선 공간이 아니었다. 접수창구의 직원은 말없이 고개를 끄덕였고 간호사는 병실 상황을 먼저 설명해 주었다. 담당 의사는 내 질문의 방향을 이미 알고 있는 듯 차분히 답했다. 나는 특별한 부탁을 한 적이 없었지만 반복되는 발걸음이 나의 마음을 대신하고 있었다. 병실의 공기는 점점 익숙해졌고 그 익숙함 속에서 나는 한 가지를 깨달았다. 관계는 큰 약속으로 유지되는 것이 아니라 반복되는 태도로 드러난다는 사실이었다.

　나는 병원을 찾을 때마다 작은 봉지를 들고 갔다. 과일이나 떡, 간단한 간식이었지만 그 안에는 분명한 마음이 담겨 있었다. 그것은 누군가에게 잘 보이기 위한 행동이 아니라 돌봄에 대한 존중의 표현이었다. 어머니를 돌봐 주는 손길이 조금 더 따뜻해지기를 바라는 마음이었다. 나는 그것을 특별한 배려로 생각하지 않았다. 다만 사랑은 병실 안에만 머물지 않고 주변으로 이어져야 한다고 믿었다. 돌봄은 개인의 감정이 아니라 관계의 방식이라는 생각이 그때 점점 분명해졌다.

　어느 순간부터 나는 병실에 들어서면 먼저 의자에 앉지 않았다. 자연스럽게 침대 곁으로 다가가 어머니의 손을 잡는 일이 시작되었다. 말은 천천히 이어졌고, 침묵은 길어졌다. 이전에는 상태를 묻고 필요한 절차를 확인하는 대화가 중심이었다면 이제는 마음을 나누는 말이 중심이 되었다. 나는 손을 놓지 않은 채 오래 머물렀다. 그 온기를 잃는 것이 두려워서가 아니라 그 온기를 분명히 기억해 두고 싶었기 때문이다.

대화의 방향도 달라졌다. 회사에서의 성과나 사회적 역할에 대한 이야기는 줄어들었고, 대신 과거의 장면을 꺼내 들었다. 어린 시절 학교에 보내주던 아침, 들판에서 돌아오던 저녁, 시험을 앞두고 긴장하던 나를 바라보던 모습이 자연스럽게 떠올랐다. 그 기억을 따라 나는 말했다.

"어머니, 그때 정말 고마웠습니다."

그 말은 준비된 말이 아니었다. 더 미루지 않겠다는 마음이 만든 말이었다.

어머니는 그 말을 들으면 잠시 눈을 감았다가 다시 떴다. "다 지난 일이다."라고 말씀하셨지만 그 표정에는 작은 안도가 스쳐 지나갔다. 나는 그 표정을 놓치지 않으려 했다. 감사는 받는 사람이 아니라 전하는 사람이 먼저 정리되는 일이라는 사실을 그때 깨달았다. 오래 마음에 담아 두었던 말이 밖으로 나오면서 내 안의 매듭도 함께 풀렸다. 병실은 점점 치료의 공간이 아니라 관계를 정리하는 공간이 되었다.

나는 왜 그렇게 반복해서 감사의 말을 전했을까. 아마도 시간이 충분하지 않다는 사실을 알고 있었기 때문일 것이다. 사랑은 마음 속에 남겨 두어도 추억이 되지만, 감사는 표현하지 않으면 남지 않는다. 나는 어머니의 삶 속에 분명한 흔적을 남기고 싶었다. 그것이 내가 할 수 있는 가장 직접적인 보답이라고 생각했다. 시간이 줄어들수록 말은 더 분명해져야 한다는 것을 나는 그 공간에서 배웠다.

손을 잡고 나눈 대화는 단순한 인사를 넘어섰다. 우리는 과거의 선택을 다시 바라보았고 어려웠던 시절을 다른 시선으로 이해했다. 어머니는 자신의 고생을 강조하지 않았고 나는 더 이상 부족을 탓하지 않았다. 병실은 어느새 서로의 시간을 정리하는 장소가 되었다. 그곳에서 나는 보호받는 아들이 아니라 한 사람의 어른으로 어머니 앞에 앉아 있었다. 관계는 역할이 아니라 태도로 완성된다는 사실을 그때 깊이 이해했다.

시간은 결국 내 뜻과 상관없이 흘러갔다. 나는 시간을 앞당길 수도, 붙잡을 수도 없었다. 그러나 그 시간 속에서 어떤 태도를 선택할지는 내 몫이었다. 자주 찾아가 손을 잡고, 마음을 말로 옮기고, 감사의 흔적을 남기는 일은 그 선택의 표현이었다. 나는 그 시간을 통해 배웠다. 사랑은 오래 함께 있는 것으로 증명되는 것이 아니라 함께 있는 순간을 어떻게 채우느냐로 남는다는 사실을.

그 이후 나는 중요한 관계를 미루지 않는 원칙을 세웠다. 전해야 할 감사는 그날 안에 전하고, 정리해야 할 마음은 가능한 한 늦추지 않았다. 바쁘다는 이유로 사랑을 뒤로 미루지 않겠다는 다짐을 반복했다. 이것은 감정의 충동이 아니라 선택의 훈련이었다. 병실에서 배운 시간의 무게가 나의 판단 순서를 바꾸어 놓았기 때문이다. 시간은 관리의 대상이 아니라 태도를 시험하는 기준이라는 사실을 나는 그때 비로소 알게 되었다.

지금 나는 그 시절을 떠올리며 나 자신에게 묻는다. 나는 지금도 사랑을 미루고 있지 않은가. 감사해야 할 말을 다음으로 넘기고 있지는 않은가. 어머니의 병실에서 배운 것은 이별을 준비하는 방법이 아니라 관계를 대하는 기준이었다. 시간은 붙잡을 수 없지만 태도는 오늘 다시 선택할 수 있다는 사실을 나는 분명히 안다.

"나는 여전히 어머니의 기도 위에 있다."

병실의 침대 곁에서 나눈 대화와 손의 온기는 내 삶의 기준으로 남아 있다. 시간은 되돌릴 수 없지만 태도는 다시 선택할 수 있다. 나는 중요한 결정을 앞둘 때마다 그 병실을 떠올린다. 그리고 스스로에게 묻는다. 나는 지금 시간을 재촉하고 있는가, 아니면 태도를 선택하고 있는가. 그 질문 위에서 나는 오늘도 살아가고 있다.

# 소리 없이 지켜지는 원칙

## 보이지 않는 영향력

어머니는 자신의 기준을 길게 설명하려 하지 않았다. 어린 시절 나는 왜 어머니가 더 분명하게 말해 주지 않는지 궁금했다. 무엇이 옳은지 무엇이 바른지 또렷하게 말해 주면 더 쉬울 텐데, 왜 굳이 조용히 지켜보는지 이해하지 못했다. 그러나 어머니는 늘 행동으로 먼저 보여주고 말은 나중에 덧붙였다. 그 순서는 단순한 습관이 아니라 삶의 태도였다. 시간이 지나면서 나는 알게 되었다. 그 방식이야말로 가장 깊이 남는 설득이었다는 사실을.

집안에 다툼이 생기면 어머니는 가장 늦게 말하는 사람이었다. 서로의 말이 오간 뒤, 감정이 충분히 드러난 뒤에야 입을 열었다. 그 말은 길지 않았지만, 방향을 바꾸기에는 충분했다. 누구를 몰아세우지 않았고, 누구를 지나치게 감싸지도 않았다. 상황의 중심을 짚되 사람의 체면을 해치지 않았다. 나는 그 조용한 개입이 얼마나 힘이 있는지 나중에서야 이해했다.

어머니는 큰 목소리로 집안을 이끌지 않았다. 그러나 집안의 분위기는 언제나 어머니의 태도를 따라 움직였다. 말이 거칠어지면 자연스럽게 낮아졌고 흩어진 생각은 다시 모였다. 나는 그 영향력이 어디에서 나오는지 오랫동안 궁금했다. 그것은 권위에서 오는 것도 아니었고, 두려움에서 비롯된 것도 아니었다. 그것은 오랜 시간 이어진 일관된 태도에서 나오는 힘이었다.

사회에 나와 나는 다양한 리더를 만났다. 강하게 지시하는 사람도 있었고 빠르게 결론을 내리는 사람도 있었다. 처음에는 그런 리더십이 더 효율적으로 보였다. 그러나 시간이 지나자 결과는 달라졌다. 큰 소리로 움직인 조직은 쉽게 지쳤고 강한 통제 속에서 일한 구성원은 오래 버티지 못했다. 소리의 힘은 빠르지만 오래 남지 않았다.

그때 나는 어머니의 모습을 떠올렸다. 어머니는 사람을 몰아붙이지 않았다. 대신 스스로 생각하고 정리하도록 기다렸다. 누군가 실수했을 때 공개적으로 꾸짖지 않았고 조용히 불러 이야기했다. 그 방식은 상대를 위축시키지 않으면서도 방향을 바꾸게 했다. 나는 그 차이를 뒤늦게 이해했다.

나는 조직을 운영하며 그 방식을 의식적으로 적용해 보았다. 문제가 생겼을 때 곧바로 강한 지시를 내리기보다 먼저 상황을 충분히 들었다. 개인을 공격하지 않고 전체 흐름을 점검했다. 감정을 앞세우지 않고 책임의 위치를 분명히 했다. 그 방식은 시간이 지날수록 더 안정적인 결과를 만들었다. 조용한 정리가 오래가는 질서를 만들어 냈다.

그 이후 나는 갈등이 생길 때마다 먼저 말의 속도를 늦추는 연습을 했다. 결론을 서두르지 않고 충분히 듣는 시간을 마련했다.

공개적인 질책 대신 개별 대화를 선택했고, 감정이 가라앉은 뒤에 판단을 내리는 순서를 반복했다. 이것은 타고난 성향이 아니라 의도적인 훈련이었다. 어머니가 보여준 '늦게 말하는 기준'을 나의 방식으로 익혀 가는 과정이었다. 그 반복이 나의 리더십을 다듬었다.

기준은 굳이 크게 드러낼 필요가 없다. 반복이 그것을 보여 준다. 어머니는 같은 태도를 수십 년 동안 유지했다. 상황이 달라도 상대가 달라도 판단의 순서는 바뀌지 않았다. 그 일관성이 사람을 움직였다. 나는 그 힘을 곁에서 보며 자랐다.

한번은 조직 내 갈등을 해결해야 하는 자리에 선 적이 있다. 양쪽은 서로를 비난했고 분위기는 팽팽했다. 예전 같으면 빠르게 결론을 내려 상황을 정리하려 했을 것이다. 그러나 나는 먼저 충분히 듣는 시간을 가졌다. 말이 오간 뒤에야 조용히 핵심을 정리했다.

나는 문제의 중심을 짚되 누구의 체면도 꺾지 않으려 했다. 감정이 아닌 사실을 중심에 두고 책임의 위치를 다시 나누었다. 그 순간 나는 깨달았다. 내가 지금 어머니의 방식을 따르고 있다는 사실을. 소리를 높이지 않았지만, 방향은 분명해졌다. 그 조용한 정리가 갈등을 풀어냈다.

"기준은 부여 주기 위해 존재하지 않는다. 지켜 내기 위해 존재한다."

소리 내어 강조하는 기준은 때로 방어가 되지만, 조용히 이어지는 기준은 신뢰가 된다. 나는 이 차이를 점점 더 깊이 이해하게 되었다.

어머니는 자신의 삶을 과장하지 않았다. 잘한 일을 길게 말하지 않았고 힘든 일을 과하게 드러내지도 않았다. 대신 묵묵히 이어 갔다. 그 꾸준함이 가장 큰 설득이었다. 말보다 오래 남는 것은 반복된 태도라는 사실을 나는 어머니를 통해 배웠다.

사람은 결국 태도를 보고 배운다. 강요된 말보다 오래 남는 것은 계속 보여 준 모습이다. 나는 누군가를 설득하려 하기보다 먼저 나의 태도를 바로 세우려 한다. 내가 반복하는 선택이 곧 메시지가 되기 때문이다. 조용한 일관성이 가장 확실한 영향력이라는 사실을 나는 믿는다.

지금 나는 말의 크기보다 반복의 방향을 더 중요하게 여긴다. 어떤 선택을 했는지 보다 그 선택이 일관되었는지를 돌아본다. 사람을 움직이는 힘은 강한 주장에 있지 않다. 조용히 이어지는 태도에 있다. 원칙은 소리를 높이지 않지만, 그 침묵 속에서 오래 남는다.

어머니는 그 지속의 방식을 남기고 떠났다. 나는 소리 내지 않고 기준을 지키려 한다. 그리고 그 조용한 반복이 결국 나를 설명하게 되기를 바란다. 그것이 내가 물려받은 가장 깊고 오래가는 영향력이다.

# 양심의 무게

## 편리함과 옳음 사이에서

어머니는 편리한 선택보다 옳은 선택을 더 오래 고민하는 사람이었다. 어린 시절 나는 그 차이를 크게 느끼지 못했다. 당장 편해지는 길이 보이면 그것이 더 나은 선택이라고 생각했다. 그러나 어머니는 늘 한 번 더 물었다.

"지금 편한 것이 나중에도 괜찮겠느냐."

그 질문은 단순한 조언이 아니었다. 판단의 방향을 다시 생각하게 만드는 기준이었다.

집안에 사소한 이해관계가 얽힐 때가 있었다. 손해를 조금 감수하면 조용히 넘어갈 수 있는 상황도 있었고, 말을 꺼내면 불편해질 수 있는 순간도 있었다. 나는 굳이 문제를 키울 필요가 없다고 여겼다. 그러나 어머니는 불편하더라도 바로잡아야 할 일은 미루지 않았다. 감정을 앞세우지 않았지만, 기준을 흐리지도 않았다. 나는 그 태도가 때로는 손해처럼 보인다고 느꼈다.

한번은 가까운 사람과 금전 문제가 얽힌 적이 있었다. 금액의 문제가 아니라 약속이 문제였다. 나는 그냥 넘겨도 되지 않을까 생각했다. 관계가 상하는 것보다 낫다고 판단했기 때문이다. 그러나 어머니는 조용히 말했다.

"돈의 문제가 아니라 약속의 문제다."

그 말은 내 판단을 멈추게 했다.

어머니는 상대를 몰아붙이지 않았다. 대신 약속의 의미를 분명히 했다. 감정이 아니라 원칙을 이야기했다. 결과적으로 관계는 크게 흔들리지 않았다. 오히려 서로의 입장이 분명해졌다. 나는 그 장면을 오래 기억하게 되었다.

타협은 갈등을 줄이는 것처럼 보이지만 기준을 흐릴 수 있다는 사실을 나는 그때 배웠다. 이후 선택의 순간마다 스스로에게 묻게 되었다. 지금 내가 피하려는 것은 갈등인가, 아니면 책임인가. 그 질문은 나를 멈추게 했고, 그 멈춤은 판단을 정리하게 했다.

사업을 운영하며 더 큰 타협의 유혹을 경험했다. 조건을 조금 완화하면 계약은 쉽게 성사될 수 있었다. 기준을 약간만 낮추면 거래는 빠르게 이루어질 수 있었다. 주변에서는 그것이 현실적인 판단이라고 말했다. 나 역시 흔들렸다.

그러나 그때 어린 시절의 장면이 떠올랐다. 작은 약속도 가볍게 넘기지 않던 어머니의 모습이었다. 나는 계약을 미루고 조건을 다시 검토했다. 결국 거래는 성사되지 않았고 일정한 손실도 감수해야 했다.

시간이 지나 그 결정은 옳았다는 사실이 드러났다. 단기적인 이익을 좇지 않았기에 더 큰 위험을 피할 수 있었다. 그때 나는 확신했다. 기준은 편리함과 옳음 사이에서 시험 받게 된다는 것을.

그 이후 나는 선택의 순간마다 한 문장을 적어 보는 습관을 들였다. 이 결정이 나를 편하게 만드는가, 아니면 나중에 설명할 수 있는 선택인가를 스스로 점검했다. 급할수록 판단을 늦추고 손해가 보일수록 기준을 먼저 살피려 했다. 이것은 타고난 성향이 아니라 의식적으로 반복해 온 훈련이었다. 어머니가 보여 준 '작은 타협을 경계하는 태도'를 내 삶의 판단 방식으로 만들어 가는 과정이었다.

타협이 언제나 잘못된 것은 아니다. 상황을 조율하고 관계를 유지하는 데 필요할 때도 있다. 그러나 타협이 반복되면 기준은 흐려진다. 무엇을 지키려는지 스스로 설명하지 못하는 순간이 온다. 어머니는 그 경계를 분명히 알고 있었다.

어머니는 강한 사람처럼 보이지 않았다. 그러나 물러서지 말아야 할 부분에서는 분명했다. 그 태도는 공격적이지 않았고 오히려 차분했다. 나는 그 차이가 결국 사람을 드러낸다는 사실을 뒤늦게 이해했다. 원칙을 지키는 힘은 목소리의 크기가 아니라 방향의 일관성에서 나온다는 것을.

지금 나는 중요한 판단 앞에서 두 가지를 구분하려 한다. 상황을 조정하는 것과 기준을 낮추는 것을 나누어 생각하려 한다. 겉으로는 비슷해 보여도 결과는 다르다. 기준을 낮추는 선택은 나를 편하게 만들지만 오래 남지 않는다.

나는 이제 안다. 기준은 말로만 지켜지지 않는다. 작은 타협을 경계하는 습관 속에서 유지된다. 편리함을 내려놓는 선택 속에서 더 분명해진다. 어머니는 그 태도를 일상에서 실천한 사람이었다.

오늘도 나는 선택의 갈림길에 선다. 빠르게 정리할 수 있는 길과 불편하지만 떳떳한 길 사이에서 고민한다. 그때마다 스스로에게 묻는다.

"나는 이 선택을 나중에 설명할 수 있는가."

어머니는 떠났지만 그 질문은 남았다. 나는 그 질문 앞에서 편리함보다 옳음을 선택하려 한다. 그것이 내가 이어받은 또 하나의 기준이다.

# 말을 넘어선 기준

## 설득이 아닌 증명으로

어머니는 나를 길게 설득하려 들지 않았다. 무엇이 옳은지 하나하나 설명하기보다 먼저 자신의 태도로 보여 주었다. 어린 시절의 나는 그것이 다소 불친절하게 느껴진 적도 있었다. 왜 더 분명히 말해 주지 않는지, 왜 명확한 규칙으로 정리해 주지 않는지 답답했다. 그러나 시간이 지나면서 나는 이해하게 되었다. 어머니는 이해를 강요하지 않았고, 스스로 이해할 때까지 기다렸다는 사실을. 그리고 그 기다림은 말이 아니라 반복된 태도로 드러났다.

집안에 의견이 엇갈릴 때가 있었다. 나는 내 생각이 옳다고 확신했고 강하게 주장했다. 어머니는 곧바로 반박하지 않았다. 대신 자신의 선택을 묵묵히 이어 갔다. 시간이 지나 결과가 드러났을 때 나는 조용히 그 의미를 이해하게 되었다. 그 과정은 논쟁이 아니라 스스로 돌아보는 시간에 가까웠다.

그때 나는 알게 되었다. 설명은 순간을 설득하지만, 태도는 시간을 설득한다는 사실을. 말은 그 자리에서 끝날 수 있지만 반복된 행동은 오래 남는다. 어머니는 긴 설명 대신 긴 시간을 선택한 사람이었다. 바로 동의를 얻기보다 시간이 지나 자연스럽게 이해되기를 택했다. 그 방식은 느려 보였지만 깊이 남았다.

한번은 내가 무리한 결정을 고집한 적이 있었다. 경험은 부족했지만 확신은 컸다. 어머니는 그 결정을 당장 막지 않았다. 대신 그 과정을 끝까지 지켜보았다. 그리고 결과를 통해 내가 스스로 배우도록 두었다. 그 침묵은 방임이 아니라 책임을 돌려주는 태도였다.

실패의 순간 어머니는 "내가 말했지 않았느냐."라고 하지 않았다. 대신 담담히 물었다.

"다음에는 무엇을 달리하겠느냐."

그 말은 나를 위축시키지 않았다. 오히려 나는 다시 생각하게 되었다. 설득은 끝났지만 성장은 시작되는 질문이었다. 나는 그 차이를 오래 기억하고 있다.

나는 그 경험을 통해 깨달았다. 설득은 상대를 이기는 방식이 아니라 스스로 이해하게 만드는 방식이어야 한다는 것을. 강한 말은 잠깐의 동의를 이끌 수 있지만, 일관된 태도는 오래가는 신뢰를 만든다. 어머니는 그 차이를 알고 있었다. 그래서 논쟁보다 반복을 선택했다. 반복은 설명보다 더 큰 힘을 가졌다.

사회에 나와 나는 여러 번 설득해야 하는 자리에 섰다. 조직을 이끌며 방향을 제시해야 했고 때로는 반대 의견을 조정해야 했다. 처음에는 논리와 자료로 상대를 설득하려 했다. 그러나 논리가 항상 마음까지 움직이지는 않았다. 이해는 되었지만 동의는 따라오지 않는 장면을 여러 번 경험했다.

그때 나는 어머니의 방식을 떠올렸다. 먼저 내가 그 기준을 지키고 있는지 점검했다. 내가 말하는 방향을 실제로 실천하고 있는지 돌아보았다. 그리고 시간이 지나자 사람들의 반응이 달라지기 시작했다. 말보다 태도가 먼저 전달되기 시작했다.

그 이후 나는 말로 설득하기 전에 먼저 행동을 정리하는 습관을 들였다. 회의에서 강조할 원칙은 미리 나의 선택으로 실천해 두었다. 반복되지 않는 말은 줄이고 반복되는 태도에 집중하려 했다. 이것은 표현의 기술이 아니라 선택의 방식에 관한 문제였다. 어머니가 보여 준 '설명보다 증명'의 순서를 나의 리더십 방식으로 익혀 가는 과정이었다. 그 과정은 느렸지만 분명했다.

설득하려는 태도보다 먼저 보여 주는 태도가 더 강하다는 것을 나는 경험으로 알게 되었다. 말로 강조하지 않아도 반복된 선택이 방향을 설명해 주었다. 사람들은 내가 무엇을 말했는지보다 무엇을 지켜 왔는지를 기억했다. 그때 나는 어머니의 영향력을 비로소 이해하게 되었다.

어머니는 자신을 과장하지 않았다. 잘한 일도 크게 드러내지 않았고 힘든 일도 과하게 표현하지 않았다. 그러나 중요한 순간마다 같은 태도를 유지했다. 그 반복이 결국 신뢰를 만들었다. 말보다 오래 남는 것은 태도의 결이라는 사실을 나는 어머니를 통해 배웠다.

나는 이제 누군가를 설득해야 할 때 먼저 나를 돌아본다. 이 말이 나의 태도와 맞는지, 내가 실제로 지키고 있는 기준인지 점검한다. 일치하지 않는 말은 오래가지 않는다는 것을 알기 때문이다. 말이 태도를 앞서면 설득은 약해진다. 태도가 말을 앞설 때 비로소 신뢰가 쌓인다.

태도는 말보다 느리게 전달되지만, 더 깊이 남는다. 한 번의 강한 주장은 쉽게 잊히지만, 꾸준한 행동은 사람을 움직인다. 어머니는 그 방식을 평생 유지했다. 그리고 그 유지가 곧 영향력이 되었다. 나는 이제 그 의미를 분명히 안다.

말은 설명에 머물 수 있지만 태도는 결국 증명이 된다. 설명은 논리를 필요로 하지만 증명은 시간이 필요하다. 그리고 시간은 반복된 선택 속에서만 쌓인다. 나는 그 쌓임의 힘을 믿는다.

지금 나는 말의 양을 줄이려 한다. 대신 선택의 일관성을 지키려 한다. 누군가를 설득하기 전에 먼저 보여 주려 한다. 내가 지키는 기준이 곧 메시지가 되도록 살고자 한다. 어머니는 그 방식을 내게 남기고 떠났다.

나는 말보다 태도로 나의 기준을 보여 주려 한다. 설명이 아니라 쌓아 온 결과로, 설득이 아니라 증명으로 살아가려 한다. 그것이 내가 이어받은 또 하나의 방향이며 지금의 나를 설명하는 방식이다.

# 욕망을 넘는 기준

## 밖을 이기기 전에 안을 정리하다

어머니는 밖과 맞서기 전에 먼저 자신을 정리하는 사람이었다. 어린 시절의 나는 갈등이 생기면 곧바로 반응하는 것이 옳다고 믿었다. 상대가 잘못했으면 바로 지적해야 하고 억울하면 즉시 표현해야 한다고 여겼다. 그러나 어머니는 늘 한 박자 늦게 움직였다. 그 늦음은 망설임이 아니라 점검이었다. 나는 그 차이를 오랫동안 이해하지 못했다. 시간이 흐른 뒤에야 알았다. 그 한 박자가 상황을 바꾸는 힘이었다는 사실을.

집안에서 오해가 생겼던 날이 있었다. 말이 엇갈렸고 분위기는 냉랭해졌다. 나는 즉시 해명하고 따지려 했다. 그러나 어머니는 그날 밤 아무 말도 하지 않았다. 다음 날이 되어서야 조용히 대화를 시작했다. 나는 왜 바로 말하지 않았는지 물었다.

어머니는 짧게 답했다.

**"감정이 먼저면 말이 길어진다."**

그 말은 단순했지만 분명했다. 감정이 가라앉지 않은 상태에서 나온 말은 필요 이상으로 많아지고, 많아진 말은 상처를 남긴다는 뜻이었다. 어머니는 말을 줄이기 위해 먼저 마음을 가라앉혔다. 그 순서가 문제를 키우지 않는 방식이었다.

그 이후 나는 반응의 순서를 의식하게 되었다. 화가 난 상태에서 하는 말은 대부분 상황을 해결하지 못한다는 것을 경험으로 알게 되었다. 설명하려던 말이 방어가 되고, 설득하려던 말이 공격이 되기 쉬웠다. 감정이 앞서면 판단은 흔들린다. 어머니는 그 흐름을 이미 알고 있었다. 그래서 먼저 자신을 다스렸다.

사회에 나와 나는 더 많은 자극을 받았다. 예상치 못한 비판을 듣기도 했고 억울한 오해를 받기도 했다. 처음에는 즉각적으로 해명하려 했다. 그러나 그럴수록 상황은 더 복잡해졌다. 반응은 빠를수록 강해졌고, 강해질수록 오해는 깊어졌다. 나는 어느 순간 이 방식이 문제를 풀지 못한다는 것을 인정하게 되었다.

어느 날 나는 스스로에게 물었다.

지금, 이 반응은 문제를 해결하기 위한 것인가, 아니면 감정을 풀기 위한 것인가.

그 질문은 나를 멈추게 했다. 감정을 먼저 다스리지 못하면 판단도 흐려진다는 사실을 받아들이게 되었다. 반응을 늦추는 것이 물러섬이 아니라 정리라는 점을 깨닫기 시작했다.

어머니는 늘 상황을 바로잡기 전에 표정을 먼저 가다듬었다. 목소리를 낮추고 숨을 고르고 말의 순서를 생각했다. 나는 그 모습이 답답하게 느껴진 적도 있었다. 왜 더 단호하게 나서지 않는지 이해하지 못했다. 그러나 지금은 안다. 그 준비된 침묵이 가장 빠른 해결 방식이었다는 것을. 감정이 정리되면 말은 짧아지고, 짧은 말은 방향을 잃지 않는다.

자신을 다스리는 힘은 타인을 이기는 힘보다 어렵다. 밖의 상황은 통제하기 어렵지만 안의 태도는 선택할 수 있다. 어머니는 그 선택을 반복했다. 그래서 바깥의 소란이 쉽게 집안으로 번지지 않았다. 안의 기준이 먼저 바로 서 있었기 때문이다.

나는 조직을 운영하며 그 사실을 더 분명히 경험했다. 리더가 흔들리면 구성원은 더 빠르게 흔들린다. 감정이 격해진 상태에서 내린 판단은 대개 후회를 남긴다. 나는 그때마다 속도를 늦추고 나를 점검하려 했다. 빠른 결론보다 안정된 기준을 먼저 세우려 했다.

한번은 중요한 회의에서 날카로운 비판을 들은 적이 있다. 순간적으로 반박하고 싶었고, 논리로 바로잡고 싶었다. 그러나 나는 잠시 말을 멈추었다. 어머니가 하던 것처럼 숨을 고르고 생각을 정리했다. 그리고 감정이 아닌 기준에 따라 답을 정리했다.

그 짧은 멈춤은 상황을 바꾸었다. 즉각적인 반응 대신 차분한 설명이 이어졌다. 논쟁은 줄어들었고, 논의는 방향을 찾았다. 나는 그때 확신했다. 밖을 이기기 전에 안을 정리하는 것이 먼저라는 사실을. 반응을 늦춘 것이 아니라 판단을 준비한 것이었다.

그 이후 나는 즉각적인 반응을 늦추는 연습을 의도적으로 반복했다. 중요한 판단을 앞두면 먼저 숨을 고르고 감정을 스스로 확인한 뒤에 말을 꺼냈다. 회의나 갈등 상황에서는 결론보다 질문을 먼저 던지는 순서를 유지했다. 이것은 참는 것이 아니라 정리하는 훈련이었다. 어머니가 보여 준 '한 박자 늦음'을 나의 판단 방식으로 익혀 가는 과정이었다.

어머니는 나를 통제하지 않았다. 대신 나를 다스리는 법을 보여 주었다. 감정을 억누르라는 뜻이 아니었다. 감정을 알아차리고 선택하라는 의미였다. 감정은 자연스럽지만, 결정에는 책임이 따른다는 사실을 몸으로 보어 주었다. 나는 그 의미를 뒤늦게 이해했다.

나는 이제 스스로에게 묻는다. 지금의 반응은 내가 선택한 것인가, 아니면 끌려간 것인가. 그 질문은 나를 붙잡아 준다. 감정이 아닌 기준으로 움직이게 한다. 선택의 중심을 되찾게 한다. 그 한 질문이 나의 균형을 잡아 준다.

밖의 문제는 언제든 생길 수 있다. 욕망은 빠르게 움직이고 자극은 끊임없이 밀려온다. 그러나 안의 기준은 지킬 수 있다. 어머니는 그 기준을 평생 지켜 온 사람이었다. 나는 그 모습을 보며 자랐다. 그리고 이제는 그 기준을 이어 가려 한다.

자신을 다스리는 힘은 상대를 이기는 힘보다 오래 간다. 순간의 승리는 박수를 남기지만 절제된 판단은 신뢰를 남긴다. 나는 오늘도 판단 앞에서 먼저 나를 정리하려 한다. 감정을 부정하지 않되 감정 위에 기준을 세우려 한다. 어머니는 계시지 않지만, 그 다스림의 방식은 내 안에 남아 있다.

나는 밖과 싸우기 전에 안을 바로 세우려 한다. 그것이 내가 이어받은 또 하나의 기준이며 지금의 나를 지탱하는 힘이다.

# 이익을 넘어선 것

## 태도가 자산이 되는 순간

어머니는 돈을 가볍게 다루지 않으셨다. 지폐는 반듯하게 접어 따로 보관했고, 동전은 흩어지지 않도록 정리했다. 장을 보고 돌아오시면 남은 잔돈을 다시 확인했고, 지출을 마음속으로 한 번 더 계산하셨다. 그 모습은 단순한 절약의 습관이 아니라 반복된 태도였다. 돈은 숫자가 아니라 책임이라는 생각이 그 안에 담겨 있었다. 나는 어린 시절 그 장면을 보며 돈이 물건이 아니라 삶의 자세와 이어져 있다는 사실을 자연스럽게 배웠다.

그러나 어머니의 절약은 인색함과는 달랐다. 자신을 위해 쓰는 일에는 신중했지만, 자식의 배움과 관계된 것에는 망설임이 없었다. 학용품과 참고서, 시험 응시료처럼 미뤄서는 안되는 비용은 따지지 않았다. 그 돈은 소비가 아니라 준비라고 생각했다. 나는 그 선택에서 돈의 본질을 보았다. 돈은 어디에 쓰느냐에 따라 의미가 달라진다는 사실을 깨닫게 되었다.

어린 나는 그 엄격함이 답답하게 느껴질 때도 있었다. 사소한 간식이나 필요하지 않은 물건을 사려 하면 어머니는 반드시 되물으셨다.

"그건 꼭 필요한가."

그 질문은 지출을 막기 위한 통제가 아니었다. 필요와 욕심을 구분하게 하는 훈련이었다. 나는 그 질문을 통해 선택의 기준을 먼저 세우는 법을 배우기 시작했다. 욕망은 빠르게 움직이지만 기준은 천천히 자리 잡는다는 사실을 그때부터 익혀 갔다.

어머니는 종종 말씀하셨다.

"돈은 쓰고 나면 사라지지만 태도는 남는다."

그 말은 오랫동안 내 안에 남아 있었다. 사회에 나와 돈을 벌기 시작하면서 그 의미는 더 분명해졌다. 돈은 많고 적음의 문제가 아니라 어떻게 벌고 어떻게 쓰느냐의 문제라는 것을 알게 되었다. 돈을 벌기 위해 사람을 잃어서는 안 되고 돈을 쓰기 위해 기준을 잃어서도 안 된다는 뜻이었다. 태도는 결국 사람의 신용이 된다는 사실을 나는 경험으로 배웠다.

어머니는 빚을 지는 일을 경계하셨다. 형편이 어려워도 먼저 줄였고 가능한 한 참고 버텼다. 남에게 기대는 선택을 쉽게 하지 않았다. 그 태도는 고집처럼 보였지만 자신을 지키는 방식이었다. 돈 때문에 고개를 숙이는 상황을 만들지 않겠다는 결심이었다. 그 결심이 어머니를 흔들리지 않게 세워 주었다.

그렇다고 도움을 거절하는 분은 아니었다. 정말 필요할 때는 감사히 받았고 형편이 나아지면 반드시 갚았다. 빌린 돈뿐 아니라 받은 마음까지 돌려주려 했다. 그 과정에서 나는 중요한 사실을 배웠다. 신뢰는 돈으로 만드는 것이 아니라 태도로 쌓인다는 점이었다. 돈은 오가지만 신뢰는 쌓인다는 사실을 어머니는 행동으로 보여 주셨다.

가난한 살림이었지만 허세는 없었다. 남에게 보여 주기 위한 소비를 하지 않았고, 체면을 위해 무리하지도 않았다. 필요한 곳에는 분명히 쓰고 불필요한 곳에는 단호히 줄였다. 그것은 궁핍함의 표현이 아니라 분별의 태도였다. 나는 그 분별이 사람의 크기를 가른다는 사실을 뒤늦게 깨달았다. 돈을 대하는 태도가 곧 사람을 드러낸다는 것을 알게 되었다.

사회에 나와 조직을 운영하며 나는 수많은 재무적 판단을 내려야 했다. 때로는 큰 금액이 오가는 계약을 체결해야 했고, 단기간의 이익을 위해 기준을 낮추라는 압박도 받았다. 그럴 때마다 나는 어린 시절 부엌 한쪽에서 잔돈을 세던 어머니의 모습을 떠올렸다. 작은 돈에도 신중했지만, 사람의 미래 앞에서는 과감했던 태도였다. 그 대비가 나의 판단을 정리해 주었다. 무엇을 먼저 생각해야 하는지 분명해졌다.

돈은 목적이 아니라 도구라는 사실을 나는 어머니의 일상에서 배웠다. 돈이 많다고 사람이 커지는 것도 아니고 적다고 작아지는 것도 아니다. 오히려 돈을 대하는 태도가 그 사람을 드러낸다. 기준을 잃고 번 돈은 오래 가지 않고 신뢰를 지키며 쌓은 자산은 쉽게 무너지지 않는다. 나는 그 생각을 경영의 원칙으로 삼으려 노력해 왔다.

그래서 나는 중요한 지출이나 투자 결정을 앞두면 먼저 목적을 적어 본다. 이 돈이 관계를 넓히는지 아니면 체면을 키우는지 구분하려 한다. 단기적인 이익보다 장기적인 신뢰를 먼저 점검하는 연습을 반복했다. 숫자만 맞는 결정은 잠시 이익을 만들 수 있지만 기준이 맞는 결정은 오래간다는 사실을 경험으로 알게 되었다. 이 것은 계산의 기술이 아니라 태도의 훈련이었다. 어머니가 보여 준 '분별의 순서'를 나의 판단 방식으로 익혀 가는 과정이었다.

지금 나는 중요한 결정을 앞두면 먼저 손익을 계산하지 않는다. 그 선택이 나를 작게 만들지는 않는지, 관계를 해치지는 않는지 스스로 묻는다. 숫자보다 기준을 먼저 점검하려 한다. 이익보다 태도를 먼저 세우려 한다. 그 기준의 뿌리는 어머니의 말과 행동에서 시작되었다.

어머니는 큰 유산을 남기지 않았다. 그러나 돈을 대하는 분별과 자존을 남겼다. 아껴야 할 것과 아끼지 말아야 할 것을 구분하는 힘, 그리고 돈 앞에서 자신을 낮추지 않는 품격이었다. 나는 지금도 그 기준 위에서 판단한다. 돈은 사라질 수 있지만 태도는 남는다.

나는 여전히 그 태도 위에 서 있다. 이익을 계산하기 전에 나를 먼저 돌아보려 한다. 돈을 다루기 전에 관계를 먼저 생각하려 한다. 그리고 그 반복 속에서 나의 자산은 숫자가 아니라 신뢰가 되기를 바란다. 그것이 내가 이어받은 가장 오래가는 유산이며 오늘도 지키려는 또 하나의 기준이다.

# 말없이 넘는 선

## 침묵이 책임을 키우는 방식

어머니는 나를 가르치겠다고 앞에 나선 적이 거의 없었다. 잘못했을 때도 긴 설명을 늘어놓거나 감정을 앞세워 꾸짖는 일은 드물었다. 대신 잠시 나를 바라보다가 조용히 자리를 옮기거나 아무 일도 없다는 듯, 자신의 할 일을 이어 갔다. 어린 나는 그 태도가 더 불편했다. 야단을 맞으면 그 순간이 지나가지만, 어머니의 침묵은 오래 남아 나를 돌아보게 했다. 그 불편함은 시간이 지나며 책임으로 바뀌었다.

한번은 감정에 치우쳐 거친 말을 내뱉은 적이 있었다. 나는 즉각적인 반응을 예상했다. 그러나 어머니는 아무 말 없이 식사를 준비하며 필요한 말만 건넸다. 평소와 다르지 않은 목소리였다. 그 평온함이 오히려 나를 작게 만들었다. 설명이나 비난 없이도 나는 이미 내가 잘못했음을 알고 있었다. 어머니의 방식은 상대를 설득하는 것이 아니라 스스로 인정하게 만드는 방식이었다.

어머니는 결과보다 태도를 먼저 보셨다. 시험 점수가 기대에 미치지 못해도 점수를 따지지 않았다. 대신 그 과정을 얼마나 성실하게 감당했는지를 물었다. 실수로 무언가를 망쳐도 사건 자체보다 이후의 행동을 지켜보았다. 나는 그 시선이 감시가 아니라 기대라는 사실을 뒤늦게 깨달았다. 결과를 대신 책임져 주지 않겠다는 믿음이었다. 그 믿음이 나를 스스로 바로 세우게 했다.

침묵은 방관과 다르다. 방관은 관심을 거두는 것이지만 어머니의 침묵은 책임을 돌려주는 일이었다. 당장 고치도록 몰아붙이지 않고 스스로 고치도록 기다렸다. 필요한 순간에는 짧은 말을 덧붙였지만 그 말은 오래 남았다. 말이 적었기에 방향은 또렷했다. 침묵은 비워 둔 시간이 아니라 생각이 자라는 시간이었다. 그 시간은 나를 성숙하게 만드는 과정이 되었다.

어머니는 선택의 순간마다 답을 대신 정해 주지 않았다. 무엇이 옳은지 스스로 판단해 보라고 했다. 다만 한 번 선택한 일에는 끝까지 책임을 지라고 당부했다. 실패하더라도 변명하지 말고 마주하라는 뜻이었다. 그 말은 분명했지만 차갑지 않았다. 자유와 책임을 함께 건네는 방식이었다. 나는 그 균형을 몸으로 배웠다.

돌이켜 보면 어머니는 나를 통제하려 하지 않았다. 대신 내가 기준을 세우도록 시간을 주었다. 빠른 변화나 즉각적인 성과를 요구하지 않았다. 반복되는 태도 속에서 사람이 만들어진다고 믿으셨던 듯하다. 그 믿음은 조용했지만 흔들리지 않았다. 말보다 오래 남는 방식이었다. 그 방식이 결국 나를 만들어 갔다.

사회에 나와 나는 다양한 지도자를 만났다. 지시와 통제로 조직을 움직이는 사람도 있었고 질문과 기다림으로 성장을 이끄는 사람도 있었다. 처음에는 통제가 더 효율적으로 보였다. 그러나 시간이 지나자 차이는 분명해졌다. 명령은 속도를 만들 수 있지만 신뢰는 깊이를 만든다는 사실이었다. 깊이가 없는 속도는 오래가지 못한다는 것을 나는 경험으로 알게 되었다.

조직을 이끄는 자리에 서면서 나는 자주 어머니의 침묵을 떠올렸다. 모든 답을 먼저 제시하지 않으려 애썼다. 실수를 즉시 지적하기보다 스스로 생각할 시간을 주려 했다. 때로는 아무 말 없이 기다렸다. 그 기다림이 상대를 존중하는 방식이라는 것을 알고 있었기 때문이다. 침묵은 통제를 포기하는 것이 아니라 신뢰를 보여 주는 일이었다.

"침묵은 비어 있는 공간이 아니다. 그것은 판단이 자라는 시간이다."

말이 많으면 생각을 대신해 주지만 말이 줄어들면 책임이 남는다. 어머니는 나의 판단을 대신해 주지 않았다. 대신 선택의 무게를 맡겼다. 그 경험이 나를 흔들리지 않게 만들었다. 나는 그 방식을 리더십의 기준으로 삼으려 노력하고 있다.

그 이후 나는 판단을 서두르지 않는 습관을 의식적으로 만들었다. 중요한 결정 앞에서는 곧바로 답을 내리지 않고 하루를 두고 다시 생각해 보았다. 타인이 실수 앞에서도 즉각적인 평가 대신 질문을 먼저 던지는 순서를 반복했다. 이것은 성격이 아니라 훈련이었다. 어머니의 침묵 속에서 배운 기다림을 나의 판단 방식으로 익혀 가는 과정이었다. 그 반복이 나를 안정시키고 흔들림을 줄여 주었다.

나는 이제 이해한다. 왜 어머니가 설명보다 행동을 택했는지, 왜 훈계보다 기다림을 선택했는지. 말은 순간을 움직이지만 침묵은 시간을 남긴다. 순간의 감정은 사라지지만 스스로 깨달은 기준은 오래 이어진다. 어머니의 가르침은 바로 그 지점에 있었다. 그 지점이 나를 스스로 설 수 있는 사람으로 만들었다.

지금도 나는 중요한 결정을 앞두면 서둘러 답을 내리지 않는다. 먼저 스스로에게 묻고 판단의 근거를 점검한다. 누군가 대신 답해 주기를 기다리지 않는다. 내가 책임질 수 있는 선택인지 스스로 확인한다. 그 습관은 어린 시절 어머니의 침묵 속에서 길러졌다.

어머니는 큰 목소리로 가르치지 않았다. 대신, 오래 남는 방식을 택했다. 그 침묵은 나를 방치하지 않았고 오히려 성장의 시간을 열어 주었다. 말은 사라질 수 있지만 태도는 남는다. 나는 지금도 그 침묵 위에서 판단하고, 그 침묵 속에서 기준을 세우며 살아가고 있다.

# 5장



## 태도가 확장되는 순간

# 숙고의 끝

## 속도가 아니라 방향을 고르는 사람

어머니는 결정을 빨리 내리는 사람이 아니었다. 그렇다고 결정을 미루며 시간을 흘려보내는 사람도 아니었다. 어머니는 "지금은 판단해야 할 때"와 "지금은 더 살펴야 할 때"를 분명히 구분했다. 나는 어린 시절 그 차이를 이해하지 못해 답답해하곤 했다. 무언가가 급하면 빨리 움직여야 한다고 믿었기 때문이다. 그러나 어머니는 급할수록 한 걸음 늦추는 사람이었다. 그 늦춤은 두려움이 아니라 책임에서 비롯된 태도였다.

우리 집에 큰 결정을 앞둔 날들이 있었다. 살림이 빠듯해지면서 생활을 재정비해야 했고, 주변에서는 현실적인 선택을 재촉했다. 나는 빨리 정리하지 않으면 더 손해가 커질 것으로 생각했다. 그러나 어머니는 곧바로 결론을 내리지 않았다. 부엌 한쪽에서 장부를 꺼내 생활비와 빚, 그리고 반드시 지켜야 할 지출을 조용히 적기 시작했다. 그것은 무엇을 포기할지 정하는 과정이 아니라 무엇을 지킬지 분명히 하는 과정이었다.

어머니는 종이를 두 칸으로 나누었다. 왼쪽에는 "지금 당장 해야 하는 것", 오른쪽에는 "나중에 해도 되는 것"을 적었다. 나는 그 느린 정리가 답답하게 느껴졌다. 그러나 어머니는 계산이 끝난 뒤에도 바로 결론을 내리지 않았다. 마당으로 나가 집 주변을 한 번 더 둘러보고 학교 가는 길과 이웃집의 위치까지 다시 살폈다. 돈의 문제가 아니라 삶의 흐름을 다시 살피고 있었다.

며칠 뒤 어머니는 우리를 불러 앉혔다. 결론부터 말하지 않았다. 대신 "우리가 지켜야 할 것이 무엇인지"부터 정리했다. 가족이 함께 있을 수 있는가, 배움을 멈추지 않는가, 사람이 사람답게 살 수 있는가, 생활의 기본이 무너지지 않는가를 차분히 짚었다. 나는 그 말들이 원론처럼 들렸다. 그러나 시간이 지나 알게 되었다. 그 기본이 무너지면 어떤 빠른 선택도 오래가지 못한다는 사실을.

결정은 빠른 선택이 아니었다. 결과를 감당할 준비를 갖추는 일이었다. 어머니가 늦춘 것은 속도가 아니라 실수였다. 시간을 번 것이 아니라 후회를 줄인 것이었다. 나는 그때 처음으로 결정을 다르게 이해했다. 결정은 결론의 속도가 아니라 책임의 깊이라는 것을.

사회에 나와 나는 반대의 방식으로 판단한 적이 있다. 기회를 놓치고 싶지 않아 서둘렀고, 조건을 충분히 점검하지 않은 채 계약을 진행했다. 겉으로는 유능해 보였지만 문제는 세부에서 터져 나왔다. 나는 그때 깨달았다. 빠른 결정은 종종 준비되지 않은 상태로 출발한다는 사실을. 그리고 그 미흡함은 나중에 더 큰 비용으로 돌아온다는 사실을.

그 경험 이후 나는 '늦추는 기술'이 아니라 '정리하는 태도'가 필요하다는 것을 배웠다. 중요한 판단 앞에서는 먼저 기준을 적어 본다. 무엇이 사실이고 무엇이 가정이며 무엇이 감정인지 구분한다. 최악의 상황을 가정하고도 감당할 수 있는지 점검한다. 그렇게 적기 시작하면 마음의 속도가 내려간다. 판단은 그때 비로소 선명해진다.

어느 날 큰 투자를 권유받았다. 조건은 매력적이었고 주변에서는 "지금이 기회"라고 말했다. 나 역시 흔들렸다. 그러나 나는 하루를 더 두었다. 그리고 스스로에게 물었다. 이것이 방향에 맞는 선택인가, 아니면 조급함에서 나온 선택인가.

그 하루 동안 나는 숫자를 다시 계산했고 ,빈틈을 점검했고 감정의 근원을 들여다보았다. 그리고 결론은 거절이 아니라 조정이었다. 속도를 늦추고 준비를 더 했다. 결과적으로 그 늦춤은 나를 지켜 주었다. 서두르지 않았기에 무리하지 않았고 무리하지 않았기에 지속할 수 있었다.

나는 여기서 한 가지 분명한 깨달음을 얻었다.

'속도는 순간을 이길 수 있지만 방향은 시간을 이긴다.'

급한 결정은 빠른 결론을 주지만 신중한 결정은 오래 버틸 수 있는 기반을 남긴다. 어머니는 기회를 쫓는 사람이 아니라 기준을 지키는 사람이었다. 그리고 그 선택을 하고도 스스로를 존중할 수 있는지를 먼저 물었다. 그 기준이 어머니를 흔들리지 않게 했다.

조직을 이끄는 자리에서도 나는 같은 질문을 반복한다. 지금 나는 속도에 쫓기고 있는가, 방향을 보고 있는가. 빠른 결론은 팀을 잠시 편하게 만들 수 있다. 그러나 잘못된 방향은 더 큰 회복 비용을 남긴다. 그래서 나는 급할수록 사실과 가정, 감정을 구분한다. 그 시간이 결국 비용을 줄이는 시간이라는 것을 알기 때문이다.

관계에서도 마찬가지다. 오해가 생기면 즉시 반박하고 싶고 억울하면 빨리 설명하고 싶다. 그러나 서둘러 내뱉은 말은 관계를 더 멀어지게 한다. 나는 여러 번의 후회를 통해 그 사실을 배웠다. 그래서 이제는 한 번 멈추고 내 마음의 상태를 먼저 확인한다. 어머니가 그랬던 것처럼.

나는 이제 안다. 어머니가 늦춘 것은 시간이 아니라 후회였다는 것을. 어머니는 결정을 미룬 것이 아니라 결정을 더 깊게 만든 것이었다. 그 깊이는 눈에 띄지 않지만 삶을 무너지지 않게 한다. 그래서 나는 지금도 중요한 판단 앞에서 한 번 더 멈춘다. 그리고 방향을 먼저 고른다.

어느 날 깨달았다. 내가 멈추어 서서 방향을 점검하는 모습이 이제는 누군가에게 기준이 되고 있다는 사실을. 후배가 결정을 앞두고 찾아왔을 때 나는 답을 주기보다 질문을 먼저 건넸다.

"지금 서두르는 이유가 무엇인가."

그는 잠시 말을 멈추었다. 그 침묵 속에서 나는 어머니의 방식을 다시 보았다.

나는 속도를 가르치지 않는다. 대신 방향을 묻는다. 그리고 그 질문이 또 하나의 기준을 만들어 간다는 사실을 조용히 확인하며 살아가고 있다.

# 물려받은 자리

## 버스비가 남긴 역할의 인계

군 복무를 마치고 사회에 첫발을 내디딘 지 얼마 되지 않았을 무렵이었다. 나는 아직 세상의 흐름을 다 알지 못했고 직장이라는 공간도 낯설었다. 초년생 특유의 긴장과 어설픔이 하루를 채우고 있었다. 그 무렵 아버지는 불치의 지병으로 병원에 입원하셨다. 의사의 설명은 담담했지만 냉정했다. 더 이상의 회복을 기대하기 어렵다는 말은 시간을 더는 미룰 수 없다는 뜻과 같았다. 결국 아버지는 병원을 떠나 고향집으로 돌아오셨다. 그것은 치료를 포기한 것이 아니라 삶의 마지막 자리를 집으로 옮기는 결정이었다.

어머니는 홀로 아버지의 병간호를 맡으셨다. 밤과 낮의 구분 없이 약을 챙기고 식사를 돕고 몸을 돌보는 시간이 이어졌다. 하루가 다르게 쇠해 가는 아버지를 바라보는 어머니의 얼굴에는 피로가 겹겹이 쌓여 있었다. 그러나 감정은 쉽게 드러나지 않았다. 자식들에게 걱정을 얹지 않으려는 마음이 먼저였고 무너지는 모습을 보이지 않으려는 결심이 뒤에 있었다. 그 시기 나는 처음으로 '버팀목'이라는 존재가 사라질 수 있다는 사실을 실감했다. 그리고 그 빈자리가 언젠가 나에게 넘어올 수 있다는 생각이 마음 깊은 곳에서 조용히 고개를 들었다.

어느 날 어머니의 전화가 걸려 왔다.

"도화야, 아버지가 많이 약해지셨다."

짧은 말이었지만 그 안에는 긴 설명이 필요 없는 의미가 담겨 있었다. 나는 그 말을 듣는 순간 이미 상황을 알고 있었다. 임종이 멀지 않았다는 사실을 받아들이는 데에는 긴 생각이 필요하지 않았다. 전화를 끊고 한동안 움직이지 못했다. 아직은 아버지의 조언이 더 필요했고 아직은 그 침묵의 그늘 아래에 머물고 싶었기 때문이다.

고향집으로 향하는 길에서 과거의 장면들이 이어지듯 떠올랐다. 표창장을 받을 때마다 먼발치에서 지켜보던 모습, 방황하던 시절에도 크게 꾸짖지 않고 시간을 주던 태도, 말 대신 기다림으로 나를 붙들어 주던 순간들이 스쳤다. 아버지는 앞에 나서는 사람이 아니었다. 대신 묵묵히 자리를 지키는 사람이었다. 나는 그 침묵이 보호였다는 사실을 그제야 또렷하게 깨달았다. 보호는 말로 설명하지 않아도 삶의 모습으로 남는다는 것을 그때 알게 되었다.

집 안의 공기는 무겁게 가라앉아 있었다. 어머니는 나를 보며 반가움과 안도감을 동시에 드러냈지만, 얼굴에는 깊은 피로가 묻어 있었다. 아버지의 손은 이미 가늘어져 있었고 한때 나를 붙들던 힘은 거의 남아 있지 않았다. 그 손은 단지 쇠약해진 몸이 아니라 하나의 역할이 마무리되고 있다는 신호처럼 느껴졌다. 나는 그 곁에 앉아 아무 말 없이 그 손을 바라보았다. 말은 필요하지 않았고 시간만이 또렷하게 흐르고 있었다.

그때 어머니가 조용히 말했다.

"지 아버지, 이 돈 지 아버지가 직접 아들 도화 차비라도 줘서 보내요."

그 말은 단순한 제안이 아니었다. 어머니는 아버지의 손에 돈을 쥐여 주며 마지막까지 '주는 사람'의 자리를 지켜 주고자 했다. 병상에 누운 환자가 아니라 자식을 챙기는 아버지로 남게 하려는 배려였다. 나는 그 장면에서 사랑의 또 다른 모습을 보았다.

**'사랑은 대신해 주는 것이 아니라 마지막까지 자신의 자리를 지킬 수 있도록 돕는 일이라는 사실을.'**

아버지는 힘겹게 손을 들어 내게 돈을 건넸다. 그 버스비는 단순한 차비가 아니었다. 그것은 자리의 상징이었고 역할을 넘겨주는 표시였다. 나는 그 손길에서 말 없는 뜻을 읽었다. 이제는 네가 감당하라는, 이제는 네가 그 자리를 지키라는 뜻이었다. 울음이 나오지 않았던 이유는 슬픔이 없어서가 아니었다. 책임의 무게가 먼저 내려앉았기 때문이었다. 기대던 자리가 사라지는 순간, 나는 더 이상 그늘 아래에만 머물 수 없다는 사실을 알게 되었다.

그날 이후 나는 '책임'이라는 말을 다시 생각하게 되었다. 책임은 큰 목소리로 외치는 결심이 아니었다. 마지막 순간까지 자신의 자리를 지키는 태도였다. 아무것도 해 줄 수 없는 상황에서도 할 수 있는 것을 찾아 건네는 마음이었다. 어머니는 아버지의 체면을 지켜 주었고 아버지는 끝까지 아버지로 남았다. 그 모습은 나에게 하나의 기준으로 남았다. 관계는 마지막 순간에서 그 본모습이 드러난다는 사실을 나는 그 자리에서 배웠다.

지금 나는 누군가의 앞에 서는 위치에 있다. 조직을 이끌고 자녀의 선택을 지켜보며 중요한 결정을 내려야 하는 자리에 서 있다. 그럴 때마다 나는 그 가느다란 손을 떠올린다. 그리고 그 손을 움직이게 했던 어머니의 마음을 함께 떠올린다. 나는 스스로에게 묻는다. 나는 지금 누구의 자리를 지켜 주고 있는가. 그리고 언젠가 이 자리를 누구에게 어떤 모습으로 넘겨줄 것인가.

그날 받은 버스비는 오래전에 쓰였다. 그러나 그 의미는 아직 다 쓰이지 않았다. 그것은 돈이 아니라 기준이었고, 자리를 이어받는 선언이었다. 나는 더 이상 보호받는 아들로만 서 있지 않다. 나는 이제 누군가를 지켜 주어야 할 자리에 서 있다.

중요한 결정을 내릴 때마다 나는 그날의 손을 떠올린다. 누군가를 대신 판단하지 않으면서도 끝까지 책임질 수 있는 선택인지 스스로 묻는다. 후배의 실수를 감싸 주되 그의 자리를 대신하지 않으려 애쓴다. 자녀가 흔들릴 때 곧바로 답을 주기보다 스스로 설 수 있도록 시간을 준다.

버스비는 사라졌지만, 자리의 무게는 사라지지 않았다. 나는 이제 누군가에게 마지막까지 '주는 사람'으로 남고 싶다. 그것이 내가 물려받은 자리이고 내가 이어 가야 할 태도이기 때문이다.

# 사라지지 않는 방식

## 기록이 남긴 기준

어느 날 나는 어머니가 계신 고향집으로 향하며 사진기와 비디오카메라를 챙겼다. 특별한 기념일은 아니었고, 누군가 촬영을 부탁한 것도 아니었다. 그러나 설명하기 어려운 예감이 마음 한쪽에 자리 잡고 있었다. 언젠가는 이 집도 이 마당도 부엌의 연기 냄새도 사라질지 모른다는 생각이었다. 나는 그 사라짐을 막을 수 없다는 사실을 알고 있었다. 그렇다고 아무 흔적 없이 보내고 싶지는 않았다. 그래서 나는 기록하기로 했다. 그 결정은 감상에 젖은 선택이 아니라 시간을 대하는 태도의 문제였다.

어머니가 밥을 짓는 모습, 마루에 앉아 쉬는 장면, 텃밭을 둘러보며 허리를 펴는 순간을 나는 세심하게 카메라에 담았다. 거창한 사건은 없었고, 특별한 연출도 없었다. 오히려 평범한 장면일수록 더 오래 남겨야 한다는 생각이 들었다. 오래된 벽과 삐걱거리는 문소리, 창문 틈으로 스머드는 빛까지도 놓치고 싶지 않았다. 기록은 특별한 장면을 남기는 일이 아니라 사라질 일상을 붙드는 일이라는 사실을 그날 분명히 알게 되었다. 나는 그 일상의 무게가 언젠가 나를 지탱할 힘이 되리라는 것을 예감하고 있었다.

어머니는 카메라를 의식하며 가끔 웃으셨다. 겉으로는 무심한 듯 보였지만 자세를 바로잡고 표정을 정리하는 모습이 눈에 들어왔다.

"왜 그렇게 찍어대니, 엄마 죽고 나면 보려고 그러냐?"

그렇게 말씀하시면서도 한 번 더 미소를 지어 보이셨다. 그 말은 농담처럼 들렸지만 그 안에는 자식의 기억 속에 남을 자리를 스스로 정돈하려는 마음이 담겨 있었다. 늙은 얼굴을 감추려는 허영이 아니라 남겨질 모습에 대한 책임이었다. 나는 그 순간 어머니가 기록을 단순한 촬영으로 여기지 않는다는 것을 알았다.

카메라를 들고 있었지만, 마음이 가볍지는 않았다. 기록한다는 것은 이미 사라질 가능성을 받아들이는 일이기 때문이다. 붙잡고 싶다는 마음은 동시에 잃을 수 있다는 사실을 전제로 한다. 나는 살아 계신 어머니를 바라보면서도 이미 이별 이후를 생각하고 있었다. 그 모순이 마음을 무겁게 만들었다. 그러나 나는 그 무게를 피하지 않기로 했다. 시간을 피한다고 해서 시간이 멈추지는 않기 때문이다.

훗날 고향집은 정리되었고, 어머니도 우리 곁을 떠나셨다. 빈 마당과 식어 버린 부엌을 바라보며 한동안 움직이지 못했다. 그리고 그때 찍어 두었던 영상을 다시 꺼내 보았다. 화면 속 어머니는 여전히 마루에 앉아 있었고 텃밭을 둘러보며 허리를 펴고 있었다. 카메라를 향해 어색하지만 밝게 웃고 있었다. 그 미소는 단순한 표정이 아니라 남겨진 사람에게 건네는 마지막 태도처럼 느껴졌다.

그날 어머니는 내게 이렇게 말씀하셨다.

"도화야, 엄마가 없어도 엄마는 늘 너를 지켜보고 성원을 보낸다는 걸 잊지 마라."

그 말은 위로이면서 동시에 약속이었다. 존재가 사라져도 관계는 사라지지 않는다는 뜻이었다. 나는 그 말을 단순한 위안으로 듣지 않았다. 그것은 삶을 흔들리지 않게 붙드는 기준처럼 다가왔다. 사라짐은 끝이 아니라 방식이 바뀌는 일일 수 있다는 생각이 그때 또렷해졌다.

나는 그 이후 기록의 의미를 다시 생각하게 되었다.

'기록은 추억을 보존하는 기술이 아니라 기준을 남기는 방식이다.'

영상 속 어머니의 얼굴을 보는 것이 아니라 나를 믿어 주던 태도를 다시 마주하는 일이다. 어머니의 말투보다 더 또렷하게 남아 있는 것은 판단의 방향이었다. 나는 중요한 결정을 앞두면 그 영상을 떠올린다. 누군가가 나를 감시하고 있다는 두려움 때문이 아니라 나를 믿어 주던 사람이 있었다는 사실을 기억하기 위해서다.

기록은 과거를 붙잡아 두는 것이 아니다. 오히려 지금의 나를 돌아보게 하는 거울이다. 내가 남기는 말과 행동이 언젠가 누군가의 기준이 될 수 있다는 사실을 깨닫게 한다. 어머니가 카메라 앞에서 자세를 바로잡았던 이유도 여기에 있다고 믿는다. 남겨질 자리를 스스로 정돈하는 태도, 그것이 기록의 본질이다. 사라짐을 두려워하기보다 사라진 이후에도 남을 방식을 선택하는 일이다.

조직을 이끌고 책임을 감당하는 자리에서 나는 이 원리를 의식한다. 기록은 결과를 자랑하기 위해 남기는 것이 아니라 과정을 돌아보기 위해 남기는 것이다. 나는 나의 선택이 누군가에게 설명이 아니라 기준으로 남기를 바란다. 그래서 말의 결을 낮추고 약속을 신중히 하며 결정의 이유를 분명히 하려 애쓴다. 기록은 결국 태도가 쌓여 가는 과정이라는 사실을 나는 알고 있기 때문이다.

지금 나는 안다. 그날 내가 기록한 것은 어머니의 모습이 아니라 어머니가 남기고 싶었던 방식이었다는 것을. 집은 사라졌지만, 기준은 사라지지 않았다. 존재는 떠났지만, 태도는 남았다. 그리고 그 태도는 지금도 내 판단의 기준으로 이어지고 있다.

나는 중요한 결정을 앞두면 그 영상을 떠올린다. 어머니가 카메라를 향해 자세를 바로잡던 그 순간처럼 나 또한 누군가의 기억 속에 남을 모습을 선택하고 있는지 스스로 묻는다. 후배 앞에서 말의 결을 낮추고 자녀 앞에서 서두르지 않으려 애쓰는 이유도 그 기록이 남긴 기준 때문이다.

나는 남겨질 사람으로서가 아니라 남길 사람으로서 살아가고 싶다. 기록은 화면에 남아 있지만 방식은 나를 통해 계속 이어지고 있다. 그리고 나는 오늘도 사라지지 않는 태도를 선택하려 한다.

# 드러내지 않아도 드러나는 힘

## 체면과 허세를 가르는 기준

어머니는 사람을 대하는 자리에 서면 말수가 줄어들었다. 집 안에서는 웃음도 많고 농담도 하셨지만, 바깥에서는 몸가짐이 더욱 단정해졌다. 나는 어린 시절 그 변화가 낯설었다. 왜 굳이 말을 아끼고 표정을 가다듬어야 하는지 이해하지 못했다. 시간이 지나서야 알게 되었다. 어머니에게 바깥은 자신을 드러내는 자리가 아니라 자신을 돌아보는 자리였다는 사실을. 그 자리는 남을 이기기 위한 공간이 아니라 관계를 오래 이어 가기 위한 공간이었다.

마을 사람들과 모이는 자리에서 어머니는 자신의 형편을 과장하지도, 축소하지도 않았다. 묻지 않으면 먼저 설명하지 않았고 필요 이상으로 감정을 드러내지도 않았다. 대신 상대의 말을 끝까지 듣고 짧고 분명하게 답했다. 그 태도에는 조급함이 없었다. 말이 많지 않아도 존재감이 흐려지지 않았다. 나는 그 모습에서 체면이란 목소리의 크기가 아니라 태도의 균형이라는 사실을 배웠다. 그 균형은 소리보다 오래 남는 힘이었다.

어머니는 허세를 경계하셨다. 그러나 그것을 단순히 형편을 감추는 행동으로 보지 않으셨다. 허세는 남을 속이기보다 자신을 속이는 일이라고 하셨다. 감당할 수 없는 약속을 하거나 지킬 수 없는 말을 앞세우는 순간 이미 자신의 얼굴을 잃는 것이라고 말씀하셨다. 그 말은 내 안에 오래 남았다. 허세는 타인의 시선을 얻기 위한 선택처럼 보이지만 결국 자신의 기준을 무너뜨리는 일이기 때문이다.

한번은 마을 어른들 사이에 사소한 다툼이 벌어진 적이 있었다. 각자의 체면을 세우려다 말이 높아졌고 자존심이 부딪히는 상황이었다. 그 자리에서 어머니는 목소리를 높이지 않았다. 상대의 말을 충분히 들은 뒤 짧고 분명한 말로 상황을 정리했다. 그 말은 길지 않았지만 분위기를 가라앉히기에 충분했다. 나는 그때 체면이란 상대를 누르는 힘이 아니라 관계가 무너지지 않도록 중심을 잡는 힘이라는 사실을 처음으로 깨달았다.

허세는 즉각적인 인정을 원한다. 그래서 말이 빠르고 약속이 크며 표정이 과하다. 그러나 체면은 시간을 건딘다. 오늘의 박수보다 내일의 신뢰를 먼저 생각한다. 어머니는 누군가 자신을 가볍게 대하는 듯한 말을 해도 감정으로 대응하지 않았다. 대신 해야 할 말은 분명히 하되 선을 넘지 않았다. 나는 그 모습을 보며 자존심과 자존의 차이를 배웠다. 자존심이 상처를 막기 위해 날을 세우는 것이라면 자존은 자신의 기준을 지키기 위해 균형을 잡는 일이다.

어머니는 종종 말씀하셨다.

"사람은 겉으로 세워지는 게 아니다."

그 말은 재산이나 지위에 대한 이야기가 아니었다. 사람이 서는 자리는 결국 태도 위라는 뜻이었다. 허세는 겉을 키워 잠시 서 있는 것처럼 보이지만 체면은 안을 바로 세워 오래 서 있게 만든다. 나는 그 말을 세월이 흐른 뒤에서야 이해하게 되었다. 겉의 크기가 아니라 안의 기준이 사람을 세운다는 사실을.

사회에 나와 나는 다양한 사람을 만났다. 화려한 언어와 큰 약속으로 주목받는 이도 있었고 조용히 약속을 지켜 신뢰를 쌓는 이도 있었다. 처음에는 화려함이 더 크게 보였다. 그러나 시간이 흐르자 남는 것은 말의 크기가 아니라 약속을 지키는 태도였다. 그때마다 나는 어머니의 모습을 떠올렸다. 드러내지 않아도 드러나는 힘이 무엇인지 이미 보고 자랐기 때문이다.

사업을 하며 협상 자리에 앉을 때도 마찬가지였다. 상대를 압도하려는 말보다 지킬 수 있는 조건을 분명히 하는 것이 더 중요하다는 사실을 경험으로 배웠다. 한 번의 요란한 성과보다 여러 번의 신뢰가 더 큰 자산이 되었다. 허세는 단기간의 이익을 남길 수 있지만 체면은 오래 이어지는 관계를 남긴다. 나는 점점 후자를 선택하게 되었다. 숫자가 아니라 신뢰가 회사를 지탱한다는 사실을 몸으로 알게 되었기 때문이다.

체면은 남의 눈을 의식하는 행동이 아니다. 오히려 자신이 선을 지키는 일이다. 허세는 비교에서 시작되지만, 체면은 기준에서 시작된다. 허세는 상대를 이겨야 성립하지만, 체면은 자신을 지켜야 유지된다. 이 차이를 구분하는 순간 선택의 방향이 달라진다. 나는 그 구분이 리더십의 본질과도 닿아 있다고 생각한다.

나는 한 번 계약을 앞두고 과장된 성과를 제시하라는 권유를 받은 적이 있다. 조금만 부풀리면 더 큰 기회를 얻을 수 있다는 말이었다. 그 순간 나는 잠시 흔들렸다. 속도를 앞세우고 싶은 마음이 올라왔다. 그러나 어머니의 말이 떠올랐다. 감당할 수 없는 약속은 결국 자신을 잃게 만든다는 말이었다. 나는 수치를 낮추었다. 속도는 느려졌지만 관계는 오래 남았다. 그 선택은 단기적인 성과보다 오래가는 신뢰를 남겼다.

지금 나는 중요한 결정을 앞두면 먼저 묻는다. 이 선택이 나를 더 크게 보이게 하기 위한 것인가, 아니면 나를 더 흔들리지 않게 하기 위한 것인가. 나는 후자를 택하려 한다. 체면은 상대를 설득하는 기술이 아니라 자신을 지키는 기준이라는 사실을 알고 있기 때문이다. 겉이 아닌 안을 세우는 힘은 결국 드러나기 마련이다. 나는 그 사실을 경험으로 확인해 왔다.

어머니는 빛을 좇지 않았다. 그러나 어둠 속에서도 기준을 잃지 않았다. 나는 그 기준 위에 서 있으려 한다. 허세가 잠시 앞서 보일 수는 있어도 결국 남는 것은 태도다. 드러내지 않아도 드러나는 힘은 겉을 키운 사람이 아니라 안을 지킨 사람에게서 나온다. 그리고 나는 오늘도 선택한다. 크게 보이는 길이 아니라 오래가는 길을. 그것이 내가 이어받은 체면의 방식이고 내가 지켜야 할 기준이기 때문이다.

# 결단의 깊이

## 기다림이 만드는 신뢰의 깊이

어머니는 나를 서두르게 하지 않았다. 무엇을 결정하든, 어떤 도전을 시작하든 속도를 재촉하는 말은 거의 하지 않았다. 대신 일정한 거리를 유지한 채 묵묵히 시간을 견디는 쪽을 선택했다. 어린 나는 그 태도가 답답하게 느껴질 때도 있었다. 왜 더 강하게 밀어붙이지 않는지, 왜 더 적극적으로 방향을 정해 주지 않는지 이해하지 못했다. 그러나 시간이 지나며 알게 되었다. 어머니의 기다림은 소극적인 방관이 아니라 신뢰를 끝까지 지켜 내는 적극적인 선택이었다.

나는 여러 번 조급해졌다. 성과가 눈에 보이지 않을 때, 결과가 기대에 미치지 못할 때 자신을 몰아붙였다. 조급함은 마치 성실함의 다른 이름처럼 느껴졌다. 빨리 움직여야 책임 있는 사람처럼 보일 것 같았다. 그럴 때마다 어머니는 흔들림 없는 얼굴로 짧게 말씀하셨다.

"시간이 필요하다."

그 말은 속도를 늦추라는 지시가 아니었다. 과정을 믿으라는 뜻에 가까웠다. 결과가 늦어질 수는 있어도 방향이 틀리지 않았다면 기다릴 수 있다는 의미였다.

기다림은 아무것도 하지 않는 시간이 아니다. 그것은 상대의 가능성을 의심하지 않는 상태를 유지하는 시간이다. 조급함은 결과를 향해 달려가지만, 기다림은 사람을 향해 머문다. 어머니는 나의 현재 모습만을 보지 않았다. 아직 드러나지 않은 가능성까지 함께 보았다. 그래서 쉽게 실망하지 않았고 성급히 평가하지도 않았다. 그 시선은 나를 느슨하게 만들지 않았다. 오히려 나는 나를 돌아보았다.

한번은 실패의 문턱에서 크게 흔들린 적이 있다. 기대했던 결과를 얻지 못했을 때 나는 자신을 의심하기 시작했다. 방향까지 틀렸다고 단정하고 싶어졌다. 그때 어머니는 해결책을 제시하지 않았다. 대신 "조금 더 해 보자"라는 말을 남겼다. 그 말은 막연한 위로가 아니었다. 신뢰가 아직 거두어지지 않았다는 신호였다. 나는 그 신호를 붙잡고 다시 시작했다. 기다림이 나를 다시 일어서게 한순간이었다.

기다림은 상대를 존중하는 행동이기도 하다. 서두르지 않는다는 것은 상대의 속도를 인정한다는 뜻이기 때문이다. 어머니는 나를 다른 사람과 비교하지 않았다. 속도를 재며 자극하지도 않았다. 대신 나의 흐름을 지켜보며 그 안에서 성장할 시간을 허락했다. 비교는 긴장을 만들지만 기다림은 중심을 만든다. 나는 그 중심 위에서 비로소 흔들림을 줄일 수 있었다.

조급함은 불안을 바탕으로 한다. 불안은 통제를 낳고 통제는 관계를 긴장시킨다. 통제는 겉으로는 질서를 만드는 것처럼 보이지만 안에서는 위축을 만든다. 반면 기다림은 신뢰를 바탕으로 한다. 신뢰가 있기에 속도를 늦출 수 있다. 어머니는 나의 성장이 더뎌 보일 때도 신뢰를 거두지 않았다. 그 신뢰는 나를 방치하지 않았다. 오히려 나 스스로 기준을 세우도록 이끄는 조용한 힘이 되었다.

사회에 나와 나는 속도의 압박을 자주 경험했다. 성과는 빠를수록 좋다는 생각이 자연스럽게 받아들여졌다. 빠르게 결론을 내리는 사람이 유능하다는 평가를 받았다. 그러나 나는 어머니의 기다림을 기억했다. 속도는 경쟁을 만들지만 방향은 지속을 만든다는 사실을 이미 배웠기 때문이다. 조급함은 단기적인 성취를 만들 수 있지만 기다림은 흔들리지 않는 토대를 만든다.

조직을 이끄는 자리에서도 같은 고민을 한다. 성과를 앞당기고 싶은 순간이 있다. 숫자가 지연되면 마음도 함께 흔들린다. 그러나 성과를 밀어붙이면 판단의 깊이가 얕아질 수 있다. 나는 가능한 한 구성원에게 시간을 준다. 스스로 문제를 정의하고 해결하도록 기다린다. 그 시간은 방치가 아니라 신뢰를 이어 가는 과정이다. 기다림은 관리의 공백이 아니라 관계를 세워 가는 방식이다.

나는 한 번 성과가 더디다는 이유로 후배를 교체하라는 제안을 받은 적이 있다. 결과만 보면 설득력 있는 판단이었다. 조직이 효율을 위해 빠른 교체가 합리적으로 보였다. 그러나 나는 그를 바로 바꾸지 않았다. 대신 시간을 더 주기로 했다. 그의 방식과 고민을 끝까지 들어 보았다. 몇 달 뒤 그는 자신의 속도로 결과를 만들어 냈다. 그날 나는 확신했다. 기다림은 시간을 버리는 일이 아니라 사람을 세우는 일이라는 사실을.

기다림은 사람의 품격을 드러낸다. 상대를 믿지 않으면 오래 기다릴 수 없다. 의심이 앞서면 통제가 시작되고 통제가 반복되면 관계는 위축된다. 어머니는 의심보다 신뢰를 선택했다. 그래서 나에게 시간을 허락했다. 그 시간이 나를 조급함에 휘둘리지 않는 사람으로 만들었다. 나는 그 태도를 이제야 온전히 이해하게 되었다.

지금도 나는 중요한 선택 앞에서 서두르지 않으려 한다. 결과를 앞당기기보다 기준을 먼저 점검한다. 시간이 필요한 일에는 시간을 허락한다. 기다림은 소극적인 태도가 아니라 신뢰를 끝까지 지켜 내는 결단이라는 사실을 나는 알고 있다. 결단은 빠르게 결정하는 힘이 아니라 기준을 지키며 기다릴 수 있는 힘이다.

어머니는 나를 재촉하지 않았다. 대신 나를 믿었다. 그 믿음이 나를 움직이게 했다. 나는 이제 누군가를 믿어 주는 자리에 서 있다. 빠르게 몰아붙이기보다 끝까지 기다릴 수 있는 사람이 되려 한다. 기다림이 만드는 깊이는 속도가 만들 수 없는 신뢰를 남긴다. 그리고 나는 오늘도 그 신뢰의 방식 위에서 선택하고 있다.

# 위기를 건너는 시선

## 삶을 통과하며 남은 한마디

사람의 삶에는 수많은 말이 스쳐 지나간다. 위로의 말도 있고, 충고의 말도 있으며, 때로는 상처로 남는 말도 있다. 그러나 시간이 흘러도 사라지지 않는 말은 많지 않다. 오래 남는 말은 대개 삶의 방향을 바꾸어 놓은 말이다. 짧지만 선택의 기준이 되고, 흔들릴 때마다 다시 붙잡게 되는 말이다. 나에게도 그런 말이 하나 있다. 길지 않았지만, 이후의 선택을 붙들어 준 기준이 된 말이다.

어머니가 내게 남긴 말은 이것이었다.

"사람은 어려울수록 얼굴을 들고 살아야 한다."

처음 그 말을 들었을 때 나는 그 깊이를 이해하지 못했다. 어려운 상황에서 고개를 든다는 것이 과연 가능한 일인지 의문이 들었다. 고개를 든다는 것이 무모함인지 체면인지, 아니면 단순한 고집인지 분간되지 않았다. 그러나 어머니는 그 뜻을 길게 설명하지 않았다. 대신 자신의 삶으로 보여 주었다. 형편이 어려워질수록 말은 더 단정해졌고 표정은 더 흐트러지지 않았다. 나는 그 반복을 보며 조금씩 그 뜻을 이해하게 되었다.

그 말은 자존심을 지키라는 뜻이 아니었다. 남들 앞에서 체면을 세우라는 의미도 아니었다. 상황이 힘들다고 해서 자신을 낮추지 말라는 당부에 가까웠다. 외부의 조건이 태도까지 무너뜨리게 두지 말라는 경계였다. 어려움은 환경일 수 있지만 자세는 선택이라는 뜻이었다. 얼굴을 든다는 것은 결과를 이기라는 말이 아니라 자신을 잃지 말라는 뜻이었다.

사회에 첫발을 내딛던 시기 나는 여러 번 좌절을 경험했다. 능력이 부족하다는 평가를 받기도 했고, 기대에 미치지 못하는 결과를 마주하기도 했다. 그럴 때마다 마음은 먼저 움츠러들었다. 사람들 앞에 서기보다 뒤로 물러나고 싶었다. 그러나 어머니의 말이 떠올랐다. "어려울수록 얼굴을 들어라." 그 말은 나를 공격적으로 만들지 않았다. 대신 도망치지 않게 했다.

고개를 든다는 것은 완벽하다는 뜻이 아니다. 그것은 결과와 상관없이 정면에 서겠다는 태도다. 나는 그 말을 붙잡고 다시 사람들 앞에 섰다. 부족함을 인정하되 존재까지 작게 만들지는 않으려 했다. 실패를 받아들이되 자신까지 부정하지 않으려 했다. 그 태도가 나를 무너지지 않게 했다. 자세가 흐트러지지 않으면 다시 시작할 수 있다는 사실을 그때 배웠다.

사업을 시작한 이후에도 같은 장면은 반복되었다. 거래가 성사되지 않거나 판단이 어긋난 날에는 자책이 먼저 찾아왔다. 그럴수록 나는 자세를 바로 세우려 애썼다. 감정에 기대어 숨기기보다 상황을 차분히 설명하려 했다. 고개를 든다는 것은 거만해지는 일이 아니라 책임을 피하지 않는다는 뜻이었다. 나는 그 다짐을 스스로에게 반복했다.

한번은 큰 손실이 발생한 적이 있다. 거래처의 문제로 계약이 중단되었고 주변에서는 책임을 피하라는 조언도 들렸다. 잠시 고개를 숙이고 싶었다. 설명을 미루고 싶었고 시간이 지나 상황이 잊히길 바랐다. 그러나 나는 회의를 열어 사실을 그대로 공유했다. 잘못된 판단은 인정하고 보완할 방향을 함께 점검했다. 그날 나는 알았다. 고개를 든다는 것은 강해 보이는 일이 아니라 도망치지 않는 일이라는 것을. 그 이후 팀의 신뢰는 오히려 더 깊어졌다.

그 말은 관계 속에서도 작용했다. 오해가 생기거나 억울한 상황을 마주했을 때 나는 먼저 스스로에게 묻는다. 지금 나는 얼굴을 들고 말할 수 있는가. 변명으로 숨지 않고 사실을 정면으로 설명할 수 있는가. 고개를 든다는 것은 상대를 이기는 일이 아니라 자신을 잃지 않는 일이라는 사실을 나는 점점 이해하게 되었다. 태도를 바로 세우는 일이 결국 관계를 지키는 길이라는 것도 알게 되었다.

세월이 흐르면서 나는 한 가지를 분명히 알게 되었다. 얼굴을 든다는 것은 자신을 존중하는 일이다. 어려움이 나의 전부가 되지 않도록 선을 긋는 일이다. 결과가 좋지 않아도 존재의 가치는 줄어들지 않는다는 선언이다. 그 선언이 나를 지켜 주었다. 환경은 흔들릴 수 있지만 태도는 스스로 선택할 수 있다는 사실을 나는 경험으로 확인했다.

나는 이제 누군가를 이끄는 위치에 서 있다. 후배가 실패 앞에서 고개를 숙이고 있을 때 나는 말한다.

“결과가 전부는 아니다. 먼저 자세를 세워라.”

그 말은 어머니의 가르침에서 시작되었다. 나는 그 말을 나의 언어로 바꾸어 다음 세대에게 전하고 있다. 한마디는 그렇게 사람을 거치며 이어진다. 삶을 지나며 한 세대에서 다음 세대로 전해진다.

어머니는 거창한 유산을 남기지 않았다. 그러나 이 한마디는 오랜 시간 나를 지탱해 왔다. 위기 앞에서 나를 바로 세웠고 성취 앞에서 나를 과장되지 않게 했다. 고개를 든다는 것은 결국 중심을 지키는 일이다. 흔들림 속에서도 자신을 함부로 낮추지 않는 태도다.

지금도 나는 어려운 순간이 오면 그 말을 다시 떠올린다. 상황을 탓하기 전에 내 자세를 점검한다. 얼굴을 들 수 있는 선택인지 스스로에게 묻는다. 그 말은 과거의 기억이 아니라 현재의 기준으로 작용한다. 어머니가 남긴 가장 분명한 유산은 거대한 재산이 아니었다. 어려울수록 얼굴을 들라는 그 한마디였다. 나는 오늘도 그 말 위에서 나를 세우고 있다.

# 중심이 다시 서는 순간

## 흔들림 속에서 돌아가는 자리

어머니는 늘 "어떻게 될지"보다 "어떻게 서 있을지"를 먼저 보셨다. 집안 형편이 어려웠던 시절에도 상황을 핑계로 태도를 흐트러뜨리는 법이 없었다. 해야 할 일은 묵묵히 해냈고, 말은 필요 이상으로 길어지지 않았다. 어린 시절 나는 그 모습을 특별한 가르침으로 여기지 못했다. 그저 성실한 생활 태도라고만 생각했다. 그러나 세월이 흐른 뒤에야 나는 그 장면들이 하나의 기준이었음을 이해하게 되었다. 그것은 결과를 통제하려는 방식이 아니라 자신이 설 자리를 먼저 정리하는 삶의 태도였다.

어머니가 중요한 날마다 먼저 자신을 낮추던 모습은 지금도 또렷하다. 명절과 기일, 가족이 앞날을 고민하던 자리에서 어머니의 말은 짧았고 행동은 정갈했다. 그 태도에는 "내가 다 할 수 없다"라는 인식이 담겨 있었다. 겸손은 작아지는 일이 아니라 자신의 크기를 정확히 아는 일이라는 사실을 나는 그 장면을 통해 배웠다. 상황이 좋을 때도 과장하지 않았고 어려울 때도 비굴해지지 않았다. 어머니의 태도는 자신의 위치를 분명히 아는 사람만이 가질 수 있는 안정감이었다.

결정의 순간에도 어머니는 같은 기준을 지켰다. 판단은 각자의 몫으로 남겨 두었지만 결정 이후의 태도는 끝까지 지켜보았다. 실수는 받아들였지만, 방치는 허용하지 않았다. "해 보자"라는 말 뒤에는 언제나 "끝까지 정리하라"는 뜻이 함께 있었다. 나는 그 과정을 거치며 책임이란 죄책감이 아니라, 마무리하는 힘이라는 사실을 알게 되었다. 선택은 순간이지만 책임은 시간을 통해 드러난다는 점을 몸으로 배웠다. 책임은 벌이 아니라 흐트러진 것을 바로잡는 일이라는 사실도 그때 이해했다.

관계를 대하는 태도 역시 달라지지 않았다. 형편이 넉넉하지 않아도 사람을 대하는 말투와 자세를 흐트러뜨리지 않았다. 작은 정성이라도 단정히 준비했고, 감정이 격해질수록 말의 온도를 낮추었다. 체면은 허세가 아니라 관계를 지키는 최소한의 품격이라는 사실을 어머니는 삶으로 보여 주었다. 나는 그 장면을 떠올릴 때마다 말의 모습이 곧 관계의 방향이 된다는 점을 다시 생각하게 된다. 관계는 감정이 아니라 태도가 쌓이며 만들어진다는 것을 나는 경험으로 확인했다.

어머니의 약속은 크지 않았지만, 가벼운 적도 없었다. 한 번 한 말은 지키려 했고 갚아야 할 것은 가능한 한 먼저 정리했다. 도움받으면 반드시 마음을 전했고 줄 수 있을 때는 조용히 베풀었다. 신뢰는 단번에 만들어지지 않고 반복되는 태도에서 쌓인다는 사실을 나는 그 일상에서 배웠다. 화려한 성취보다 일관된 태도가 더 오래 남는다는 교훈이었다. 신뢰는 말로 세워지는 것이 아니라 시간이 쌓이며 만들어진다는 사실을 나는 어머니를 통해 배웠다.

이 모든 장면은 따로 떨어져 있지 않았다. 겸손이 무너지면 책임이 흔들렸고 책임이 흔들리면 말이 거칠어졌으며 말이 거칠어지면 신뢰가 오래가지 못했다. 나는 그 연결을 시간이 흐른 뒤에야 이해했다. 그래서 흔들릴 때면 한 가지만 고치려 하지 않고 전체를 함께 돌아보려 한다. 내가 과장되고 있지는 않은지, 책임을 미루고 있지는 않은지, 말이 거칠어지지는 않았는지, 약속이 느슨해지지는 않았는지를 함께 점검한다. 이 점검은 감정적인 반성이 아니라 기준을 다시 세우는 일에 가깝다. 중심은 감정의 안정이 아니라 기준을 다시 바로 세우는 데 있다는 사실을 나는 이 과정을 통해 배웠다.

성공의 순간에도 이 기준은 필요하다. 일이 잘 풀리면 자신이 모든 것을 만든 것처럼 착각하기 쉽다. 그 착각이 겸손을 지우고 겸손이 사라지면 말이 달라지며 말이 달라지면 관계가 변한다. 결국 신뢰에 금이 간다. 나는 어머니의 삶을 통해 그 흐름을 보았다. 그래서 잘될 때일수록 더 조용히 나를 돌아보려 한다. 중심을 잃지 않기 위해 속도를 낮추고 말의 결을 다듬는다.

위기 앞에서는 더욱 그렇다. 급한 마음은 판단을 흐리게 하고 흐려진 판단은 더 큰 손실을 남긴다.

"어려울수록 얼굴을 들고 살아라"

어머니가 이같이 말씀하신 이유는 고집을 세우라는 뜻이 아니었다. 태도를 지키라는 뜻이었다. 나는 위기일수록 말의 속도를 늦추고 책임의 순서를 먼저 세우며 약속을 흐리지 않으려 애쓴다. 그렇게 해야 위기가 지나간 뒤에도 사람이 남는다는 사실을 어머니의 삶에서 배웠기 때문이다.

한번은 판단의 오류로 손실이 발생한 적이 있다. 그 책임이 나에게 있다는 것을 알면서도 잠시 상황을 외부 탓으로 돌리고 싶었다. 말을 줄이면 넘어갈 수도 있었고 시간이 지나면 흐려질 일처럼 보였다. 그러나 나는 회의 자리에서 먼저 내 판단의 부족을 인정했다. 변명 대신 다시 점검하겠다고 말했다. 그 순간은 쉽지 않았다. 그러나 그 고백 이후 팀의 분위기는 달라졌다. 나는 그날 알았다. 중심은 실수하지 않는데 있는 것이 아니라 흔들린 뒤에도 다시 돌아오는 데 있다는 것을.

결국 나를 유지해 주는 것은 능력보다 태도다. 능력은 상황에 따라 흔들릴 수 있지만 태도는 점검을 통해 바로 세울 수 있다. 그래서 나는 중요한 판단 앞에서 잠시 멈춘다. 멈춤은 두려움 때문이 아니라 자신을 다시 세우기 위한 선택이다. 그 점검이 끝나야 방향이 또렷해진다. 중심은 새로 만드는 것이 아니라 이미 알고 있는 기준으로 돌아가는 일이라는 사실을 나는 분명히 알고 있다.

나는 이제 안다. 나를 다시 세우는 것은 새로운 방법이 아니라 오래된 기준이라는 것을. 겸손은 나를 제자리로 돌려놓고 책임은 끝까지 마무리하는 사람으로 만들며 예의는 관계를 지켜 주고 신뢰는 시간을 견디게 한다. 나는 흔들릴 때마다 그 기준을 다시 확인한다. 그 확인이 나를 바로 세운다. 그리고 나는 그 자리에서 오늘의 선택을 이어 간다.

# 방식이 인격이 되다

## 어머니를 닮아간다는 것의 의미

사람은 어느 순간 깨닫는다. 부모의 말을 기억하는 것이 아니라 부모의 방식을 따라 살고 있다는 사실을. 나 역시 어느 날 내 말투와 판단의 순서를 돌아보다가 어머니의 흔적을 발견했다. 그것은 의도적으로 흉내 낸 결과가 아니었다. 오랜 시간 보고 겪은 태도가 나도 모르게 내 선택의 기준이 되어 있었다. 닮아간다는 것은 모방이 아니라 쌓여 온 시간의 결과라는 사실을 그때 비로소 이해하게 되었다. 말은 잊힐 수 있지만 방식은 삶 속에 남는다는 것을 나는 그 순간 알게 되었다.

어머니는 집안에 일이 생기면 먼저 움직이던 사람이었다. 문제를 키워 두지 않고 작은 단계에서 정리하려 했다. 갈등이 생기면 감정이 굳기 전에 먼저 말을 건넸고 책임을 미루기보다 자신의 자리를 먼저 확인했다. 나는 그것을 특별한 가르침으로 여기지 못한 채 자랐다. 그러나 시간이 지나 보니 그것은 매우 의식적인 삶의 기준이었다. 태도는 말로 배우는 것이 아니라 반복을 통해 몸에 배는 것이라는 점을 그때 깨달았다.

사업을 운영하던 어느 해 거래처와 큰 오해가 발생한 적이 있다. 상대는 납기 지연의 책임을 우리에게 돌렸고 분위기는 빠르게 경직되었다. 억울함이 먼저 올라왔지만 나는 즉각 반박하지 않았다. 자료를 다시 점검하고 과정부터 정리했다. 반박보다 확인을 먼저 하는 선택이었다. 그 순간 나는 어머니의 방식이 내 안에서 그대로 작용하고 있음을 분명히 느꼈다. 감정은 올라왔지만, 판단의 순서는 흐트러지지 않았다.

어머니는 감정이 높아질수록 말의 온도를 낮추셨다. 언성을 높이면 문제는 해결되지 않고 관계만 상한다는 사실을 알고 계셨다. 나 역시 설명의 순서를 정리하고 필요한 부분은 먼저 인정했다. 그 이후에야 분명히 짚어야 할 부분을 차분히 말했다. 결국 오해는 풀렸고, 거래는 이어졌다. 나는 그 경험을 통해 알았다. 닮아간다는 것은 말의 내용이 아니라 말하는 태도에서 드러난다는 사실을.

가정에서도 같은 모습이 반복되었다. 자녀가 실수를 했을 때 본능적으로 훈계하고 싶은 마음이 앞섰다. 그러나 어머니가 늘 결과보다 이유를 물으셨던 장면이 떠올랐다. 나는 판단을 잠시 미루고 아이의 설명을 들었다. 아이의 관점에서 이해하려 애썼다. 그 과정에서 갈등은 충돌이 아니라 배움의 시간이 되었다. 닮아간다는 것은 세대를 넘어 방식이 이어지는 일이라는 점을 나는 그날 확인했다.

얼마 전 한 후배가 말했다. "대표님은 급한 상황에서도 말이 먼저 낮아집니다." 나는 그 말을 듣고 잠시 멈추었다. 그것이 내 성격이라 생각했지만 실은 오랜 시간 몸에 밴 방식이라는 사실을 또 한 번 깨달았다. 닮아간다는 것은 나의 변화에 그치지 않고 누군가에게 전해지는 과정이기도 하다. 한 세대의 태도가 다음 세대의 기준이 되는 순간이었다.

어머니는 약속을 크게 말하지 않았지만 한 번 한 말은 지키려 하셨다. 작은 빚도 기억했고 도움받으면 반드시 마음을 전했다. 나는 그것을 당연하게 여겼지만, 사회에 나와 보니 그렇지 않았다. 책임과 신뢰는 반복되는 행동 속에서만 만들어진다는 사실을 뒤늦게 실감했다. 그래서 나는 사소한 약속일수록 더 분명히 기록하고 지키려 애쓴다. 그 습관 역시 어머니의 일상에서 비롯된 것이다.

어머니는 성취를 과시하지 않았고 실패를 과도하게 키우지도 않았다. 대신 일상의 균형을 지키려 했다. 나는 어느 순간부터 성과를 말할 때 조심스러워지고 실패를 다룰 때 담담해지고 있음을 느낀다. 그 변화는 전략이 아니라 자연스러운 축적이었다. 태도가 몸에 배면 굳이 설명하지 않아도 드러난다. 설명하지 않아도 보이는 태도가 결국 인격의 바탕이 된다.

닮아간다는 것은 성격이 같아진다는 뜻이 아니다. 판단의 순서가 닮고 말의 흐름이 닮으며 책임을 대하는 방식이 닮는다는 의미다. 나는 중요한 결정을 앞두면 먼저 정리하고 그다음 설명하며 마지막에 감정을 두려 한다. 이 순서는 어머니가 삶에서 보여 준 방식과 닮았다. 그 방식이 내 인격의 바탕이 되었음을 이제는 인정한다. 인격은 타고나는 것이 아니라 반복된 선택이 쌓여 만들어진다는 사실을 나는 분명히 알고 있다.

어머니를 닮는다는 것은 완벽해진다는 뜻이 아니다. 오히려 흔들릴 때 돌아올 자리가 분명해졌다는 의미에 가깝다. 나는 여전히 실수하고 판단을 그르친다. 그러나 회복이 빠르다. 돌아가야 할 기준을 알고 있기 때문이다. 그 자리는 어머니의 방식이 쌓여 만들어진 자리다. 중심은 새로 만드는 것이 아니라 다시 돌아가는 것이라는 사실을 나는 받아들였다.

어머니는 더 이상 내 삶의 앞에 서 계시지 않는다. 그러나 내 판단의 기준 속에서 계속 살아 계신다. 닮아간다는 것은 과거를 그대로 따라 하는 일이 아니라 그 태도를 지금의 삶에 맞게 이어 가는 일이다. 나는 내 시대와 환경 속에서 어머니의 방식을 적용하며 살아가고 있다. 그것이 내가 할 수 있는 가장 성실한 계승이다.

어머니를 기억하는 것만으로는 충분하지 않다. 그 방식을 살아낼 때 비로소 닮았다고 말할 수 있다. 나는 오늘도 말의 순서를 고르고 판단의 속도를 조절하며 책임의 위치를 확인한다.

'선택이 쌓이면 태도가 되고 태도가 쌓이면 인격이 된다.'

그 축적 속에서 나는 조금씩 어머니를 닮아가고 있다. 이제 어머니는 과거의 인물이 아니라 내 삶 속에서 계속 이어지는 방식이 되었다.

# 남겨야 할 것

## 내가 물려줄 기준

시간이 흐르면서 나는 자주 한 질문 앞에 선다. 나는 과연 무엇을 남길 수 있는 사람인가. 성취는 기록으로 남고, 재산은 형태를 바꾸며 세대를 건넌다. 그러나 사람을 오래 지탱하는 것은 눈에 보이는 결과가 아니라 보이지 않는 기준이라는 생각이 점점 분명해진다. 그 기준은 말로 가르쳐지는 것이 아니라 반복되는 태도로 쌓인다. 그래서 나는 무엇을 물려줄 것인가, 보다 어떤 기준을 남길 것인가를 더 깊이 고민하게 되었다. 남길 것의 크기보다 남길 것의 방향이 더 중요하다는 사실을 이제는 안다.

어머니는 특별한 재산을 남기지 않았다. 대신 삶을 대하는 기준을 남겼다. 어려움 속에서도 태도를 흐트러뜨리지 않는 절제, 선택했다면 끝까지 마무리하는 성실, 관계를 가볍게 대하지 않는 신중함, 약속을 쉽게 깨지 않는 일관성이 그것이었다. 나는 그것을 어린 시절에는 당연하게 여겼다. 그러나 세상에 나와 보니 그 태도는 아무 준비 없이 갖추기 어려운 자산이었다. 그것은 돈으로 살 수 없고 짧은 시간에 익힐 수도 없는 종류의 힘이었다.

사업을 운영하며 나는 수많은 갈림길에 섰다. 더 빠른 확장을 선택할 수도 있었고 더 큰 위험을 감수할 수도 있었다. 그러나 나는 감당할 수 있는 범위를 넘지 않으려 애썼다. 눈앞의 성과보다 오래 이어질 신뢰를 먼저 생각했다. 그 판단은 때로 속도를 늦추었지만 방향을 잃게 하지는 않았다. 지금 돌아보면 그것은 어머니에게서 배운 기준을 따랐기 때문이었다. 나는 성과를 키우기보다 기준을 지키는 쪽을 선택해 왔다.

어머니는 결과를 과장하지 않으셨다. 잘된 일은 담담히 받아들이고 잘못된 일은 조용히 바로잡았다. 성취 앞에서 들뜨지 않았고 실패 앞에서 무너지지 않았다. 대신 일상의 균형을 지키려 했다. 나는 그 모습을 오래 보며 자랐다. 그래서 지금도 성과 앞에서는 절제를, 좌절 앞에서는 중심을 먼저 점검하려 한다. 중심이 흐트러지지 않으면 결과는 다시 세울 수 있다는 사실을 믿기 때문이다.

나는 자녀를 바라보며 같은 질문을 던진다. 무엇을 해 주는 것이 도움이 되고, 무엇을 해 주지 않는 것이 더 옳은가. 나는 모든 길을 대신 정해 주지 않으려 한다. 대신 선택의 의미와 그 이후의 책임을 함께 생각하게 하려 한다. 성취를 밀어붙이기보다 태도의 일관성을 더 중요하게 여긴다. 오래 남는 힘은 능력이 아니라 기준이라는 사실을 알고 있기 때문이다.

얼마 전 자녀가 중요한 선택을 앞두고 내게 의견을 구한 적이 있다. 나는 곧바로 답을 주지 않았다. 대신 이렇게 물었다.

"이 선택 이후에도 네가 자신을 존중할 수 있겠느냐"

그는 잠시 생각하더니 고개를 끄덕였다. 나는 그 순간 확신했다.

내가 남기려는 것은 방향이 아니라 판단하는 순서라는 것을. 기준
은 결론이 아니라 생각하는 방식이라는 사실을 다시 확인했다.

어머니는 "잘 살아라"라고만 말하지 않았다. 어떻게 살아야 하는
지를 삶으로 보여 주었다. 힘들어도 말의 온도를 낮추는 법을 보여
주었고, 약속은 작은 것부터 지키는 모습을 보였다. 나는 그 장면
들을 떠올리며 나를 점검한다. 말은 순간을 남기지만 태도는 오래
남는다는 사실을 배웠기 때문이다. 이 기준은 시간이 지나도 사라
지지 않는다.

후배들과 대화를 나눌 때도 같은 기준을 적용하려 한다. 빠른
성공보다 안정된 성장을, 비교보다 자기 관리의 중요성을 먼저 말
한다. 단기적인 평가에 흔들리지 말라고 조언한다. 그 말 속에는
어머니에게서 이어받은 기준이 자연스럽게 담겨 있다. 기준은 설명
으로 전달되는 것이 아니라 반복을 통해 전해진다. 리더가 남기는
것은 결과보다 태도라는 사실을 나는 점점 더 분명히 깨닫고 있다.

나는 네 가지를 남기고 싶다. 자신의 한계를 인정하는 겸손, 선
택을 끝까지 마무리하는 책임, 관계를 존중하는 예의, 그리고 약
속을 지키는 신뢰다. 이 네 가지는 서로 이어져 있다. 겸손이 무너
지면 책임이 흔들리고 책임이 흔들리면 신뢰는 오래가지 못한다.
그래서 나는 이 네 가지를 함께 지키려 한다. 이것이 내가 삶을 살
아가는 기본 기준이다.

세대는 달라지고 환경은 빠르게 변한다. 그러나 사람을 지탱하
는 원리는 크게 달라지지 않는다. 나는 속도의 시대 속에서도 방
향을 잃지 않는 기준을 남기고 싶다. 빠른 결과보다 바른 선택을

먼저 하는 습관을 물려주고 싶다. 그것이 시간이 흘러도 흔들리지 않을 자산이라고 믿는다. 기준은 유행을 타지 않는다.

이제 나는 분명히 안다. 남기는 것은 소유가 아니라 태도라는 사실을. 집은 사라질 수 있고 재산은 줄어들 수 있다. 그러나 태도는 다음 사람의 선택 속에서 다시 살아난다. 어머니의 기준이 내 삶 속에서 이어지듯, 나의 기준 또한 누군가의 판단 속에서 이어지기를 바란다. 계승은 말이 아니라 반복이다.

내가 물려줄 것은 거창한 유산이 아니다. 판단의 순서를 점검하는 습관, 감정보다 태도를 먼저 세우는 절제, 결과보다 관계를 먼저 생각하는 시선이다. 나는 그것을 이어받았고 이제 조용히 이어주려 한다. 소유는 넘겨지지만 태도는 스며든다. 그리고 나는 오늘도 그 스며듦을 의식하며 선택한다. 그것이 내가 선택한 계승의 방식이다.

# 조용한 영향력

## 흔들림 속에서도 흐트러지지 않는 법

어머니는 눈에 띄게 강한 사람이 아니었다. 목소리를 높이거나 자기 뜻을 앞세우는 사람도 아니었다. 그러나 집안의 방향은 늘 어머니를 중심으로 움직이고 있었다. 갈등이 생겨도 균형은 유지되었고 예상치 못한 일이 벌어져도 일상의 흐름은 쉽게 무너지지 않았다. 나는 오랫동안 그 이유를 설명하지 못했다. 시간이 흐른 뒤에야 깨달았다. 어머니는 조용히 중심을 지키는 사람이었다. 그 중심이 겉으로 드러나지 않았을 뿐 집안의 질서는 그 위에서 이어지고 있었다.

어릴 적 집안에 의견이 엇갈리는 일이 생기면 나는 누가 이길지에 더 관심이 많았다. 말이 센 사람이 결국 이긴다고 믿었던 시절이었다. 그러나 어머니는 이기려 하지 않았다. 대신 논쟁이 길어질수록 말을 줄였다. 그리고 꼭 필요한 순간에 한마디만 남겼다. 그 말은 감정을 자극하지 않으면서도 흐름을 바꾸었다. 누구의 체면도 상하게 하지 않으면서 전체의 균형을 다시 세웠다. 나는 그 장면을 여러 번 보면서도 그 힘의 본질을 제대로 알지 못한 채 지나쳤다.

중심을 지킨다는 것은 자기주장을 강하게 내세우는 일이 아니었다. 오히려 자신의 감정을 다스리는 일이었다. 순간의 분노에 휩쓸리지 않고 상황 전체를 바라보는 여유였다. 어머니는 그 여유를 드러내지 않았다. 그러나 그 여유가 집안을 안정시키고 있었다. 중심은 소리로 증명되는 것이 아니라 반복되는 태도로 드러난다는 사실을 나는 뒤늦게 깨달았다.

직장에서 나는 한 번 격한 충돌을 경험한 적이 있다. 회의 자리에서 견해차가 크게 벌어졌고 분위기는 팽팽해졌다. 나는 논리로 이길 자신이 있었다. 그러나 말이 거칠어질수록 문제는 풀리지 않고 더 커졌다. 그때 문득 어머니의 조용한 모습이 떠올랐다. 나는 말의 속도를 늦추었다. 상대의 말을 끝까지 들은 뒤 핵심만 정리해 전달했다. 작은 변화였지만 회의의 흐름은 분명히 달라졌다.

회의가 끝난 뒤 한 동료가 말했다.

"대표님은 감정이 격해질수록 더 차분해지시는 것 같습니다."

나는 그 말을 듣고 잠시 멈추었다. 그것이 의도한 방식이라 생각해 본 적은 없었다. 다만 오랜 시간 보고 익힌 태도가 자연스럽게 몸에 남아 있었을 뿐이다. 그 순간 나는 분명히 알았다. 영향력은 설명으로 생기는 것이 아니라 반복된 태도에서 쌓인다는 사실을.

조용히 중심을 지키는 사람은 감정을 억누르는 사람이 아니다. 감정을 알고 있으면서도 그것에 끌려가지 않는 사람이다. 어머니는 불안이 없었던 것이 아니라 불안을 다스릴 줄 알았던 사람이었다.

나는 그 차이를 뒤늦게 이해했다. 강해 보이는 것과 흔들리지 않는 것은 다르다는 사실도 그때 알게 되었다. 흔들리지 않음은 마음의 기준을 지키는 힘이다.

사업을 운영하며 위기의 순간이 찾아왔을 때도 같은 선택이 필요했다. 예상치 못한 손실이 발생했고, 주변의 시선은 날카로웠다. 나는 억울함을 먼저 설명하고 싶었지만 먼저 내부를 점검하기로 했다. 문제를 정리하고 다시 세울 수 있는 기준을 확인했다. 그 과정은 빠르지 않았지만 조급하지도 않았다. 중심을 잃지 않으면 방향은 다시 찾을 수 있다는 확신이 있었다. 그 확신은 어머니의 태도에서 비롯된 것이었다.

어머니는 힘든 날일수록 생활의 기본을 지켰다. 식사시간을 지켰고, 약속은 가능한 한 맞추었다. 겉으로는 아무 일 없는 듯 보였지만 안에서는 균형을 유지하려 애쓰고 있었다. 나는 그 반복을 통해 배웠다. 중심은 위기 속에서 갑자기 만들어지는 것이 아니라 평소의 습관 속에서 만들어진다는 사실을.

조용한 사람은 종종 약해 보인다. 그러나 오래가는 힘은 대부분 소리를 내지 않는다. 강한 말은 순간을 압도하지만 흔들리지 않는 태도는 시간을 설득한다. 어머니는 강한 표현 대신 흔들리지 않는 선택을 했다. 나는 그 선택을 이어 가고 싶었다. 영향력은 결국 신뢰의 다른 이름이라는 사실을 알게 되었기 때문이다.

가정에서도 나는 같은 고민을 한다. 자녀가 실수했을 때 감정이 먼저 올라온다. 그러나 나는 한 번 숨을 고른다. 중심을 잃은 상태에서 한 말은 오래 남지 않기 때문이다. 조용히 중심을 지키는 사람은 다른 사람을 통제하기보다 먼저 자신의 상태를 바로잡는 사람이다. 나는 그 순서를 배웠다.

어머니는 평생 큰 소리를 남기지 않았다. 그러나 집안의 질서는 유지되었다. 나는 이제 그 이유를 안다. 중심은 드러나는 힘이 아니라 지켜지는 힘이라는 사실을. 소리보다 기준이 더 오래 남는다.

지금 나는 많은 판단의 자리에 서 있다. 성공 앞에서도 위기 앞에서도 나는 먼저 속도를 늦춘다. 그리고 나의 중심을 점검한다. 흔들릴 수는 있어도 흐트러지지 않기 위해서다. 나는 소리로 영향력을 증명하지 않으려 한다. 대신 기준을 지키는 사람으로 남고 싶다.

나는 이제 중심을 지키는 자리에 서려 한다. 소리보다 기준을 남기는 사람으로. 강한 말보다 흔들리지 않는 선택을 반복하는 사람으로. 어머니가 그러했듯, 나는 드러내지 않고도 영향력을 남기고 싶다. 그 태도가 결국 나를 설명하게 될 것이다.

# 속도의 조율

## 속도를 늦추는 용기

어머니는 급한 상황에서도 서두르지 않는 사람이었다. 어린 시절의 나는 그것이 답답했다. 다른 집에서는 일이 생기면 바로 결정을 내리고 방향을 정하는데 우리 집에는 잠시 멈추는 시간이 있었다. 어머니는 급하게 말하지 않았고 흥분한 목소리를 높이지도 않았다. 나는 그 침묵을 우유부단함이라고 오해한 적도 있었다. 그러나 시간이 흐른 뒤에야 알게 되었다. 그 멈춤은 망설임이 아니라 판단을 정리하는 준비였다는 사실을. 멈춤은 느림이 아니라 기준을 세우는 시간이었다.

집안에 중요한 선택이 필요할 때면 어머니는 말씀하셨다.

"하루만 더 생각해 보자"

당장 결정하면 편할 문제도 일부러 시간을 두었다. 나는 왜 그렇게까지 신중해야 하는지 이해하지 못했다. 이미 답이 분명해 보이는 상황에서도 어머니는 한 번 더 살폈다. 감정이 가라앉은 뒤에야 입을 열었다. 그 모습은 어린 나에게 느린 사람처럼 보였다. 그러나 지금의 나는 안다. 속도를 늦춘 덕분에 방향이 흔들리지 않았다는 사실을.

한번은 친척과의 갈등이 커진 적이 있었다. 상대는 감정이 격했고, 말은 거칠었다. 나는 즉각적으로 대응해야 한다고 생각했다. 그러나 어머니는 그날 아무 말도 하지 않았다. 다음 날이 되어서야 차분히 이야기를 꺼냈다. 그 사이 어머니는 감정을 가라앉히고 관계를 먼저 생각하며 말의 결과를 미리 헤아리는 시간을 가졌던 것이다. 즉각적인 반응은 속을 풀 수는 있어도 관계를 남기지는 못한다는 것을 어머니는 알고 있었다. 그 멈춤은 회피가 아니라 관계를 지키기 위한 선택이었다.

나는 사회에 나와 그 장면을 여러 번 떠올렸다. 사업을 하며 급하게 결정을 내려야 하는 순간이 많았다. 시장은 빠르게 변했고 거래는 속도를 요구했다. 한번은 큰 계약을 앞두고 상대가 즉답을 요구한 적이 있었다. 조건은 매력적이었고 계산상으로도 유리해 보였다. 그러나 나는 즉답을 하지 않았다. 하루의 시간을 달라고 요청했다. 그 하루 동안 계약서의 세부 조건을 다시 읽었고 보이지 않던 위험 요소를 발견했다.

그 판단은 회사를 지켰다. 그때 나는 분명히 깨달았다. 속도를 늦추는 것은 기회를 놓치는 일이 아니라 위험을 줄이는 일이라는 사실을. 빠름은 능력이 될 수 있지만 정확함은 기준이 된다. 속도는 경쟁을 이기게 하지만 기준은 시간을 견디게 한다. 어머니는 늘 정확함을 먼저 선택한 사람이었다. 나는 그 방식을 뒤늦게 이해했다.

서두르는 판단에는 대개 두 가지 감정이 숨어 있다. 두려움과 욕심이다. 놓칠까 봐 서두르거나 더 얻고 싶어 서두른다. 나는 내 판단의 속도를 점검하기 시작했다. 내가 지금 빠르게 결정하려는 이유가 무엇인지 스스로 묻기 시작했다. 그 질문은 나를 멈추게 했다. 감정이 앞서는지 기준이 앞서는지를 구분하게 했다.

속도를 늦추는 것은 시간을 허비하는 일이 아니다. 그것은 실수를 줄이고 책임을 감당할 준비를 하는 시간이다. 멈춤은 무능의 표시가 아니라 자신을 다스리는 힘이다. 상황에 끌려가지 않겠다는 선택이다. 나는 그 태도를 반복하며 익히고 있다. 반복은 결국 습관이 되고 습관은 판단의 기준이 된다.

조직을 운영하면서도 나는 같은 방식을 적용하려 한다. 구성원이 흥분해 결론을 요구할 때 먼저 상황을 정리한다. 충분히 듣고 핵심을 구분하며 말의 순서를 고른다. 빠른 결론보다 납득되는 결론이 오래간다는 것을 알기 때문이다. 리더의 속도는 조직의 호흡이 된다. 내가 서두르면 조직도 흔들린다.

어머니는 "말은 한 번 나가면 돌아오지 않는다"라고 하셨다. 그 말은 단순한 훈계가 아니었다. 판단의 속도를 조절하라는 가르침이었다. 나는 그 말이 내 의사결정의 기준이 되었음을 뒤늦게 알았다. 말의 속도를 늦출 줄 아는 사람은 관계를 오래 지킨다.

지금도 중요한 선택 앞에 서면 나는 잠시 멈춘다. 결정을 미루는 것이 아니라 나를 점검하는 시간을 갖는다. 이 판단이 관계를 해치지 않는지, 이 선택이 책임을 감당할 수 있는지 스스로 묻는다. 그리고 나서야 움직인다. 나는 이제 안다. 서두르지 않는 판단은 시간을 끄는 기술이 아니라 삶의 기준을 지키는 태도라는 사실을.

어머니는 내 삶을 대신 결정해 주지 않았다. 대신 판단의 속도를 가르쳐 주었다. 나는 그 속도 위에서 방향을 정한다. 그리고 그 멈춤 속에서 흔들림을 줄인다. 어머니가 보여 준 삶은 내게 그 멈춤의 습관을 남겼다. 나는 오늘도 서두르지 않으며 나의 판단을 다듬는다. 그것이 내가 물려받은 또 하나의 기준이다.

# 역할과 증명

## 개인의 태도에서 사회의 흐름으로

어머니는 집안에서 특별한 직함을 가진 사람이 아니었다. 그러나 집안의 질서는 늘 어머니의 태도를 중심으로 유지되었다. 나는 어린 시절 그 흐름을 제대로 인식하지 못했다. 그저 자연스럽게 이어지는 일상이라고만 생각했다. 그러나 시간이 흐른 뒤에야 깨달았다. 중심은 선언으로 세워지는 것이 아니라 반복된 태도로 만들어진다는 사실을. 그리고 그 태도는 환경이 바뀌어도 그대로 이어질 수 있다는 것을 알게 되었다.

사회에 나와 나는 점차 책임의 범위가 넓어졌다. 개인의 판단이 조직의 방향에 영향을 주는 자리에 서게 되었다. 처음에는 그 무게가 두려움으로 다가왔다. 내가 내리는 결정이 누군가의 삶과 생계에 영향을 줄 수 있다는 사실이 가볍지 않았다. 그 책임 앞에서 나는 자주 망설였다. 그러나 그때마다 떠오른 것은 화려한 리더십 이론이 아니었다. 집안에서 보아 온 어머니의 태도였다.

어머니는 자신의 역할을 과장하지 않았다. 그러나 맡은 자리는 끝까지 책임졌다. 누구의 공도 빼앗지 않았고, 누구에게 책임을 떠넘기지도 않았다. 나는 그 단순한 태도가 가장 어려운 일이라는 것을 나중에야 알게 되었다. 조직 안에서도 같은 원리가 그대로 작용한다는 사실을 경험으로 확인했다. 리더십은 지시가 아니라 책임의 자리를 분명히 하는 태도라는 것을 배웠다.

한번은 회사 내부에서 중요한 방향 전환이 필요했던 시기가 있었다. 선택은 쉽지 않았고, 의견은 갈렸다. 나는 모든 사람을 만족시킬 수 없다는 것을 알고 있었다. 그럼에도 누군가는 결정을 내려야 했다. 나는 그 순간 어머니가 집안의 갈림길에서 보여 주던 태도를 떠올렸다. 충분히 듣고 감정을 낮추고 긴 흐름을 먼저 생각하던 그 방식이었다.

나는 즉각적인 반응 대신 충분히 듣는 것을 선택했다. 각자의 말을 끝까지 들은 뒤 핵심만 정리해 전달했다. 결정은 그 다음에 했다. 감정이 아닌 결과를 남기기 위해서였다. 판단의 책임이 내 몫임을 분명히 했다. 그 태도는 구성원들의 신뢰를 조금씩 쌓아 갔다. 나는 그때 알았다. 기준은 마음속 생각에 머무르는 것이 아니라 결정의 순간에 드러난다는 사실을.

어머니는 집안의 중심이었지만 중심을 내세우지 않았다. 나 역시 조직에서 같은 태도를 지키려 한다. 직함이 기준을 만들어 주는 것이 아니라 태도가 직함을 설명해야 한다고 믿기 때문이다. 말로 이끄는 리더는 순간을 설득하지만, 태도로 이끄는 리더는 시간을 설득한다. 시간이 지나도 흔들리지 않는 영향력은 태도에서 비롯된다.

역할은 바뀌지만 기준은 쉽게 바뀌지 않는다. 그 기준은 가정을 넘어 조직에서도, 조직을 넘어 사회에서도 이어진다. 사람은 결국 맡은 역할로 기억되지만, 그 역할을 지탱하는 것은 태도다. 존중, 책임, 절제, 균형은 환경이 달라져도 같은 힘을 발휘한다. 어머니의 태도는 작은 공간에서 시작되었지만 나는 그것이 더 넓은 공간에서도 통한다는 것을 경험으로 확인했다.

나는 이제 이해한다. 기준은 혼자 있을 때보다 누군가를 이끌 때 더 분명해진다는 것을. 책임의 범위가 넓어질수록 태도의 방향이 더욱 중요해진다는 것을. 밖으로 드러나는 행동은 결국 안에서 만들어진 바탕을 그대로 보여 준다는 것을. 그 바탕이 흔들리면 역할도 오래 가지 못한다는 사실을 나는 여러 경험을 통해 확인했다.

어머니는 떠나셨지만 그 태도는 나의 역할 속에서 계속 이어지고 있다. 나는 조직의 방향을 정할 때, 사람을 평가할 때, 갈등을 조정할 때 스스로에게 묻는다.

'지금 나는 무엇을 기준으로 움직이고 있는가.'

이 선택은 나의 편의를 위한 것인가, 아니면 중심을 지키기 위한 것인가. 그 질문은 나를 경계하게 하면서 동시에 나를 바로 세운다.

기준은 말로 전달되지 않는다. 반복된 선택 속에서 자연스럽게 이어진다. 나는 오늘도 나의 역할 속에서 그 기준을 행동으로 보여 주려 한다. 그것이 어머니에게서 이어받은 방식이기 때문이다. 이제 나는 분명히 안다. 기준은 개인의 생각에 머물지 않는다. 역할 속에서 반복될 때 하나의 흐름이 된다. 나는 그 흐름 위에서 오늘도 나의 책임을 감당하고 있다.

# 가치의 경계

## 가난이 기준이 되지 않도록

우리 집의 형편은 넉넉하지 않았다. 넉넉하지 않다는 말로도 부족할 만큼 빠듯한 시절이 이어졌다. 농사는 날씨에 좌우되었고, 수입은 해마다 일정하지 않았다. 수확이 좋지 않은 해에는 생활의 폭이 눈에 띄게 줄어들었고 집안 공기도 더 조용해졌다. 그러나 지금 돌이켜보면 그 시절의 기억은 초라함보다 긴장감으로 남아 있다. 우리는 궁핍했지만 무너지지는 않았다. 형편은 어려웠지만 중심은 흐트러지지 않았다.

어머니는 가난을 부정하지 않았다. 그렇다고 그것을 앞세우지도 않았다. 형편을 숨기지도, 과장하지도 않았다. 옷은 여러 번 기워 입었지만 늘 단정했고, 상차림은 소박했지만 흐트러지지 않았다. 어려움을 핑계로 예의를 줄이지 않았고, 사정을 이유로 태도를 낮추지 않았다. 나는 그 일관성을 보며 '형편'과 '품위'는 다른 차원이라는 사실을 배웠다. 조건은 밖에 있지만 품위는 안에서 나온다는 것을 알게 되었다.

동네 사람들과 마주 앉을 때 어머니는 등을 곧게 세웠다. 말투는 담담했고 인사는 또렷했다. 부탁할 일이 있으면 정중하게 했고 감사할 일에는 분명히 감사를 표현했다. 그러나 그 어디에도 비굴함은 없었다. 나는 그 모습에서 체면이 아니라 선을 보았다. 가난은 생활의 조건일 뿐 사람의 가치를 정하지 못한다는 분명한 선이었다.

어린 시절 나는 왜 우리 집은 다른 집처럼 넉넉하지 않은지 묻고 싶었던 적이 있다. 친구들 가운데는 새 옷을 입는 아이도 있었고 도시락 반찬이 더 풍성한 집도 있었다. 그때 어머니는 비교를 허락하지 않았다.

"남의 형편은 남의 것, 우리는 우리 형편대로 살면 된다."

그 말은 체념이 아니었다. 비교를 기준으로 삼는 순간 사람은 자신을 남의 조건으로 판단하게 된다는 경고였다. 기준을 밖에 두는 순간 자존은 흔들린다는 뜻이었다.

어머니는 돈을 귀하게 여겼다. 작은 동전 하나도 함부로 다루지 않았고 지출에는 분명한 우선순위가 있었다. 그러나 그 절약은 인색함과는 달랐다. 자식의 학용품이나 책처럼 미래와 이어지는 지출에는 망설임이 없었다. 자신을 위해 쓰는 돈에는 신중했지만 가능성을 키우는 일에는 계산을 앞세우지 않았다. 나는 그 선택에서 돈의 많고 적음보다 쓰임의 방향이 더 중요하다는 사실을 배웠다. 조건이 제한되어 있어도 가치의 방향은 스스로 선택할 수 있다는 교훈이었다.

가난은 사람을 움츠러들게 만들기 쉽다. 그러나 어머니는 움츠러들지 않는 쪽을 선택했다. 새벽에 일어나 밭을 돌보고 저녁 늦게까지 살림을 챙기며 할 수 있는 일을 먼저 했다. 남에게 손을 내미는 일을 가장 어렵게 여겼고, 빚을 지는 선택은 끝까지 미루었다. 그 고집은 체면을 위한 것이 아니라 자존을 지키기 위한 태도였다. 상황이 나를 규정하게 두지 않겠다는 의지였다. 조건이 삶을 설명하더라도 가치는 내가 정하겠다는 선택이었다.

나는 그 태도가 때로는 안쓰럽게 느껴지기도 했다. 조금은 기대어도 되지 않을까, 조금은 도움받아도 되지 않을까 생각한 적도 있었다. 그러나 시간이 흐르며 나는 그 뜻을 이해하게 되었다. 어머니는 가난을 숨기려 한 것이 아니라 가난이 우리를 규정하게 두지 않으려 한 것이었다. 자식 앞에서 무너지는 모습을 보이지 않겠다는 결심이 그 안에 담겨 있었다. 조건은 바꿀 수 없을지라도 태도는 선택할 수 있다는 메시지를 몸으로 보여 주고 있었다.

어머니는 종종 말씀하셨다.

"가난하다고 기죽지 마라. 대신 게으르면 안 된다."

그 말은 단순히 부지런함을 강조한 것이 아니었다. 가난은 부끄러운 것이 아니지만, 태도는 부끄러울 수 있다는 뜻이었다. 기가 죽는 순간 사람은 자신을 낮추고, 기준을 남에게 넘기게 된다. 어머니는 그 순간을 가장 경계하셨다. 그래서 우리는 어려운 형편 속에서도 변명하지 않는 법을 배웠다.

사회에 나와 일을 시작하면서 나는 수없이 선택의 갈림길에 섰다. 이익을 위해 기준을 낮출 것인지 손해를 감수하고 원칙을 지킬 것인지 고민해야 하는 순간들이 있었다. 그때마다 나는 어린 시절 보았던 어머니의 등을 떠올렸다. 넉넉하지 않은 상황에서도 곧게

서 있던 그 모습을 기억했다. 그리고 스스로에게 물었다. 지금의 선택이 나를 작게 만들고 있지는 않은가. 조건이 나의 판단을 대신하고 있지는 않은가.

나는 큰 부를 이루지 못했을지 모른다. 그러나 최소한 상황 앞에서 자신을 낮추지 않으려 노력해 왔다. 성과를 위해 기준을 쉽게 바꾸지 않으려 했고 어려움이 닥쳐도 남을 탓하는 길을 선택하지 않으려 했다. 그 바탕은 어린 시절 가난 속에서도 흔들리지 않던 태도가 있다. 어머니는 나에게 돈을 많이 남겨 주지 않았지만 기준을 남겨 주었다. 그리고 그 기준은 나의 선택을 지켜 주었다.

지금 나는 조직을 이끌고 책임을 감당하는 위치에 서 있다. 환경이 어려워질수록 사람들은 먼저 조건을 탓하기 쉽다. 그러나 나는 먼저 태도를 점검하려 한다. 상황이 기준이 되지 않도록, 손익이 판단의 전부가 되지 않도록 자신을 살핀다. 조건이 기준이 되는 순간 사람은 자신을 값으로 계산하기 시작한다. 가난은 우리를 시험했지만 어머니의 자존은 우리를 지켜 주었다.

이제 나는 분명히 안다. 조건은 삶의 배경일 뿐 사람의 가치를 정하지 못한다는 것을. 환경은 흔들릴 수 있지만 기준은 흔들려서는 안 된다. 나는 지금도 어려움에 부딪히면 그 말을 떠올린다. 상황은 달라질 수 있어도 나의 자존은 남의 평가에 맡기지 않겠다는 다짐을 되새긴다. 나는 여전히 그 자존 위에 서 있다. 조건은 변해도 기준은 변하지 않는다. 나는 그 기준 위에서 오늘의 선택을 이어 간다.

# 6장

나는 그 위에 서 있다,

## 기도가 삶이 되는 자리

# 흔들림 위에서

## 떠난 사람이 남긴 가장 굳은 자리

어머니는 평생 자신을 앞세우지 않은 사람이었다. 우리는 그 사실을 너무 늦게 깨닫는다. 곁에 있을 때는 그것이 당연해 보이고 집 안의 공기처럼 익숙하게 느껴진다. 그러나 시간이 흐르고 그 자리가 비워진 뒤에야 비로소 알게 된다. 그 자리는 단순한 빈자리가 아니라 우리를 보이지 않게 지탱해 오던 중심이었다는 사실을. 나는 이제 그 중심이 무엇이었는지 설명할 수 있게 되었다. 그것은 목소리의 크기가 아니라 태도의 흐름이었고, 결과를 밀어붙이는 힘이 아니라 방향을 바로잡는 힘이었다.

어머니의 기도는 어떤 결과를 바꾸기 위한 간청이 아니었다. 그것은 삶을 다시 돌아보는 시간에 가까웠다. 자신이 바꿀 수 없는 영역을 인정하고, 바꿀 수 있는 태도를 선택하는 훈련이었다. 어린 시절 나는 그 장면을 이해하지 못했다. 그저 새벽의 정적 속에서 낮게 이어지는 말처럼 보였을 뿐이다. 그러나 지금에 와서 나는 안다. 그 기도는 하늘을 향한 요청이 아니라 자신을 바로 세우는 과정이었다는 것을.

어머니는 우리를 대신 살아주지 않았다. 대신 선택의 순서를 보여주었다. 감정보다 태도를 먼저 세우는 법, 속도보다 방향을 살피는 법, 편리함보다 옳음을 앞세우는 법을 반복으로 보여주었다. 나는 그 반복 속에서 자랐고, 그 흐름은 내 판단의 바탕 속에 자연스럽게 스며들었다. 그래서 나는 중요한 결정을 앞두면 먼저 나를 돌아본다. 결과를 따지기 전에 태도의 위치를 점검하는 습관은 그때부터 만들어진 것이다.

나는 삶의 여러 갈림길을 지나왔다. 사업의 성취와 좌절, 관계의 긴장과 회복, 책임의 무게와 결정의 부담을 모두 겪었다. 겉으로는 담담해 보였을지 모르지만 마음속에서는 늘 흔들림이 있었다. 화려한 이론은 순간의 위로가 될 수 있었지만 오래 남는 기준이 되지는 못했다. 결국 내가 붙들었던 것은 조용히 고개를 숙이고 자신을 돌아보던 어머니의 모습이었다. 그 장면은 설명보다 깊게 나를 붙들었다.

그러나 그런 나에게도 무너질 듯한 시기가 있었다. 계약이 어긋나고 자금의 흐름이 막히며 함께하던 사람들의 표정이 달라지던 때가 있었다. 겉으로는 차분히 정리하는 듯 보였지만 밤이 되면 계산보다 후회가 먼저 떠올랐다. '내 판단이 틀린 것은 아닐까'라는 생각이 마음의 중심을 흔들었다. 그때 나는 문제의 해법보다 먼저 내 태도를 돌아보기 시작했다. 지금의 선택이 필요한 조정인지 아니면 두려움이 만든 회피인지 스스로도 분간이 되지 않았기 때문이다.

그 밤에 나는 어머니가 새벽마다 앉아 있던 자리를 떠올렸다. 기도는 무엇을 얻기 위한 말이 아니라 마음의 순서를 바로잡는 시간이라는 사실이 분명해졌다. 나는 종이를 펼쳐 사실과 감정을 나누어 적어 내려갔다. 감정은 뒤로 두고 내가 감당할 수 있는 범위를 확인했다. 손실의 크기보다 선택의 책임을 먼저 정리하려 했다. 흔들림은 단번에 사라지지 않았지만 판단의 중심은 서서히 제자리를 찾아갔다.

그 경험은 단순한 기억으로 끝나지 않았다. 이후 나는 중요한 선택 앞에서 먼저 나를 점검하는 방식을 갖게 되었다. 이 선택이 욕심에서 나온 것은 아닌지, 두려움에 밀린 결정은 아닌지 스스로에게 묻는다. 기도는 형식을 달리했지만 여전히 내 삶 속에서 이어지고 있다. 그것은 소리를 내는 행위가 아니라 태도를 바로 세우는 습관이 되었다. 나는 이제 그것을 분명히 설명할 수 있다.

어머니는 이제 볼 수 없다. 그러나 떠남이 곧 사라짐은 아니었다. 태도는 남았고, 기준은 이어졌다. 나는 자녀와 후배, 그리고 조직 앞에 서 있는 사람이다. 내가 보여주는 판단의 순서와 책임의 방식이 또 다른 기준이 될 수 있다는 사실을 안다. 그래서 나는 결정을 내릴 때마다 스스로에게 묻는다. 지금 나는 중심 위에 서 있는가, 아니면 감정 위에 서 있는가.

어머니는 판단의 흐름을 남기고 떠나셨다. 감정을 앞세우지 말 것, 관계를 가볍게 다루지 말 것, 책임을 미루지 말 것이라는 기준을 남겼다. 나는 그 기준을 내 삶 속에서 반복하고 있다. 흔들림은 여전히 찾아오지만, 돌아갈 자리는 분명하다. 기도는 나를 성공으로 이끌기 위한 간청이 아니었다. 그것은 나를 무너지지 않게 하는 중심이었다.

어머니는 기준을 남기고 떠나셨다.

‘나는 지금도 그 기도 위에 서 있다.’

그리고 오늘도 그 자리에서 나의 삶을 감당한다.

# 다음 세대 앞에서

## 가르치기보다 보여주는 자리

나는 여전히 흔들리는 사람이다. 그러나 동시에 누군가의 앞에 서 있는 사람이기도 하다. 이 두 사실이 함께 있다는 점이 나를 더 조심하게 만든다. 흔들림이 사라져서 앞에 서는 것이 아니라, 흔들림을 다루는 방식을 보여주어야 하는 자리에 있기 때문이다. 어린 시절 나는 부모란 목표를 정해 주는 사람이라고 생각했다. 그러나 시간이 흐른 뒤에야 깨달았다. 어머니는 무엇이 되라고 말하지 않았고, 대신 어떻게 서야 하는지를 삶으로 반복해 보여주셨다는 사실을.

어머니는 성공의 모습을 설명하지 않았다. 대신 태도의 기준을 흔들림 없이 지켰다. 감정보다 책임을 먼저 세우고, 속도보다 방향을 살피며, 편리함보다 옳음을 택하는 모습을 반복했다. 그 반복은 특별한 가르침처럼 보이지 않았지만, 시간이 지나면서 나의 판단 기준이 되었다. 나는 선택의 순간마다 그 순서를 따라 움직이고 있음을 뒤늦게 깨달았다. 가르침은 말로 남지 않았지만, 삶의 방식으로 남았다.

이제 나는 자녀를 바라보는 아버지로, 후배를 이끄는 선배로, 조직을 책임지는 사람으로 서 있다. 이 자리는 말의 논리보다 태도의 일관성이 더 크게 작용하는 자리다. 나는 스스로에게 묻는다. 무엇을 가르치고 있는가보다 무엇을 반복해서 보여주고 있는가를 먼저 돌아본다. 내가 조급해하는 모습이 남는지, 책임을 피하는 태도가 남는지, 아니면 기준을 지키려 애쓰는 모습이 남는지를 점검한다. 다음 세대는 조언보다 반응을 더 오래 기억한다는 사실을 나는 경험으로 알고 있다.

한번은 후배가 중요한 판단을 그르친 적이 있었다. 결과는 좋지 않았고, 조직은 잠시 흔들렸다. 순간적으로 질책이 먼저 떠올랐지만 나는 말을 멈추었다. 어린 시절, 감정보다 방향을 먼저 세우던 어머니의 모습이 떠올랐기 때문이다. 나는 그를 불러 실수의 원인을 따지기보다 이번 선택에서 무엇을 배웠는지 물었다. 그 대화는 곧바로 결과를 바꾸지는 못했지만 이후 그의 판단 방식은 분명히 달라졌다. 그 경험을 통해 나는 알았다.

'지도란 결과를 바로잡는 일이 아니라 생각하는 기준을 남기는 일이라는 것을.'

자녀를 대할 때도 같은 질문을 던진다. 나는 빠른 성취를 강조하기보다 자신을 돌아보는 순서를 묻는다. 감정이 올라올 때 무엇을 먼저 살피는지, 선택의 기준을 어디에 두는지 스스로 말해 보게 한다. 성과는 환경에 따라 달라질 수 있지만 기준은 반복을 통해 자리 잡는다는 사실을 알기 때문이다. 나는 완벽을 요구하지 않는다. 대신 흔들릴 때 돌아올 수 있는 자리가 있는지를 확인하려 한다.

다음 세대 앞에 선다는 것은 권위를 내세우는 일이 아니다. 그것은 기준을 꾸준히 보여주는 자리다. 우리가 갈등을 풀어가는 방식, 실패를 받아들이는 태도, 약속을 지키는 모습은 말보다 오래 남는다. 나는 그 사실을 의식하며 살아가려 한다. 흔들림이 없는 사람이 아니라 흔들림 속에서도 중심을 잃지 않으려 애쓰는 사람으로 기억되기를 바란다. 그것이 어머니가 내게 보여준 모습이었기 때문이다.

어머니는 우리에게 완벽을 요구하지 않았다. 대신 균형을 잃지 말라고 하셨다. 나는 이제 그 균형을 다음 세대 앞에서 살아내려 한다. 감정이 앞설 때는 속도를 늦추고, 판단이 흔들릴 때는 기준을 다시 확인하며, 관계가 긴장될 때는 말의 온도를 낮추려 한다. 반복된 태도는 결국 인격이 되고 인격은 또 다른 기준이 된다. 나는 그 흐름을 이어 가고 있다.

이제 나는 분명히 안다. 다음 세대 앞에 선다는 것은 가르치는 자리에 서는 일이 아니라 자신을 점검하는 자리에 서는 일이라는 것을. 어머니가 나에게 그러하셨듯, 나 또한 말보다 태도로 남고 싶다. 내가 이어받은 판단이 기준과 책임이 순서를 조용히 반복하고 싶다. 그 반복이 또 다른 삶 속에서 이어지기를 바란다. 어머니는 기도로 자신을 바로 세우셨다. 나는 그 기준으로 나를 돌아본다. 그리고 오늘도 다음 세대 앞에 조용히 서 있다.

# 이별을 준비하는 방식

## 병실에서 배운 표현의 책임

병실 문을 열고 들어섰을 때 어머니는 잠시 눈을 크게 뜨셨다. 놀람이라기보다 예상하지 못한 반가움에 가까운 표정이었다. 그 눈빛에는 안도와 예감, 그리고 말로 다 담기 어려운 정리가 함께 담겨 있었다. 나는 그 짧은 시선 속에서 긴 대화를 읽었다. "또 왔구나."라는 말이 없어도 충분히 전해지는 마음이 있었다. 그 순간 나는 알았다. 이 공간에서는 말보다 태도가 먼저 전해진다는 사실을.

나는 침대 곁으로 다가가 어머니의 손을 잡았다. 어린 시절 내가 의지하던 그 손은 이제 힘이 많이 약해져 있었다. 이번에는 내가 감싸 쥐는 쪽이 되었다는 사실이 조용히 실감났다. 나는 늘 해 오던 인사를 건넸다.

"어머니, 고맙습니다. 사랑합니다."

그 말은 마지막을 대비한 준비가 아니라 미루지 않겠다는 선택이었다. 살아 있는 동안 마음을 전하겠다는 책임의 표현이었다.

어머니는 말 대신 눈으로 답하셨다. 병실은 사람을 조용하게 만드는 공간이었다. 기계의 일정한 소리와 낮은 숨결이 시간을 느리게 만들었다. 그 자리에서는 말의 양보다 말의 방향이 더 중요했다. 무엇을 얼마나 말하느냐보다 어떤 마음으로 남기느냐가 더 크게 남는다는 사실을 나는 그곳에서 깨달았다. 표현을 미루면 결국 남는 것은 후회라는 단순한 사실을 그때 비로소 느꼈다.

어머니는 가끔 어린 시절 즐겨 부르시던 노래를 조용히 흥얼거리셨다. 힘은 약했지만 음정은 또렷했고, 기억은 흐려지지 않았다. 나는 그 노래를 들으며 생각했다. 사람은 떠나기 전 가장 평온했던 자리로 돌아가는지도 모른다고. 그 노래는 단순한 추억이 아니라 삶을 정리하는 방식처럼 들렸다. 남겨질 사람에게 기억을 건네는 마지막 모습처럼 느껴졌다. 그 순간 나는 이별이 단절이 아니라 정리의 과정임을 알게 되었다.

어머니는 내 손을 꼭 잡으며 말씀하셨다.

"우리 효자둥이… 엄마가 우리 효자둥이 보고 싶어, 어떻게 죽을 거나."

그 말에는 슬픔보다 걱정이 먼저 담겨 있었다. 자신의 떠남보다 남겨질 나를 먼저 생각하는 마음이었다. 나는 그 손의 온기를 오래 느꼈다. 그 온기는 슬픔으로만 남지 않았다. 앞으로 내가 감당해야 할 책임으로 남았다. 이제는 내가 흔들리지 않아야 할 시간이라는 뜻으로 받아들였다.

그 병실에서 나는 분명히 깨달았다. 이별은 갑작스러운 사건이 아니라 준비되는 태도라는 사실을. 우리는 이미 여러 번 작은 작별을 연습하고 있었다. 반복된 "사랑합니다"라는 말도, 어머니의 노래도, 손을 오래 잡고 있던 시간도 모두 그 준비의 일부였다. 관계는 한 번에 끝나지 않는다. 평소에 쌓아 온 표현이 마지막 장면의 깊이를 만든다. 이별은 감정의 폭발이 아니라 살아온 태도의 결과라는 것을 나는 그 자리에서 배웠다.

그 경험은 개인적인 슬픔에 머물지 않았다. 나는 이후 관계를 대하는 방식이 달라졌음을 느꼈다. 중요한 말은 미루지 않으려 했고 고마움은 그때그때 전하려 애썼다. 갈등이 있을 때도 풀지 못한 감정을 오래 끌지 않으려 했다.

'표현은 감정을 쏟아내는 일이 아니라 관계를 바로 세우는 책임이라는 사실을 알았기 때문이다.'

말은 흩어지는 소리가 아니라 관계의 방향을 남기는 행동이었다.

조직을 이끄는 자리에서도 같은 기준을 적용하려 했다. 감사와 인정, 책임의 표현을 아끼지 않으려 했다. 성과가 좋을 때는 함께한 사람을 먼저 떠올렸고, 문제가 생기면 책임의 순서를 분명히 했다. 표현은 분위기를 만드는 기술이 아니라 신뢰를 남기는 방식이라는 사실을 병실에서 배웠기 때문이다. 살아 있는 동안 남긴 말이 결국 관계의 결을 만든다.

이제 나는 누군가를 떠나보낼 나이가 되었고, 동시에 누군가에게 기억으로 남을 나이가 되었다. 그래서 나는 작별을 두려움으로만 바라보지 않으려 한다. 대신 오늘의 말을 미루지 않는 삶을 선택하려 한다. 평소의 한마디가 마지막 장면을 준비한다는 사실을 알기 때문이다. 준비된 이별은 결국 준비된 삶의 결과다.

그날 병실 문을 열던 순간을 나는 잊지 않는다. 눈빛과 노래, 손의 온기는 여전히 내 삶의 바탕에 남아 있다. 나는 그 기억 위에서 오늘 사람을 대한다. 표현을 아끼지 않고 고마움을 미루지 않으며 관계를 가볍게 대하지 않으려 한다. 준비된 이별은 준비된 태도에서 시작된다. 그리고 나는 지금도 그 태도 위에서 사람을 만나고 있다.

# 결과와 존재

## 실패를 다루는 기준

살아가면서 실패는 누구에게나 찾아온다. 그러나 어떤 실패는 단순한 결과를 넘어 존재 전체를 흔들어 놓는다. 준비한 시간에 비해 성과가 따르지 않았던 날, 나는 결과를 받아들이기보다 나 자신을 부정하기 시작했다. 판단의 오류를 인정하는 대신 나라는 사람의 가치까지 낮추고 있었다. 실패를 경험한 것이 아니라 내가 실패가 된 듯한 기분이었다. 그때 나는 결과와 존재를 구분하지 못하고 있었다.

고개를 들지 못한 채 집에 돌아왔던 날, 어머니는 그 상황을 크게 다루지 않았다. 실망의 기색도 과한 위로도 없었다. 평소와 다르지 않게 저녁 식사를 준비하며 나를 불렀다. 일상의 흐름을 그대로 유지하는 태도가 먼저였다. 그 평온함이 오히려 나를 붙들었다. 나는 그때 알았다. 하나의 결과가 삶 전체를 멈추게 하지는 않는다는 사실을.

어머니는 실패의 원인을 길게 묻지 않았다. 대신 짧은 한마디를 남겼다.

"이번 일이 너를 설명해 주는 건 아니다."

그 말은 감정적인 위로가 아니라 분명한 기준이었다. 행동의 결과와 사람의 가치를 구분하는 선이었다. 나는 결과를 곧 나 자신이라고 받아들이고 있었지만, 어머니는 그 둘을 분리해 주었다. 그 구분이 무너진 나를 다시 세웠다.

실패는 선택의 결과일 뿐 인격의 결론은 아니다. 그러나 사람은 종종 결과를 자신의 정체성으로 확대해 해석한다. 어머니는 나를 평가하지 않았고, 나의 가치를 재지 않았다. 변함없는 시선으로 나를 대했다. 그 일관성은 말보다 강했다. 나는 그 시선 속에서 존재는 지켜지고 결과는 점검될 수 있다는 사실을 배웠다.

한참 뒤 어머니는 조용히 물었다.

"다음에는 무엇을 바꿀 생각이냐."

그 질문은 감정이 아니라 선택의 과정을 향하고 있었다. 좌절의 감각이 아니라 판단을 돌아보게 했다. 나는 실패를 하나씩 풀어 보기 시작했다. 감정이 아니라 선택을 점검했다. 그 순간부터 실패는 나를 규정하는 사건이 아니라 다음 선택을 바로잡는 자료가 되었다.

시간이 흐르며 나는 또 다른 좌절을 겪었다. 시업의 판단이 어긋난 날도 있었고, 기대에 미치지 못한 결과로 고개를 숙인 적도 있었다. 그러나 나는 그 말을 반복해 떠올렸다.

"이번 일이 너를 설명해 주는 건 아니다."

실패는 반복될 수 있지만 해석은 선택할 수 있다는 사실을 나는 알게 되었다. 결과를 돌아보되 나 자신을 무너뜨리지 않는 태도가 필요하다는 점을 이해하게 되었다.

조직을 이끄는 자리에서도 나는 같은 기준을 적용하려 한다. 누군가 실패했을 때 먼저 사람을 지키고 그다음 과정을 점검한다. 결과는 분석하되 사람의 가치는 훼손하지 않는다. 그래야 다시 시도할 힘이 남는다. 실패를 사람의 낙인으로 만들면 조직은 위축되지만, 실패를 배움의 자료로 만들면 조직은 성장한다. 이 차이는 리더의 해석에서 시작된다.

돌이켜 보면 그날 저녁의 평온함이 나를 살렸다. 특별한 장면은 없었지만 변함없이 나를 대하는 태도가 있었다. 결과가 나를 설명하지 못한다는 그 한마디가 내 판단의 기준이 되었다. 나는 이제 어떤 결과 앞에서도 먼저 나를 분리하려 한다. 실패를 부정하지 않되 나를 실패로 정의하지 않는다. 결과는 돌아보고 존재는 지킨다.

그 기준 위에서 나는 오늘도 다시 시도한다. 흔들릴 수는 있지만 무너지지는 않는다. 그리고 다시, 나의 선택을 이어 간다.

# 남는 방향

## 성과를 넘어선 흔적

나는 한때 성과가 사람을 설명한다고 믿었다. 숫자와 결과가 능력을 증명한다고 생각했고, 조직을 이끌며 매출과 성장 지표에 집중했다. 성취가 쌓이면 신뢰도 따라온다고 여겼다. 결과는 분명 중요하다. 그러나 시간이 흐르면서 하나의 질문이 남았다. 결과가 사라진 뒤에도 사람을 설명해 주는 것은 무엇인가.

그 질문은 나를 다시 어머니의 자리로 돌아가게 했다. 어머니는 눈에 띄는 업적을 남기지 않았다. 사회적으로 드러나는 성취도 없었다. 그러나 시간이 지나도 어머니를 떠올리면 분명한 흐름이 남는다. 사람을 대하는 순서, 말을 고르는 기준, 문제를 마주하는 태도가 뚜렷하게 떠오른다. 나는 그 기억이 단순한 추억이 아니라 하나의 방향이라는 사실을 깨닫게 되었다.

나는 사업을 하며 수많은 결과를 경험했다. 성공도 있었고 실패도 있었다. 좋은 시절에는 평가와 박수가 따랐고 어려운 시절에는 침묵과 의심이 길어졌다. 그러나 그 모든 과정을 지나고 보니 성과는 시간이 지나면 흐려진다는 것을 알게 되었다. 숫자는 새로운 기록으로 덮이고 평가는 다른 기준으로 바뀐다. 그 속에서도 남는 것은 내가 어떤 선택을 반복해 왔는가 하는 방향이었다.

어느 날 한 후배가 말했다.

"대표님은 위기일수록 말이 줄어드는 것 같습니다."

나는 그 말을 듣고 잠시 멈추었다. 그것은 의도한 전략이 아니었다. 오랜 시간 반복해 온 선택이 만든 습관이었다. 감정이 높아질수록 속도를 늦추고 판단을 서두르지 않으려는 방향이 몸에 남아 있었다. 그 순간 나는 알았다. 내가 남긴 것은 한 번의 성과가 아니라 일관된 방향이었다는 사실을.

어머니는 어려운 상황에서도 목소리를 높이지 않으셨다. 문제를 해결할 때도 과장하지 않으셨다. 대신 일정한 방향을 지켜 오셨다. 사람을 다치게 하지 않는 쪽, 관계를 끊지 않는 쪽, 책임을 분명히 하는 쪽을 선택하셨다. 그 방향은 화려하지 않았지만 오래 지속되었다. 눈에 띄는 힘이 아니라 반복된 태도의 힘이었다.

성과는 평가의 대상이 된다. 그러나 방향은 신뢰의 대상이 된다. 성과는 한 장면을 설명하지만, 방향은 사람 전체를 보여준다. 사람들은 일시적인 성공보다 반복된 선택의 결을 더 오래 기억한다. 나는 그 사실을 늦게 배웠다. 그리고 그 깨달음은 나의 판단 기준을 바꾸어 놓았다.

지금 나는 결과를 관리하면서도 더 자주 방향을 점검한다. 빠른 성장보다 바른 선택을 묻고, 이익의 크기보다 관계의 지속성을 확인한다. 성취가 쌓여도 방향이 어긋나면 오래가지 않는다는 것을 알기 때문이다. 조직 역시 같은 원리 위에 서 있다. 단기 성과에 매달리면 속도는 얻을 수 있지만 방향을 잃으면 신뢰를 잃는다.

성과는 시대에 따라 달라진다. 평가 기준도 변하고 시장 환경도 계속 바뀐다. 그러나 방향은 쉽게 변하지 않는다. 그것은 삶의 뿌리와 연결되어 있기 때문이다. 어머니의 방향은 어려운 형편 속에서도 변하지 않았다. 조건은 달라졌지만, 태도의 흐름은 흔들리지 않았다.

나는 이제 분명히 안다. 성과는 기록으로 남지만 방향은 사람으로 남는다는 것을. 어머니가 보여준 그 방향은 지금도 내 판단 속에서 이어지고 있다. 나는 그 흐름 위에서 오늘의 선택을 한다. 그리고 다음 세대 앞에서도 같은 방향을 반복하려 한다.

'결국 남는 것은 성과가 아니라 방향이다.'

나는 오늘도 그 방향 위에서 나를 돌아본다.

그리고 다시, 나의 선택을 이어 간다.

# 약해짐 속에서

## 늙어감이 드러내는 품위

어머니의 노년은 어느 날 갑자기 시작된 것이 아니었다. 무너짐처럼 다가온 것이 아니라 계절이 바뀌듯 서서히 스며들었다. 걸음이 조금 느려졌고, 물건을 드는 힘도 예전 같지 않았다. 한 번에 끝내던 일은 몇 번 숨을 고른 뒤에야 마무리되었다. 나는 그 변화를 지켜보며 시간이 사람을 어떻게 낮추는지 알게 되었다. 그러나 그 낮아짐 속에서도 어머니의 중심은 쉽게 흔들리지 않았다.

몸은 분명 약해지고 있었지만, 판단은 오히려 또렷해졌다. 예전처럼 많은 일을 하지 못했지만 해야 할 일과 내려놓아야 할 일을 가르는 기준은 더 분명해졌다. 어머니는 자신의 변화를 숨기지 않았다. "이제는 예전 같지 않다"라는 말을 담담히 건넸다. 그 담담함에는 체념이 아니라 받아들임이 담겨 있었다. 나는 그 '받아들임'이야말로 노년이 지닐 수 있는 첫 번째 품위라고 생각하게 되었다.

늙어간다는 것은 단순히 기능이 줄어드는 일이 아니다. 그것은 자신의 범위를 다시 정하는 과정이다. 어머니는 젊은 시절의 속도를 억지로 붙잡지 않았다. 대신 지금 할 수 있는 역할을 조정했다.

도움받아야 할 순간을 부끄러워하지 않았고, 줄일 수 있는 욕심은 먼저 내려놓았다. 그 절제는 초라함이 아니라 자신의 선택이었다.

병원을 오가는 날에도 어머니는 과장되지 않았다. 검사를 기다리는 동안에도 주변을 먼저 살폈고, 자신의 불편을 크게 드러내지 않았다. 다른 사람의 걱정을 덜어 주려는 배려가 앞섰다. 나는 그 모습을 보며 강함의 의미를 다시 생각하게 되었다. 강함은 버티는 힘이 아니라 받아들이는 힘일지도 모른다는 깨달음이었다. 받아들이는 태도 속에서 오히려 중심이 더 분명해지는 모습을 나는 분명히 보았다.

노년의 품위는 목소리의 크기에서 나오지 않는다. 오히려 작은 행동과 짧은 말에서 드러난다. 어머니는 여전히 식탁을 정리하고 옷을 개며 할 수 있는 일은 스스로 하려 했다. 그것은 고집이 아니라 자신을 지키는 방식이었다. 몸이 약해져도 역할을 완전히 내려놓지 않으려는 태도였다. 나는 그 모습에서 존엄이 무엇인지 배웠다. 존엄은 능력의 많고 적음이 아니라 태도의 일관성에서 비롯된다는 사실을 알게 되었다.

사람은 나이가 들수록 의존해야 하는 순간을 맞이한다. 그 과정은 누구에게도 쉽지 않다. 그러나 어머니는 도움받는 자리에서도 자신을 잃지 않았다. 감사의 표현을 잊지 않았고, 부탁을 당연하게 여기지 않았다. 그 태도는 주변 사람들에게 부담이 아니라 존중을 남겼다. 나는 그때 깨달았다. 노년은 약해지는 시간이 아니라 관계가 더 섬세해지는 시간이라는 사실을.

어머니는 과거를 과장하지 않았다. "그때가 좋았다"라는 말 대신

"지금도 괜찮다"라고 말했다. 남은 시간을 아쉬움으로 채우기보다 하루의 흐름에 맞추어 살아냈다. 젊은 날의 활력을 붙잡기보다 현재의 호흡을 받아들였다. 그것은 체념이 아니라 균형이었다. 삶의 마지막 구간에서도 중심을 잃지 않는 방식이었다.

나는 어머니의 노년을 통해 늙는다는 것의 의미를 다시 생각하게 되었다.

'늙어감은 잃어 가는 과정이 아니라 불필요한 것을 덜어 내는 과정일지도 모른다.'

역할은 줄어들지만, 기준은 더 또렷해진다. 말수는 줄어들지만, 판단은 더 분명해진다. 어머니는 그렇게 몸과 마음을 다시 정리해 가고 있었다. 나는 그 흐름을 내 삶의 다음 장에 적용하려 한다.

사회는 젊음을 기준으로 가치를 평가한다. 속도와 생산성을 중심에 둔다. 그러나 나는 어머니를 통해 다른 기준을 보았다. 무엇을 해내는가보다 어떻게 존재하는가가 더 중요해지는 시기가 있다는 사실을 알게 되었다. 존재 자체가 존중되는 시간이 있다는 것을 배웠다. 그 기준은 숫자로는 설명되지 않는다.

지금 나는 세월의 속도를 체감하는 나이에 서 있다. 언젠가 나 역시 도움받아야 할 순간을 맞이할 것이다. 그때 나는 무엇을 놓지 말아야 하는지 스스로 묻는다. 어머니의 노년을 떠올리며 답을 찾는다. 존엄은 조건이 아니라 태도에서 비롯된다는 사실을 이미 보았기 때문이다. 나는 약해질 수는 있어도 중심까지 내려놓지는 않으려 한다.

늙어감은 피할 수 없는 흐름이다. 그러나 그 흐름 속에서 무엇을 지킬지는 선택의 문제다. 어머니는 약해지는 몸속에서도 중심을 놓지 않았다. 나는 그 중심을 기억한다. 그리고 그 기억 위에서 나의 시간을 맞이하고 있다.

# 떠남 이후

## 마지막 눈빛이 가르쳐 준 것

이별은 대개 준비되지 않은 얼굴로 찾아온다. 그러나 어머니의 마지막 순간은 놀라울 만큼 고요했다. 병실의 공기는 무겁게 가라앉지 않았고, 소리 또한 낮게 흐르고 있었다. 기계의 미세한 진동과 일정하지 않은 숨소리만이 공간을 채우고 있었다. 나는 그 조용한 방 안에서 시간의 흐름이 느려지는 것을 느꼈다. 그리고 그 자리에서 어머니의 눈을 마주했다.

그 눈빛에는 급박함이 없었다. 두려움이나 원망도 보이지 않았다. 오랜 시간을 지나온 사람만이 가질 수 있는 평온함이 담겨 있었다. 나는 그 표정을 해석하려다 멈추었다. 설명이 필요한 얼굴이 아니었기 때문이다. 이미 마음이 정리된 사람의 표정이 그 안에 머물러 있었다. 삶을 스스로 돌아보고 정리해 온 사람의 마지막 모습이었다.

나는 가까이 다가가 손을 잡았다. 체온은 약해졌지만 온기는 여전히 남아 있었다. 어머니는 말을 많이 하지 않으셨다. 숨이 길어질수록 말은 더 짧아졌고, 대신 눈빛이 더 많은 이야기를 전하고 있었다. 그 눈빛은 지나온 시간을 변명하지 않았고, 다가올 시간을 두려워하지도 않았다. 나는 그 장면을 통해 깨달았다. 사람은 마지막 순간에 자신이 살아온 방식을 그대로 드러낸다는 사실을.

그 순간 나는 이해했다. 작별은 감정이 터지는 시간이 아니라 태도가 드러나는 순간일 수 있다는 것을. 평생 감정을 앞세우지 않았던 사람은 마지막에도 감정에 흔들리지 않는다. 어머니는 흔들리지 않으셨다. 아주 작은 끄덕임으로 나를 바라보셨다. 그 짧은 움직임은 긴 말보다 더 분명했다. 그것은 끝이 아니라 정리였다.

그 눈빛에는 집착이 없었다. 붙잡으려는 힘도, 억울함도 보이지 않았다. 오히려 남겨질 사람을 바로 세우려는 시선에 가까웠다. 나는 그 시선을 통해 허락을 읽었다. 이제는 네 삶을 흔들림 없이 이어가라는 말 없는 당부였다. 떠나는 사람이 남는 사람을 위로하는 장면이 그곳에 있었다.

나는 많은 말을 준비해 온 사람처럼 그 자리에 서 있었다. 그러나 막상 그 순간에는 말이 필요 없다는 것을 알게 되었다. 이미 오랜 시간 속에서 충분히 나누어 온 마음이 있었기 때문이다. 설명하지 않아도 전해지는 시간이 쌓여 있었다. 나는 그 장면을 감정으로 흐트러뜨리고 싶지 않았다. 어머니가 끝까지 지켜 온 중심을 그대로 받아들이고 싶었다.

그날 이후 나는 종종 그 눈빛을 떠올린다. 중요한 결정을 앞두고 마음이 흔들릴 때면 그 시선을 기억한다. 두려움이 아니라 정리된 마음을 남기고 떠난 사람의 표정을 떠올린다. 그것은 나를 붙잡는 무게가 아니다. 오히려 나를 바로 세우는 기준이 된다. 마지막 장면은 슬픔이 아니라 방향으로 남았다.

어머니의 기도는 살아 있는 동안 자신을 돌아보는 시간이었고, 마지막 눈빛은 그 삶의 결과처럼 보였다. 오랜 시간 지켜 온 태도가 그 순간에 고스란히 드러났다. 나는 이제 안다.

'사람은 마지막 말보다 마지막 태도로 기억된다는 사실을.'

몸은 떠났지만 태도는 남았다.

그리고 그 태도는 남겨진 사람의 선택 속에서 이어진다.

어머니는 떠나셨다.

그러나 중심은 남았다.

나는 지금도 그 중심 위에 서 있다.

그리고 오늘도 그 자리에서 나의 삶을 이어 간다.

# 부재의 의미

## 떠난 뒤에 시작된 성찰

장례를 마치고 돌아오던 날, 세상은 아무 일도 없다는 듯 움직이고 있었다. 도로 위의 차량은 평소처럼 오갔고, 상점의 불빛도 변함없이 켜져 있었다. 그러나 나에게는 모든 풍경이 낯설게 보였다. 분명 무언가 달라졌는데 그것을 설명할 말이 쉽게 떠오르지 않았다. 어머니의 부재는 소리 없이 공간을 비워 두고 있었다. 그 빈자리는 사건이 아니라 감각으로 다가왔고, 나를 오래 멈추게 했다.

집 안에 들어섰을 때 가장 먼저 느껴진 것은 고요였다. 어머니가 앉아 계시던 자리는 그대로였고, 물건의 위치도 달라지지 않았다. 겉으로는 아무 변화가 없었지만, 체온이 사라진 공간은 전혀 다른 느낌으로 다가왔다. 나는 그 자리 앞에 서서 한동안 움직이지 못했다. 비어 있음이 이렇게 또렷하게 느껴질 수 있다는 사실을 그때 처음 알았다. 상실은 소리보다 공간으로 남는다는 것을 배웠다.

슬픔은 곧바로 밀려오지 않았다. 대신 질문이 먼저 떠올랐다.

"이제 나는 어떻게 살아야 하는가."

그 질문은 막연했지만 피할 수 없었다. 누군가의 자식이라는 사실은 변하지 않았지만, 더 이상 어머니에게 돌아갈 수는 없었다. 나는 처음으로 삶의 앞자리에 홀로 서 있다는 느낌을 받았다. 기대던 방향이 사라졌다는 사실은 생각보다 깊은 울림을 남겼다.

어머니가 살아 계실 때는 의식하지 못했던 기준들이 하나씩 떠올랐다. 판단이 어려울 때면 무의식적으로 기대던 방향이 있었고, 기쁜 일이 생기면 가장 먼저 전하고 싶던 대상이 있었다. 이제 그 연결은 겉으로는 끊어진 듯 보였다. 그러나 곰곰이 돌아보니 완전히 사라진 것은 아니었다. 오랜 시간 함께했던 말과 장면들이 이미 내 안에 기준으로 남아 있었다. 부재는 관계의 끝이 아니라 자리의 이동이었다.

그 순간 나는 깨달았다. 부재는 단순한 상실이 아니라 삶의 방향을 다시 정리하게 만드는 계기라는 것을. 나는 나의 선택이 어디에서 비롯되었는지 돌아보기 시작했다. 판단의 근거와 태도의 방향, 관계를 대하는 기준이 어디에서 만들어졌는지를 묻게 되었다. 어머니의 영향은 더 이상 바깥의 조언이 아니라 내 안의 기준으로 남아 있었다. 그 사실을 깨닫는 순간, 빈자리는 두려움이 아니라 성찰의 자리가 되었다.

장례 이후의 시간은 느리게 흘렀다. 일정은 다시 시작되었고, 일상도 이어졌다. 그러나 나는 이전과 같은 마음으로 시간을 대할 수 없었다. 말의 무게가 달라졌고 선택의 순서가 더 분명해졌다. 시간이 유한하다는 사실이 생각이 아니라 현실로 다가왔다. 나는 삶을 대하는 태도를 다시 가다듬기 시작했다.

어머니의 부재는 나를 더 성숙하게 만들었다. 누군가에게 기대기보다 스스로 판단해야 한다는 자각이 생겼다. 감정에 오래 머무르기보다 방향을 먼저 점검하게 되었다. 무엇을 이루느냐보다 어떻게 살아갈 것인가를 먼저 묻게 되었다. 그 질문은 슬픔을 넘어 삶의 태도로 이어졌다. 나는 그 질문을 피하지 않기로 했다.

'부재는 비어 있는 상태가 아니다. 그것은 중심이 밖에서 안으로 옮겨 오는 과정이다.'

나는 더 이상 어머니의 목소리를 직접 들을 수 없다. 그러나 중요한 순간마다 떠오르는 기준은 여전히 분명하다. 관계를 대하는 순서, 감정을 다루는 방식, 책임을 정리하는 태도가 내 안에서 계속 작동하고 있다. 나는 그 변화를 받아들였다.

이제 나는 다시 그 질문을 꺼낸다.

"이제 나는 어떻게 살아야 하는가."

그 질문은 끝난 것이 아니라 계속 이어지는 기준이 되었다.

부재는 나를 멈추게 했지만, 결국 다시 서게 했다.

# 기억을 넘어 삶이 된 사람

## 내가 다시 돌아가는 자리

삶이 흔들리는 순간은 예고 없이 찾아온다. 예상하지 못한 선택 앞에서 판단이 흐려질 때가 있고, 관계의 균형이 무너지는 날도 있다. 외부 상황이 복잡해질수록 중심은 쉽게 흔들리고 감정은 판단보다 앞서려 한다. 나는 그런 순간에 곧바로 반응하지 않으려 한다. 반응은 빠르지만, 그 방향은 오래 남기 때문이다. 잠시 멈추고 스스로에게 묻는다. 지금 나는 어떤 태도를 선택하고 있는가, 이 선택은 나를 어디로 이끌 것인가를 차분히 살핀다.

어머니는 더 이상 내 곁에 계시지 않지만, 나는 여전히 하나의 기준을 참고한다. 그것은 특정한 말이나 교훈이 아니라 태도의 윤곽에 가깝다. 서둘러 결론을 내리지 않는 방식, 관계를 가볍게 여기지 않는 태도, 책임을 피하지 않는 선택의 흐름이 그 안에 담겨 있다. 나는 그 윤곽을 떠올리며 판단의 방향을 조정한다. 그것은 과거를 떠올리는 일이 아니라 이미 내 안에 자리 잡은 기준을 다시 작동시키는 과정이다. 겉으로는 드러나지 않지만 내면에서는 분명한 변화가 일어난다. 나는 그 조용한 변화를 신뢰한다.

기억은 시간이 지나면 세부를 잃는다. 구체적인 장면과 목소리는 점차 흐릿해지고 정확한 표현도 희미해진다. 그러나 기준은 오히려 더 또렷해진다. 반복되는 상황 속에서 방향을 잡아 주는 축으로 남기 때문이다. 나는 중요한 결정을 앞두면 감정의 소리를 먼저 낮춘다. 그리고 오래 쌓인 태도의 기준을 떠올린다. 그 기준은 흔들릴 때마다 나를 제자리로 돌려놓고, 감정의 파도를 지나 다시 본래의 판단 자리로 돌아오게 한다.

어머니를 떠올린다는 것은 과거로 돌아가는 일이 아니다. 그것은 지금의 나를 바로 세우는 일에 가깝다. 내가 어떤 사람으로 서 있어야 하는지, 무엇을 먼저 생각해야 하는지를 스스로 점검하는 일이다. 외부의 평가나 눈앞의 성과가 아니라 내 안의 기준을 확인하는 과정이다. 그 기준의 중심에는 어머니가 삶으로 보여 준 태도가 자리하고 있다. 나는 그 중심을 기준 삼아 방향을 다시 맞춘다. 방향이 바로 서면 선택의 속도는 자연스럽게 조절된다.

나는 선택의 순간에 일부러 속도를 늦춘다. 결정 자체보다 방향이 더 중요하다고 믿기 때문이다. 성과가 눈앞에 보일 때도, 손해가 예상될 때도 같은 질문을 반복한다. 이 판단이 나의 기준과 맞는가, 이 선택이 나를 흔들지 않는가를 먼저 묻는다. 이 과정은 때로 비효율적으로 보일 수 있다. 그러나 결국 나를 흔들리지 않게 만든다. 나는 그 안정감이 일시적인 성공보다 더 깊은 자산이라는 것을 경험으로 알고 있다.

어머니는 나에게 성공의 공식을 남기지 않았다. 대신 사람을 대하는 태도와 자신을 다루는 방식을 남겼다. 나는 그 방식을 따라 내 삶을 만들어 왔다. 위기의 순간에도, 성취의 순간에도 같은 기준을 지키려 애썼다. 그 일관성은 시간이 지날수록 더 또렷해졌고, 그 또렷함은 나에 대한 신뢰를 만들어 주었다. 나는 이제 안다. 사람을 설명하는 것은 한 번의 성취가 아니라 반복된 방향이라는 사실을.

어떤 날은 바깥의 소리가 크게 들린다. 세상의 기준이 더 합리적으로 보이고, 눈앞의 이익이 더 설득력 있게 다가온다. 그럴 때 나는 잠시 멈춘다. 그리고 내가 오래 지켜 온 태도의 윤곽을 다시 떠올린다. 어머니의 얼굴이 아니라 어머니가 선택하던 방향을 기억한다. 그 방향은 나를 비교에서 벗어나게 하고 나만의 기준으로 다시 돌아오게 한다. 그 되돌림이 나를 흔들리지 않게 만든다.

사람은 자신이 붙들고 있는 기준만큼 성장한다. 기준이 분명하면 선택은 흔들리지 않고, 기준이 흐려지면 판단은 쉽게 흔들린다. 나는 나를 지탱하는 축이 무엇인지 알고 있다. 그것은 감정의 기억이 아니라 삶의 방향을 정하는 내면의 기준이다. 그 기준은 환경이 바뀐다고 쉽게 변하지 않는다. 오히려 상황이 복잡해질수록 더 또렷해진다. 나는 그 기준을 지키며 사는 것이 곧 나를 지키는 일임을 알게 되었다.

어머니는 더 이상 이야기의 중심인물이 아니다. 대신 나의 판단을 가늠하는 기준으로 남아 있다. 그 기준은 드러내 보일 필요도 없고 과장될 필요도 없다. 그러나 중요한 선택의 순간마다 분명히 작동한다. 나는 그 기준에 맞지 않는 선택은 쉽게 하지 않는다. 그 반복이 나의 삶을 일정한 흐름으로 이어 준다. 나는 그 흐름을 의식하며 하루를 살아간다.

힘든 날에도, 기쁜 날에도 나는 같은 자리에 서 있으려 한다. 바깥의 변화가 크더라도 내 안의 기준은 흔들리지 않도록 살핀다. 그것이 내가 받은 가장 분명한 유산이기 때문이다.

'추억은 흐려질 수 있지만 기준은 남는다.'

그리고 그 기준은 나를 다시 세운다. 나는 오늘도 그 기준 위에서 판단을 정리하고 방향을 선택하며 나의 역할을 감당한다. 어머니는 더 이상 기억 속에만 머무는 분이 아니다. 내 삶 속에서 살아 움직이는 기준으로 함께하고 계신다.

# 어머니라는 이름

## 삶의 현장에서 증명된 한 이름의 무게

'어머니'라는 단어를 떠올리면 얼굴보다 먼저 장면이 떠오른다. 새벽 부엌의 희미한 불빛, 제사상 앞에 단정히 앉은 모습, 늦은 밤 산길을 걸어 자식을 마중 나가던 그림자 같은 장면들이다. 나는 오랫동안 그것을 개인적인 추억으로만 간직해 왔다. 그러나 시간이 흐르면서 그 장면들이 단순한 기억이 아니라 한 사람의 삶의 방식이었음을 깨닫게 되었다. 반복된 선택과 태도가 쌓여 만들어진 하나의 기준이었다.

'어머니라는 이름은 단순한 호칭을 넘어 삶으로 증명된 기준이었다.'

형편이 넉넉하지 않았던 시절에도 어머니는 관계를 소홀히 하지 않았다. 크게 베풀 수 없을 때도 정성을 잃지 않았고, 말이 길지 않아도 인사는 분명했다. 자리는 낮았지만, 태도는 흐트러지지 않았다. 나는 그것을 단순한 예의라고 생각했다. 그러나 세상에 나와 보니 그것은 상황에 따라 달라지지 않는 인격의 일관성이었다. 환경이 바뀌어도 흔들리지 않는 태도는 쉽게 만들어지지 않는다.

어머니라는 이름은 바로 그 일관성을 끝까지 지켜 내는 자리였다.

아버지가 병상에 누워 계셨을 때 어머니는 누구보다 먼저 현실을 받아들였다. 감정에 휩쓸리기보다 필요한 준비를 차분히 이어 갔다. 가족들 앞에서는 담담함을 유지했고, 홀로 있을 때만 마음을 내려놓았다. 그 모습에서 나는 강함의 의미를 다시 생각하게 되었다. 강함은 목소리를 높이는 힘이 아니라 오래 견디는 힘에 가까웠다. 순간을 버티는 힘이 아니라 시간을 견디는 힘이었다. 어머니라는 이름은 바로 그 인내를 보여 주는 자리였다.

자식이 실수했을 때도 어머니는 사람 자체를 부정하지 않았다. "왜 그랬느냐"라는 물음은 있었지만 "너는 왜 그러느냐"라는 판단은 없었다. 행동은 바로잡게 했지만, 사람을 무너뜨리지는 않았다. 나는 그 태도가 한 사람을 다시 일어서게 만드는 방식임을 뒤늦게 이해했다. 사람을 다치게 하지 않으면서 문제를 바로잡는 일은 쉽지 않다. 어머니라는 이름은 몰아붙이는 자리가 아니라 다시 일어설 수 있는 자리를 남기는 자리였다. 그 자리가 있었기에 나는 실패를 견디며 성장할 수 있었다.

가난 속에서도 어머니는 허세를 허락하지 않았다. 없는 것을 있는 것처럼 꾸미지 않았고, 감당할 수 없는 약속을 하지 않았다. 대신 작은 약속이라도 지키려 했다. 빚을 남기기보다 신뢰를 남기려 했다. 화려함보다 오래가는 관계를 선택했다. 눈에 보이는 성과보다 지속되는 신뢰를 더 중요하게 여겼다. 어머니라는 이름은 바로 그 선택의 순서를 지키는 사람의 상징이었다.

사회에서 많은 사람을 만나 보니 오래 기억되는 사람은 능력이

뛰어난 사람이 아니라 태도가 안정된 사람이었다. 감정에 휩쓸리지 않고 관계를 가볍게 다루지 않는 사람이다. 조직을 이끌면서 나는 성과의 크기보다 판단의 흐름을 더 주의 깊게 보게 되었다. 그때마다 어린 시절 어머니의 모습이 떠올랐다. 왜 '어머니'라는 말이 단순한 가족 호칭을 넘어 하나의 상징이 되는지 이해하게 되었다. 그것은 역할이 아니라 기준이기 때문이다. 어머니라는 이름은 사람이 지켜야 할 기본을 보여 주는 또 다른 표현이었다.

어머니는 자신을 앞세우지 않았다. 그러나 많은 일의 중심에는 늘 어머니가 계셨다. 갈등이 생기면 마지막 방향을 바로잡았고, 기쁨이 있을 때는 뒤에서 균형을 잡았다. 앞에 나서지 않으면서도 흐름을 잃지 않게 하는 사람이었다. 나는 그것이 또 하나의 지도력이라는 사실을 뒤늦게 알게 되었다. 힘을 드러내지 않으면서도 질서를 세우는 영향력이었다. 어머니라는 이름은 보이지 않는 중심이라는 의미를 담고 있었다.

세월이 흐르면서 나는 이 이름을 단순히 혈연으로만 이해하지 않게 되었다. 그것은 균형을 지키고 관계를 이어 가며 결과보다 태도를 먼저 세우는 삶의 모습에 가깝다. 가정과 조직, 사회 어디에서나 필요한 모습이다. 내가 경영의 자리에 서서도 결국 돌아보게 되는 기준이 바로 그것이었다. 사람을 수단으로 삼지 않고, 성과를 이유로 원칙을 낮추지 않는 태도였다. 나는 이 기준이 시대가 바뀌어도 사라지지 않기를 바란다.

어머니라는 이름은 약함을 뜻하지 않는다. 감정을 다스리는 힘이며, 관계를 오래 이어 가는 인내다. 빠른 결정보다 긴 안목을 선택하는 여유이며, 자신의 공을 앞세우지 않으면서도 책임을 피하지 않는 태도다. 그 힘은 시간이 지나도 변하지 않는다. 나는 그것을 하나의 기준으로 이해하게 되었다. 그것은 누군가를 미화한 감상이 아니라 반복된 삶으로 증명된 인간의 모습이다. 그 무게가 나를 다시 세운다.

나는 이제 어머니를 특정한 얼굴로만 떠올리지 않는다. 삶 속에서 반복해 확인된 태도의 모습으로 이해한다. 판단의 순서를 바로잡는 힘, 관계를 쉽게 끊지 않는 인내, 상황에 따라 변하지 않는 품격이 그 이름 안에 담겨 있다. 어머니라는 말은 지나간 시간을 가리키지 않는다. 그것은 지금도 살아 있는 기준이다. 나는 그 기준을 마음속에만 두지 않는다. 오늘의 선택 속에서 실천하려 한다. 그리고 그 실천이 반복될 때, 어머니라는 이름은 내 삶 속에서 다시 살아난다. 그 이름은 추억이 아니라 기준이며, 기억이 아니라 태도다. 나는 그 태도를 오늘의 자리에서 조용히 이어 간다.

# 나는 여전히 그 기도 위에 서 있다

## 떠난 사람이 남긴 가장 깊은 자리

어머니는 늘 먼저 고개를 숙이던 사람이었다.

집안의 큰일을 앞둔 자리에서도, 하루를 조용히 마무리하던 밤에도 어머니는 먼저 두 손을 모았다. 그 기도는 누군가에게 보이기 위한 것이 아니었고, 특별한 말을 담은 것도 아니었다. 다만 가족이 무사하기를 바라는 마음, 자식들이 바르게 살아가기를 바라는 마음, 그리고 하루를 잘 견디게 해 달라는 소박한 바람이 그 기도의 전부였다.

어린 시절 나는 그 모습을 특별하게 여기지 않았다.

그저 우리 집에서 늘 반복되던 일상이라고 생각했을 뿐이다. 어머니가 조용히 기도하는 동안 나는 마당을 뛰어다니거나 책가방을 정리하며 하루를 보냈다. 그 시간이 어떤 의미를 지니는지 깊이 생각해 본 적은 없었다.

그러나 세월이 흐른 뒤에야 그 장면의 의미를 조금씩 이해하게 되었다.

사람은 살아가며 여러 갈림길 앞에 선다. 어떤 선택이 옳은지 확신할 수 없는 순간도 있고, 마음이 흔들리는 시간도 있다. 그럴 때마다 나를 붙들어 준 것은 특별한 가르침이 아니라 어린 시절부터 자연스럽게 이어져 온 하나의 기준이었다.

그 기준은 말로 배운 것이 아니었다.

어머니가 살아온 삶 속에서 조용히 스며든 것이었다.

어머니는 삶이 쉽지 않던 시절에도 원망을 먼저 꺼내지 않았다. 형편이 넉넉하지 않았던 날에도 마음의 균형을 잃지 않았고, 힘든 일이 있을수록 오히려 더 조용해졌다. 그리고 그 조용한 시간 속에서 늘 두 손을 모았다.

지금 돌아보면 어머니의 기도는 세상을 바꾸기 위한 것이 아니었다.

다만 자신이 서 있는 자리에서 삶을 견디게 하는 힘이었다.

나는 살아오며 많은 사람을 만나고 여러 경험을 쌓았다.

그러나 삶의 여러 순간을 지나 다시 돌아보면 결국 나를 붙들어 준 것은 어린 시절 마주했던 그 조용한 장면들이었다. 등잔불 아래에서 시작된 기억, 마을 꼭대기 집에서 바라보던 세상, 그리고 하루의 끝에서 이어지던 어머니의 기도였다.

어머니는 이제 내 곁에 없다.

그러나 그 시간이 사라진 것은 아니다. 오히려 시간이 흐를수록 그 기억은 더 또렷한 의미로 남아 있다.

나는 가끔 삶의 자리를 돌아보며 스스로에게 묻는다.

사람은 무엇 위에서 살아가는가.

그리고 그 질문의 끝에서 늘 같은 대답에 이르게 된다.

내가 서 있는 자리의 바탕에는 언제나 한 사람의 기도가 놓여
있었다는 사실이다.

돌아보면 나는 오랫동안 그 사실을 잊은 채 살아왔다.

그러나 지금에 와서야 분명히 알게 되었다.

내 삶이 걸어온 길의 어딘가에는 늘 어머니의 시간이 함께 있었
다는 것을.

그래서 나는 오늘도 조용히 마음속으로 되뇐다.

'나는 여전히 어머니의 기도 위에 서 있다.'

# 남겨진 자리에서 이어가는 삶

삶은 끝나는 방식보다 이어지는 방식으로 남는다.

한 사람이 지나간 자리는 비어 있는 것처럼 보이지만, 시간이 흐를수록 그 자리가 무엇으로 채워져 있었는지가 분명해진다. 남겨진 사람은 그 흔적을 따라가며 자신이 어떤 삶 위에 서 있었는지를 비로소 이해하게 된다.

떠남은 관계를 끊어 내지 않는다.

오히려 보이지 않던 것들을 또렷하게 드러낸다. 함께 있을 때는 의식하지 못했던 기준들이, 부재 이후에는 분명한 방향으로 남는다. 말로 설명되지 않았던 태도, 반복 속에서 쌓여 온 선택의 결, 그리고 조용히 지켜졌던 원칙들이 하나의 기준으로 떠오른다.

나는 그 기준을 뒤늦게 알아차린 사람이다.

삶의 여러 장면을 지나오며 나는 수없이 판단하고 선택해 왔다.

때로는 빠르게 결정했고, 때로는 오래 머물렀다. 그러나 시간이 흐를수록 한 가지 사실이 분명해졌다. 중요한 것은 무엇을 선택했느냐가 아니라, 어떤 기준 위에서 그 선택을 했느냐는 점이었다. 기준이 분명할 때 선택은 흔들리지 않았고, 기준이 흐려질 때 판단은 쉽게 무너졌다.

그 기준은 어느 날 갑자기 만들어진 것이 아니었다.

오랜 시간 속에서 반복된 태도가 조용히 쌓여 형성된 것이었다. 설명되지 않았지만 분명히 작동했고, 드러나지 않았지만, 방향을 결정했다. 나는 그것을 의식하지 못한 채 살아왔고, 중요한 순간마다 그 위에 기대어 판단하고 있었다.

이 책은 그 사실을 뒤늦게 이해한 기록이다.

나는 특별한 삶을 말하려 하지 않았다.

누구에게나 있을 법한 시간, 반복되는 일상, 그리고 그 안에서 자연스럽게 형성되는 기준을 따라가 보려 했다. 삶은 거창한 사건보다 사소한 선택 속에서 방향이 결정된다는 사실을, 그리고 그 선택을 가능하게 하는 것은 눈에 보이지 않는 축이라는 점을 말하고 싶었다.

사람은 결국 자신이 기대고 있는 기준만큼 살아간다.

그 기준이 무엇인지 알지 못하면 선택은 흔들리고, 그 기준이 분명하면 방향은 자연스럽게 유지된다. 우리는 종종 결과를 통해 자신을 설명하려 하지만, 실제로는 반복된 선택의 방식이 그 사람을 드러낸다.

그래서 나는 이제 스스로에게 묻는다.

나는 어떤 기준 위에서 살아가고 있는가.

이 질문은 더 이상 과거를 향하지 않는다.

지금의 선택을 향하고, 앞으로의 삶을 향한다. 기준은 기억 속에 머무는 것이 아니라 현재 속에서 작동할 때 비로소 의미를 갖기 때문이다. 남겨진 것은 떠올리는 것으로 끝나지 않고, 이어지는 삶 속에서 다시 증명되어야 한다.

삶은 이어진다.

그리고 그 이어짐 속에서 한 사람의 시간은 다른 사람의 기준이 된다.

나는 오늘도 선택의 순간 앞에 선다.

그리고 조용히 돌아본다. 내가 서 있는 이 자리가 어디에서 시작되었는지를. 그 시작을 잊지 않기 위해, 그리고 그 위에 서 있는 삶을 가볍게 여기지 않기 위해.

이 책은 하나의 이야기가 아니라 하나의 질문이다.

그리고 그 질문은 읽는 이의 자리에서 다시 시작되기를 바란다.


당신은 지금, 무엇 위에 서 있는가.